빛은 저울로 달 수 없다

퍼펙트 크라임

2

임재도 지음

세창미디어

퍼펙트 크라임 ❷
-빛은 저울로 달 수 없다

펴낸날 | 2007년 10월 20일 초판 인쇄
2007년 11월 1일 초판 발행
지은이 | 임재도
펴낸이 | 이방원
펴낸곳 | 세창미디어
주 소 | 서울시 서대문구 냉천동 182 냉천빌딩 4층
전 화 | 723-8660 팩 스 | 720-4579
e-mail | sc1992@empal.com
http://www.scpc.co.kr
신고번호 | 제300-1998-3호

값 10,000원

잘못 만들어진 책은 바꿔 드립니다.

ISBN 978-89-5586-070-2 03810
ISBN 978-89-5586-072-6 (세 트)

퍼펙트 크라임 = Perfect crime. 2 / 임재도 지음.
— 서울 : 세창미디어, 2007
p. ; cm

ISBN 978-89-5586-070-2 03810 : ₩10000
ISBN 978-89-5586-072-6 (세 트)

813.6-KDC4
895.735-DDC21 CIP2007003195

차 례

제2부

저울과 빛

노루 사냥

기영은 어두운 복도를 지나 복도보다 더 어두운 법정 안으로 들어섰다. 거의 매일 드나드는 법정인데도, 법정의 분위기는 항상 낯설기만 했다. 기영은 허리를 펴고 양손을 아랫배 단전에 가볍게 붙여 마치 참선하는 자세로 변호인 대기석에 앉았다.

개정 십분 전.

기영은 고개를 뒤로 젖히고 눈을 감았다. 기영은 개정 십분 전이 되기까지 아직도 그가 변호해야 할 준하에 대한 변론의 방향조차도 정하지 못하고 있었다.

검찰의 공소사실에 대한 모든 증거관계를 인정하고 준하의 구명을 호소할 것인가, 아니면 무죄로 항변할 것인가.

기영의 머릿속에는 이젠 거의 암기하다시피 되어버린 두꺼운 수사기록의 단면들이 각인되어 있었다. 수사기록에 의하면 준하의 무죄에 대한 주장이 받아들여질 가능성은 거의 희박해 보였다. 그렇다고 순순히 검찰의 공소사실을 시인하고 구명을 호소하는 것은 그가 지금부터 변호해야 할 준하가 원하는 바는 결코 아닐 것이라는 생각도 들었다. 어쩌면 준하는 공소 사실을 인정하고 관대한 처벌을 바라기보다는 차라리 공소 사실을 부인하다가 유죄를 인정받아 중형을 선고받는 것을 택할 것이다. 기영은 괴로웠다.

기영은 이제 잠시 있으면 개정될 법정에서 아직도 준하에 대한 변론의 방향조차도 설정하지 못하고 있는 자신이 너무나 무력하게 느껴졌다. 그는 고개를 뒤로 젖히고는 법정의 천장에 붙어 있는 희뿌연 형광등을 바라보았다. 천장의 형광등은 음울한 빛으로 법정을 비추고 있었다.

– 무슨 생각을 그리도 골똘하게 하시는 겁니까?

언제 왔는지 그의 옆 좌석에는 선배변호사인 강성모姜聖模 변호사가 앉아 있었다. 강 변호사의 옆에는 또 낯익은 김 변호사가 앉아있었다.

이제 곧 개정될 법정에서 그와 강 변호사는 동일한 사건의 공범 중에서 서로 상반되는 입장에 있는 각자의 피고인을 변호하기로 되어 있었다. 그러기에 강 변호사의 목소리에는 선배변호사인 자신에게 인사조차 하지 않고 생각에 잠겨 있었던 그에 대한 은근한 질책이 담겨 있는 듯했다.

– 모두 일어서 주십시오.

다소 소란하던 법정이 일순 조용해지면서 법관출입문을 통하여 검은 법복을 입은 낯익은 세 사람의 얼굴이 나타났다. 기영은 정리廷吏의 목소리에 따라 일어서며 이미 낯익은 세 사람의 판사에게 목례를 했다.

법정의 등받이가 높은 판사석에 앉은 얼굴이 호리호리하고 다소 광대뼈가 튀어나와 보이는 곽 판사(郭炯一)의 두꺼운 안경에 반사된 형광등의 불빛이 눈을 찔렀다.

– 앉아 주십시오.

– ××××고합1104 피고인 김성갑.

다소 낮은 톤의 곽 판사의 목소리에 따라 강성모 변호사의 옆에 앉아 있던 김 변호사가 일어서 변호인석으로 나갔다. 김성갑이라고 불린 사나이가 피고인석에 들어섰다.

– 피고인 김성갑.

– 예.

– 주민등록번호, 주거, 직업을 말해주세요.

인정신문을 하는 곽 판사의 목소리가 울려 퍼지자 사내는 어깨를 떨고 있었다.

– 피고인 김성갑, 공소장 부본 받아보셨지요?

김성갑이라는 사내의 공판이 진행되는 동안 기영은 다시 눈을 감고 상념에 빠져들기 시작했다.

'괜한 마음을 쓰고 있구나. 어느 누구도 나를 심판하지는 못해. 예전에는 그들이 나를 심판했지만, 이제는 아니야. 이제부터는 내가 그

들을 심판할 테니까.'

유치장으로 접견을 갔을 때 준하가 한 말이었다. 그들이 누구를 지칭하는 것인지는 몰라도 공판을 받아야 할 그가 오히려 누구를 심판하겠다고 하고 있었다. 그 말을 들은 순간 기영은 혹시나 준하가 다른 생각을 가지고 있는 것이 아닌가하는 불길한 생각을 했었다. 그러나 곧 공판을 앞둔 지금에서야 그 말이 단순히 흘려 넘기기에는 예사롭지 않다는 생각이 들었다. 공판을 앞둔 지금, 준하가 접견실에서 한 말에서 굳이 명확하게 표현할 수 없는 이상한 예감과도 같은, 그가 변호사인 자신에게조차 알리지 않고 어떤 일을 꾸미고 있을지도 모른다는 생각이 문득 들었다.

기영이 변론의 방향을 정하고 있지 못한 것도 공소사실에 대하여 준하가 어떠한 진술도 하지 않고 있기 때문이었다. 그래서 그는 단지 수사기록을 통하여 범죄사실을 추론할 수밖에 없었고, 기록에 나타난 범죄사실에 대하여 준하 본인이 무슨 생각을 가지고 있는지 짐작하지 못하고 있었다.

기영이 변호사로서 경험한 바로는 범죄사실에 대한 수사기록상의 증거가 명확했을 때, 이를 부인하며 무죄로 항변한다는 것은 전혀 승산이 없었다. 그러나 변호인으로서의 기영의 조바심과는 달리 오히려 준하는 담담했다. 접견실을 나오면서 기영은 변호사인 그가 피고인인 준하를 접견한 것이 아니라, 그 반대로 피고인인 준하가 오히려 변호사인 그를 접견한 것이 아닌가 하는 생각을 했던 것이다. 당시에는 준하의 말이 단순히 자신의 침착함을 가장하기 위하여 하는 것이거나,

자살이라는 극단적인 방법을 택할지도 모른다는 우려를 했었지만, 공판을 앞 둔 지금 준하가 한 말은 어쩌면 그에게 뭔가를 암시하기 위한 것인지도 모른다는 생각도 들었다.

– 변호인 측은 증거를 모두 인정하시는 것이지요?

– 예.

– 구형해 주십시오.

– 피고인의 이 사건 범죄는 그 수법이 잔인할 뿐만 아니라….

김성갑이라는 사내의 공판이 거의 끝나 가고 있었다.

기영은 눈을 감은 채로 깊은 심호흡을 했다. 준하에 대한 공소 사실은 변호사인 그가 인정하는가, 하지 않는가가 문제가 아니라 준하 제 자신이 결정할 문제일 뿐이라고 스스로 자위했다. 그러나 한편으로는 변호사인 그가 준하를 위하여 해줄 것이라고는 아무것도 없다는 사실이 기영에게 엄청난 무력감을 안겨다 주고 있었다.

– 피고인. 마지막으로 하고 싶은 말은 없나요?

김성갑이라는 사내의 공판을 마무리 짓는 곽 판사의 말이 울려 퍼졌다.

기영은 가방에서 준하에 대한 수사기록을 꺼냈다.

– ××××고합1279 피고인 김준하, 박형기.

강성모 변호사가 먼저 일어나 변호인석으로 갔고, 기영이 강 변호사의 뒤를 따라 그 옆에 앉았다.

곽판사: 피고인 김준하.

감정이 절제된 사무적이고 조용한 음성.

김준하: 예.

그에 못지않게 감정이 배제된 단호한 짧은 음성.

곽판사: 주민등록번호, 주거, 직업을 말해 주세요.

곽 판사의 인정신문[1]이 진행되는 동안 기영은 준하를 바라보았다.

기영의 눈길과 마주친 준하가 담담한 표정으로 가벼운 웃음을 지어 보였다. 준하는 대부분의 피고인들이 법정의 분위기에 압도당해 나타내는, 그러한 두려움 같은 것은 보이지 않았다. 양손을 앞으로 공손하게 모으고, 그러나 결코 비굴하지 않게 허리를 꼿꼿하게 세운 자세로 피고인석에 서 있었다. 그러한 준하의 모습이 너무나 당당해, 검은 법복을 입고서 그를 재판하기 위하여 높은 판사석에 앉은 곽 판사를 위시한 판사들이나, 그의 범죄 사실에 대한 공소 유지를 위하여 검사석에 서있는 김용훈 검사의 모습이 오히려 더 왜소하게 보였다. 어떠한 두려움이나, 감정의 동요도 보이지 않고 서있는 모습이 흔들리지 않는 거목처럼 보였다.

그랬다. 그는 항상 그랬다.

김준하金準河.

---

1) 인정신문(人定訊問): 재판을 받는 피고인이 당해 피고인인가의 여부를 확인하는 절차이다. 이러한 인정신문에 대하여 형사소송법 제284조는 "재판장은 피고인의 성명, 연령, 주거와 직업을 물어서 피고인이 틀림없음을 확인하여야 한다."라고 규정하고 있고, 형사소송규칙 제71조는 "재판장은 증인의 성명, 주민등록번호(주민등록번호가 없거나 이를 알 수 없는 경우에는 생년월일), 주거 및 직업을 물어서 증인임에 틀림없음을 확인하여야 한다."라고 규정하여 출석한 증인이 당해 증인인가의 여부를 확인하도록 하고 있다.

그는 대한민국 정부가 관리하고 있는 기록공부상 19××. 매서운 추위가 휘몰아치던 정초 어느 겨울날, 경상남도 산청군의 지리산 자락에 위치한 작은 산골마을에서 태어난 것으로 등재되어 있다.

*　　*　　*

유난히도 눈이 많았던 그 해 겨울.

그날도 세상은 온통 눈으로 덮여 있었다. 마을을 둘러싼 산이며 옹기종기 붙은 초가집들이 새하얀 눈으로 뒤덮여 피어나는 아침 햇살을 받아 은빛으로 반짝이고 있었다.

– 탕, 탕탕탕

그때 갑자기 온 동네를 무너뜨릴 것만 같은 요란한 총소리가 들렸다. 그 소리에 놀란 마을의 개들이 덩달아 컹컹 짖어대기 시작했다. 그러자 이제 막 깨어나기 시작한 조용한 산골마을이 갑자기 소란스러워지기 시작했다.

집앞 개울 얼음 구멍의 차가운 물로 막 세수를 끝낸 소년은 발뒤꿈치 부분이 닳아 덜렁거리는 검정고무신을 꿰차고 동네어귀 동구 밖으로 달렸다. 마을로 들어오는 눈 덮인 신작로를 따라 국방색의 미군지프를 앞세우고 트럭 한 대가 눈길로 들어오고 있었다.

총소리를 들은 마을사람들이 하나둘 동구 밖의 넓은 공터로 모여들기 시작했다.

자동차라고는 거의 나타나지 않는 소년이 사는 산골마을에 사냥을 하러 오는 미군지프가 가끔씩 나타나곤 했다. 그때서야 소년은 차를 타고 오는 사람들이 겨울 이맘때가 되면 노루사냥을 하러 오는 양코쟁이들이라는 것을 알 수 있었다.

점점 더 많은 마을사람들이 동구 밖으로 모여들어 웅성거리기 시작했다. 어느새 몰려나온 동네 아이들의 호기심에 빛나는 눈들이 신기한 듯 차를 응시하고 있었다.

드디어 차가 동구 밖 공터에 이르러 시동을 멈추었다. 지프의 운전석 뒤에 앉아 있던 허름한 양복바지를 입은 사람이 먼저 차에서 내리고, 뒤이어 기다란 총을 한 손에 든 국방색 얼룩무늬 군복을 입은 흑인병사 하나가 껌을 질겅대며 조수석에서 내렸다. 유난히도 검은 피부를 한 흑인병사의 붉은 잇몸의 이빨이 차갑고 하얀 금속 빛으로 반짝거렸다. 양복쟁이가 앉았던 지프의 옆좌석에는 흑인병사와는 아주 대조적으로 살결이 희고 코가 큰, 붉은 머리카락을 한 양코가 앉아 있었다. 군복을 입은 그의 어깨에는 쇠똥 계급장이 달려 있었다. 지프에서 흑인병사가 내리자, 뒤이어 도착한 트럭에 타고 있던 나머지 병사들도 알아듣지 못할 꼬부랑 소리를 해대며 차에서 내렸다.

제일 먼저 차에서 내린 양복바지가 마을사람들 앞으로 다가와 무슨 얘기를 하기 시작했다. 그 사람은 마을 사람과 양코들 사이의 말을 통역하기 위하여 따라온 읍내 사람이었다. 그러나 소년에게는 마을사람들의 웅성거리는 소리와 양코 병사들의 킬킬거리는 소리 때문에 그가 무슨 말을 하고 있는지 알 수가 없었다.

껌을 질겅대며 차에서 내린 흑인병사는 이제 군용파카의 커다란 호주머니에서 건빵을 꺼내어 우둑우둑 씹고 있었다. 소년은 그 병사의 모습을 호기심과 두려움이 섞인 눈으로 바라보았다.

그때 그 흑인병사가 먹고 있던 건빵봉지를 찢어 다가오는 아이들 앞의 땅바닥에 흩뿌렸다. 아이들이 모이를 좇아 달려드는 병아리들처럼 흩어진 건빵 알맹이를 서로 먼저 줍기 위해 땅바닥에 엉켜 붙어 들었다. 그러자 그 흑인병사의 뒤에 서있던 다른 흑인병사 하나가 껌 봉지 하나를 풀어 다시 아이들을 향하여 던졌다. 아이들이 다시 껌을 줍기 위해 서로 박치기를 하며 땅바닥에 뒤엉켜들었다. 다른 병사들도 덩달아 킬킬거리며 웃었다.

– 야! 이 빙시이 새끼들아. 너거가 껄뱅이 새끼들이가?

병사들의 킬킬거리는 웃음소리 위로 분노에 가득 찬 한 아이의 날카로운 음성이 추운 겨울바람을 타고 울려 퍼졌다. 건빵이며 껌을 줍고 있는 아이들의 틈에 끼이지도 못하고, 어른들의 얘기에 끼어들지도 못한 채 엉거주춤 저만치 떨어져 서있던 소년이 소리 나는 쪽으로 고개를 돌렸다.

마을의 돌담길을 돌아 한 손에 대나무 막대기를 든 대장이 빠른 걸음으로 걸어오고 있었다. 대장을 본 아이들이 일순 동작을 멈추고 땅바닥에서 일어섰다.

– 야! 이 빙시이 새끼들아. 너거가 무슨 껄뱅이 새끼들이가. 양코놈들이 떤지주는 간빵이나 주우 먹구로!

대장이 땅바닥에서 일어선 아이들의 배를 대막대기로 쿡쿡 찌르며 말했다. 그리고는 아직도 바닥에 널려 있는 껌이며 건빵부스러기들을 검정고무신을 신은 발로 문질러버렸다. 대장이 대막대기를 쥔 손에 힘을 주며 건빵을 흩뿌린 흑인병사 앞으로 또박또박 걸어갔다.

– 이리 도고.

대장이 대막대기를 쥐지 않은 손을 불쑥 앞으로 내밀며 말했다. 대장의 키는 흑인병사의 허리에 겨우 닿을까 말까했다. 그러한 대장이 하늘을 올려다보듯 턱을 치켜들고 그 흑인병사의 피부색만큼이나 시꺼멓게 때가 낀 손을 내밀며 한층 큰 소리로 당돌하게 소리쳤다.

– 간빵 이리 도고 마!

대장의 행동에 대하여 흑인병사가 어떤 반응을 보일까 하는 긴장감으로 소년은 숨조차 제대로 쉴 수 없었다.

– 헤이, 베이비!

흑인병사의 뒤쪽에서 대장의 행동을 보고 있던 다른 병사 하나가 앞으로 소리쳐 나와, 어깨에 메고 있던 총을 내려 대장의 이마에다 총구를 갖다 대었다.

그러나 대장은 조금도 겁을 내지 않았다. 대장은 오히려 총구를 갖다 댄 흑인병사를 빤히 올려다보고는 그의 이마를 겨눈 총구를 막대기로 밀쳐내며 소리쳤다.

– 치아라 고마. 그란다고 누가 겁낼 줄 아나.

대장과 흑인병사간의 실랑이에 양복바지와 얘기를 하고 있던 마을 사람들도 모두 대장과 흑인병사 쪽으로 시선을 돌렸다.

– 장난치지 말고 간빵이나 이리 도고.

대장이 여전히 손을 거두지 않은 채로 재촉했다. 그때서야 미군과 함께 왔던 양복바지가 나서서 꼬부랑말로 몇 마디를 하자 흑인병사가 알았다는 듯 고개를 끄떡였다. 고개를 끄떡이는 흑인병사가 어처구니가 없다는 듯, 아니면 대장이 대견스럽다는 듯 묘한 표정을 지어 보이며 파카호주머니에서 건빵 봉지 하나를 꺼내어 대장의 손에 들려주었다.

– 이거 말고, 너거 차에 있는 거 통째로 달란 말이다.

대장이 대막대기로 트럭을 가리키며 말했다. 대장의 당돌하고 대담한 행동에 흑인병사가 더더욱 어처구니가 없다는 듯 두 손을 뒤로 젖히며 입을 크게 벌려 보였다.

그러자 통역 양복바지가 그때까지도 지프에서 내리지 않고 있던 쇠똥 계급장을 단 코 큰 양코에게 걸어가 무어라고 한참이나 이야기했다. 그러자 쇠똥 계급장은 고개를 끄떡거렸고, 통역은 트럭으로 가 짐칸에 실려 있던 종이상자 하나를 내리게 했다.

통역 양복바지가 대장의 머리를 쓰다듬으며 한 팔로 안은 건빵상자를 건네주었다. 건빵상자는 대장이 두 팔로 안기에도 버거워 보였다. 상자를 받아 안은 대장이 그때까지도 두려움에 숨을 죽이고 있던 아이들에게로 다가가서 건빵상자를 내려놓고 다시 크게 소리쳤다.

– 모두 한 줄로! 차렷!

대장의 말이 떨어지기가 무섭게 아이들은 잘 훈련된 병사들처럼 줄을 지어섰다. 대장이 사열을 하듯 줄을 선 아이들을 한번 죽 둘러보았다. 그리고는 상자 속에서 건빵봉지를 하나씩 꺼내어 아이들에게 나눠주기 시작했다. 그 순간 대장은 전쟁에서의 승리의 노획물을 부하들에게 공평하게 나눠주는 사려 깊고 늠름한 지휘관과 같았다.

그랬다. 마을 아이들에게 있어 대장의 존재는 그가 단순히 그들의 골목대장이라기보다 더 큰 경외의 대상이었다.

마을에서 십 여리가 떨어져 있는 면소재지의 학교까지 가려면 도중에 몇 개의 마을을 거쳐야만 했다. 그런 마을에는 다른 동네 아이들을 괴롭히는 고만고만한 왈패들이 있게 마련이었다. 어쩌다 학교를 마치고 집으로 돌아가는 소년의 마을 아이들을 왈패들이 괴롭히는 날이면 대장의 대막대기가 춤을 추었다. 그래서 대장은 인근 마을뿐만 아니라 학교에서도 이름이 나 있었다. 그러기에 동네 아이들은 오래 전부터 그를 대장이라 불렀다. 그가 항상 들고 다니는 대막대기는 그러한 권위를 나타내는 상징이었다.

동네 아이들에게 건빵봉지 하나씩을 골고루 분배한 대장이 줄을 서지도 않고 한쪽에 우두커니 서있는 소년에게로 다가와 건빵봉지 하나를 내밀었다. 비록 마을 아이들과 함께 흑인병사가 던져주는 건빵이며 껌을 줍기 위해 땅바닥에 뒤엉켜들지는 않았지만, 그래도 용케 멀리 튕겨져 나온 껌 하나를 슬며시 주워 손에 쥐고 있던 소년은 자신의 행동이 부끄러웠다. 대장의 말대로 그러한 행동은 정말 거지같은 행동이었다는 생각에 고개를 들 수 없었다. 소년은 대장이 내미는 건빵을 먹고 싶었지만 고개를 저었다. 소년은 그때까지도 손에 쥐고 있던 껌을 땅바닥에 떨어뜨렸다.

노루사냥이 시작되었다. 마을 사람들은 징과 꽹과리를 울리면서 마을의 동쪽 능선에서부터 노루를 몰아가기 시작했다.

소년은 지게를 진 대장과 함께 눈이 쌓인 숲을 헤쳐 나가고 있었다. 건빵을 던진 흑인병사가 앞서고 소년과 대장이 뒤를 따랐다. 노루를 모는 마을 어른들은 이십 원을 받았고, 잡은 노루를 산에서 마을 아래로 운반할, 지게를 진 대장을 위시한 몇몇 덩치 큰 소년들은 십 원을 받았다.

그러나 대장의 행동이 특별한 인상을 심어주었음인지, 흑인병사가 대장에게 오 원을 더 주며 자기를 따라오라고 했다. 대장이 흑인병사에게 소년도 함께 가야 한다고 손짓으로 얘기했다. 흑인병사가 소년에게도 오 원을 더 주었다. 그들은 노루를 모는 동네 사람들과는 다른 방향에서 노루가 지나칠 만한 길목을 찾아 숲을 헤쳐 나가고 있었다.

노루를 모는 마을사람들의 '와, 와' 외치는 소리와 징과 꽹과리 소리가 산허리를 타고 올랐다. 이따금씩 산을 무너뜨리는 듯한 총소리도 울렸다.

– 니 아까 그 껌딩이가 머리에 총 여잣설(겨눌) 때 겁 안 나더나?

소년이 대막대기로 나뭇가지를 제치며 앞서가고 있는 대장에게 물었다.

– 거기 머시 겁나노? 저거가 진짜 쏠 줄 알고? 나는 마 그 껌딩이가 일부로 내게 겁줄라고 그라는 줄 알았다 아이가.

대장이 이마에 맺힌 땀방울을 소매로 닦으면서 말했다.

그때 대장의 앞에서 숲을 헤쳐 나가고 있던 흑인병사의 앞으로 누런 송아지만한 노루 한 마리가 후다닥 놀라 뛰어가는 것이 보였다. 흑인병사가 재빠르게 조준을 하고는 방아쇠를 당겼다.

– 탕.

몇 발자국도 떨어지지 않는 곳에서 총소리가 굉음을 내는 순간, 소년은 자신도 모르게 멈칫, 바지에다 오줌을 찔끔 흘리고 말았다. 깜짝 놀라 멍하게 서있는 소년의 눈에 숲속 덤불 속으로 풀썩 꼬꾸라지는 노루의 모습이 보였다. 노루가 쓰러지면서 소나무 가지에 부딪혔는지 솔잎 위에 쌓여 있던 눈이 떨어졌다. 나무 가지 사이로 겨울 햇살이 달려와 부딪히며 옅은 무지개를 만들고 있었다. 소년은 그 무지개에 눈이 부셨다. 무지개 끝에 매달린 햇살이 떨고 있었다.

흑인병사가 노루가 쓰러진 곳으로 달려갔다. 그러나 노루는 흑인병사가 다가가기 전에 다시 눈을 털고 일어나 숲속으로 도망치기 시작했다.

– 갓 뎀.

흑인병사가 단 한 방에 노루를 쏘아 잡지 못한 것이 못내 분한 듯 큰 소리로 외쳤다. 도망치는 노루는 흑인병사가 쏜 총에 다리를 맞은 듯 심하게 절룩거리고 있었다. 흑인병사가 뛰다시피 하며 노루를 뒤쫓았다. 소년과 대장도 흑인병사를 따라 빠르게 숲을 헤치고 나아갔다. 노루가 도망간 숲에는 노루가 흘린 핏방울이 하얀 눈 위에 선명한 꽃을 그리고 있었다. 노루를 뒤쫓는 흑인병사의 걸음이 빨라질수록 소년은 힘에 겨워 점점 더 걸음이 뒤처지고 있었다. 그러나 대장은 용케도 뒤지지 않고 여전히 흑인병사의 꽁무니를 따라가고 있었다.

소년이 가쁜 숨을 몰아쉬며 흑인병사와 대장을 뒤쫓아 한참을 나아갔을 때 갑자기 나무가 없는 밋밋한 능선이 나타났다. 그 능선에는 아직 아무도 밟지 않은 하얀 눈밭이 펼쳐져 있었다. 그 하얀 눈밭 위로 노루는 너무도 선명한 빨간 꽃을 그리면서 절룩거리며 나아가고 있었다. 눈밭에서 반사되는 은빛 햇살에 눈이 부신 소년은 가는 실눈을 뜨고 노루를 바라보았다. 노루의 상처가 깊었음인지 노루는 맨 처음 도망칠 때보다 더욱 힘겨운 걸음을 떼어놓고 있었다. 노루가 눈밭 위에 멈춰서서 가쁜 숨을 몰아쉬고 있었다. 나무나 바위와 같은 아무런 장애물이 없는 능선이라 노루는 흑인병사의 아주 좋은 표적이 되었다. 흑인병사가 왼쪽 무릎을 꿇고 노루를 겨냥했다. 노루는 오히려 그를 겨냥하고 있는 흑인병사를 뒤돌아보고 있었다.

– 탕.

골짜기로 메아리치는 총소리의 여음 속에서 노루가 잠시 허공으로 치솟아 올랐다. 그리고는 새하얀 눈 위로 풀썩 꼬꾸라졌다. 비명소리도 들리지 않았다.

소년에게는 노루가 잠시 허공으로 치솟은 체공시간이 아주 길게 느껴졌다. 그 순간만큼은 산에 있는 모든 것이 영원한 침묵 속에 빠져 버린 듯했다. 노루는 총을 맞아 공중으로 치솟은 것이 아니라 춤을 추고 있었다. 너울거리는 노루의 춤에 산허리를 감싸고 돌던 바람도, 새도, 나무도, 돌도, 모두가 숨을 숙이고 노루의 춤을 지켜보고 있었다. 소년은 노루의 춤에 취해 있었다. 너울거리는 노루의 춤은 우아했다. 그 광경은 경이롭고, 눈부셨다.

– 야호!

노루가 쓰러지자 흑인병사가 엄지손가락을 치켜세우며 껑충 뛰어올라 땅을 굴리며 환성을 질렀다.

그러나 소년은 기쁘지 않았다. 소년의 뇌리에는 아직도 하얀 눈 위의 능선에서 솟구쳐 올랐다가 춤추는 동작으로 쓰러지던 노루의 모습이 착시처럼 남아 있었다.

흑인병사가 쓰러진 노루 쪽으로 뛰어가고 있었다. 소년과 대장도 발목이 빠지는 눈 위를 걸어 노루가 쓰러진 곳으로 다가갔다. 목에 총알을 관통 당한 노루는 그때까지도 숨을 헐떡이고 있었다. 노루의 목과 입에서 흘러내린 검붉은 선혈이 하얀 눈 위에 탱화와도 같은 기묘한 붉은 채색화를 그리고 있었다.

흑인병사가 허리에서 날카로운 대검을 꺼내들었다. 그가 노루의 목 깊숙이 칼끝을 쑤셔 박았다. 노루의 입에서 낮은 신음소리가 들리고, 목에서 붉은 피가 뭉클뭉클 흘러내렸다. 마지막 기력을 쏟아내는 노루의 사지가 가늘게 떨리다가 서서히 멈추었다. 노루의 눈이 소년을 바라보고 있었다. 노루의 눈빛은 꿈을 꾸고 있는 듯 맑고 여렸다. 그 눈에 눈물이 어려 있었다.

소년은 눈을 감고 말았다. 사지를 떨며 고통 속에서 죽어 가는 노루를 차마 바라볼 수가 없었다. 소년은 또다시 바지에다 오줌을 찔끔대고 있었다.

잠시 후 소년이 눈을 떴을 때 흑인병사는 웃고 있었다. 땀방울이 흐르고 있는 얼굴이 번쩍거리며 빛나고 있었다. 금속 빛의 차갑고도 희게 빛나는 이빨이 흉측한 괴물과도 같았다. 대장은 그러한 흑인병사를 일그러진 표정으로 바라보고 있었다.

그때 또 한 방의 총성이 능선을 울렸다. 총소리가 울려 퍼진 후 잠시 동안의 정적이 산을 휘감는 순간 능선의 한쪽 끝에서 절박한 고함소리가 들려왔다.

– 사람, 사람이 맞았다.

순간 대장이 지게를 벗어 던지며 소리가 난 쪽으로 뛰기 시작했다.

소년도 대장을 뒤따라 뛰었다. 고무신이 벗겨졌다. 소년은 고무신을 손에 들었다. 흑인병사가 '헤이' 하며 소년과 대장을 불렀지만 소년은 돌아보지 않았다. 소년의 앞에서 뛰어가고 있는 대장은 마치 한 마리 토끼처럼 숲을 헤치고 있었다. 소년은 대장을 따라잡기 위해 발을 찌르는 가시의 아픔도 아랑곳하지 않고 뛰었다. 그러나 대장의 모습은 이내 숲에 가려 보이지 않았다. 소년은 대장이 사라진 숲을 헤치며 계속하여 나아갔다. 멀지 않은 숲속에서 어른거리는 동네사람들의 모습이 시야에 들어왔다. 대장의 모습이 사람들 사이로 비집고 들어가고 있었다.

순간 절규하듯 울부짖는 대장의 외침이 산을 울렸다.

– 아부지이….

소년이 가쁜 숨을 몰아쉬며 다가갔을 때, 대장은 그의 아버지의 가슴에 머리를 파묻고 울부짖고 있었다.

황갈색의 승복 비슷한 옷을 입은 대장의 아버지는 가슴을 붉은 피로 물들인 채 이미 고개가 뒤로 젖혀져 있었다.

눈꽃을 피운 나뭇가지 사이로 하얀 구름이 한가로이 시린 겨울하늘에 떠가고 있었다.

평소 마을에서 가끔 마주치는 대장의 아버지는 항상 승복 같은 황갈색 한복을 입고 있었다. 소년은 마을 사람들과는 다른 그러한 대장의 아버지의 복장에서 어떤 경외감을 느끼고 있었다. 대장의 아버지는 평소 마을 사람들과도 잘 어울리지 않았다. 항상 무언가를 깊이 생각하는 표정이었지만, 아이들을 보면 언제나 엷은 미소를 띠고 온화하게 대했다.

마을 사람들은 대장의 아버지가 어디에서 왔는지도 잘 모르고 있었다. 그런 대장의 아버지를 마을 사람들은 어려워하면서도, 공손하게 대하고 있었다. 그것은 대장의 아버지에게서 풍기는 알 수 없는 기품 때문이기도 했다.

대장의 아버지는 마을 사람들처럼 노루를 몰기 위해 산으로 올라온 사람이 아니었다.

소년은 짐작할 수 있었다. 소년이 가끔 어쩌다 새벽에 일어났을 때, 대장의 아버지가 산으로 올라가는 모습을 보곤 했다. 어떤 때는 어린 대장과 함께 산을 오르는 모습을 보기도 했다. 대장의 말로는 아버지와 함께 산에서 수행을 한다고 했다. 그러나 대장이 말하는 그 수행이 어떤 것인지 소년은 알 수 없었다.

새벽에 대장 아버지는 혼자 산으로 올랐을 것이었다. 산속에서 수행을 하고 있던 대장 아버지의 모습을 미군병사들이 노루로 착각하고 총을 쏜 모양이었다.

그날, 노루사냥이 있은 날 저녁.

어둠이 밀려들자 마을의 앞 뒤 산에서 노루가 울었다. 어미를 잃은, 새끼를 잃은 노루들의 울음소리는 다음날 새벽 여명이 밝아올 때까지도 계속되었다. 노루 울음소리가 고열에 들뜬 소년의 귓가에 메아리처럼 울려 퍼지고 있었다. 열에 들떠 의식이 희미한 소년의 눈에 허공으로 치솟아 오르던 노루의 모습이 보였다가 피 묻은 대검을 손에 든 흑인병사의 흉측한 얼굴이 떠오르기도 했다. 그때마다 가위에 눌려 깨어났다가 피를 흘리는 아버지의 가슴에 얼굴을 묻고 울부짖던 대장의 모습이 나타나 소년을 더욱 괴롭혔다.

소년은 그렇게 한 달여 동안을 앓았다. 소년이 그나마 기운을 차려 해쓱하게 야윈 얼굴로 마을 동구 밖으로 나갔을 때, 어느덧 따스한 봄기운이 마을의 양지 바른 언덕 위까지 다가와 있었다. 소년이 그 언덕에서 전쟁놀이를 하고 있던 동네 아이들에게 대장의 소식을 물었을 때, 아이들이 소년에게 말했다.

대장은 그날의 노루 사냥이 있은 후 얼마 있지 않아 머리에 보퉁이 하나만을 달랑 인 어머니와 함께 찬바람이 부는 뒷산 고개를 넘어간 이후 돌아오지 않는다는 것이었다. 소년이 무거운 머리를 들어 대장이 넘어갔다는 뒷산 고갯마루를 올려다보았을 때, 완연한 봄이 되기엔 아직도 이른 산마루에는 황량한 바람만이 휘파람을 불고 있었다.

버들피리, 이별, 그리고 재회

곽판사: 피고인 김준하.

김준하: 예.

곽판사: 공소장 부본 받아 보셨지요?

김준하: 예.

곽판사: 내용을 읽어 보셨나요?

김준하: 읽어보지 않았습니다.

낮고, 느린, 그러나 목소리에 힘이 실린 뚜렷한 대답.

준하의 도전적인 어투에 곽 판사의 얼굴이 굳어진다.

곽판사: 공소장을 받고서도 내용은 읽어보지 않았다는 말입니까?

김준하: 예, 특별히 읽을 만한 가치가 있는 것이라고는 생각하지 않았습니다.

준하의 여전히 도전적인 어투.

두꺼운 안경 너머로 말없이 준하를 응시하는 곽 판사.

준하 또한 곽 판사의 눈길을 피하지 않는다.

팽팽한 긴장 속에 휩싸이는 법정.

곽판사: 피고인 박형기.

박형기: 예.

곽판사: 공소장 부본 받아 보셨지요?

박형기: 예.

곽판사: 피고인 김준하, 피고인의 불손한 태도는 피고인에게 불리하게 작용할 수 있음을 명심해 주기 바랍니다.

준하가 가볍게 고개를 숙인다. 그러나 입가에는 가벼운 웃음이 번진다.

곽판사: 검사는 기소의 요지를 진술해 주시기 바랍니다.[2]

검사석에 앉아 있던 용훈이 천천히 일어서 수사기록 중 공소장 부분을 펼치고는 공소사실의 요지를 진술해 나가기 시작했다.

– 피고인 김준하는 19××. ×. ××. 특수상해죄로 소년원 송치, 19××. ×. ××. 국가보안법 및 집회및시위에관한법률위반으로 삼년의 실형을 받은 전과가 있다. 피고인은 당시 위 사건을 담당했던 수사검사인 김인환을 보복 살해하기로 마음을 정하고….

2) 검사의 모두진술(冒頭陳述)을 나타내는 부분이다. 이에 대하여 형사소송법 제285조는 "재판장은 검사로 하여금 공소장에 의하여 기소의 요지를 진술하게 할 수 있다."라고 규정하고 있다.

용훈의 목소리는 이미 준하의 범죄사실에 대한 유죄를 단정하는 확신에 차 있다. 재판이 진행되기도 전에 이미 유죄를 단정하는 용훈의 이 확신에 찬 어조는 기영을 다시 한 번 깊은 무력감에 빠져들게 했다. 기영이 준하를 위해 준비한 것은 아무 것도 없었다. 비록 유치장의 접견실에서 준하가 무엇을 암시하는 말을 하긴 했지만, 그것이 변호인으로서의 기영에게 어떤 힘을 불러일으킬 수는 없는 일이었다. 기영은 자신이 준하의 변호인으로서가 아니라 오히려 방청객이 아닌가 하는 착각에 빠져들고 있었다.

기영은 눈을 들어 피고인석에 선 준하를 바라보았다.

용훈이 낭독하는 피고인들의 범죄사실에 대한 기영의 조바심과는 달리 준하는 여전히 침착하고 단정했다. 오히려 그는 그러한 담담한 표정에 온화한 미소까지 띠고 있었다.

기영은 준하에게 향했던 시선을 돌려 방청석을 돌아보았다. 방청석에 앉아 있는 사람들은 모두가 숨을 죽인 채 피고인과 재판부를 응시하고 있었다. 방청석은 목각인형들을 앉혀 놓은 것처럼 숨소리조차 들리지 않았다.

혹시, 아니 분명 그녀가 와 있을 것이다. 기영은 방청석의 구석구석을 찬찬히 둘러보았다. 그러나 방청석에 기영이 찾는 사람의 얼굴은 보이지 않았다. 가슴이 메어지고 있었다. 오지 않을 것인가. 만약 그녀가 있다면, 그녀가 있다면…. 그러나 안타깝게도 그녀는 보이지 않았다. 그녀는 지금 어디에 있는 것일까?

*　　*　　*

사월이 되기까지 학교에 가지 못했다. 그날의 노루사냥이 있은 날 이후, 소년은 계속되는 열과 기침에 시달리며 앓았다. 그 해 겨울이 가고, 다시 봄이 왔지만 소년을 괴롭히던 기침과 고열은 그때까지도 쉽게 떠나지 않았다.

어느덧 봄이 완연해진 사월이 되어서야 소년은 자리에서 일어나 처음으로 학교에 나갔다. 그러나 학교에 나온 후에도 계속되는 기침과 열 때문에 결국 수업시간을 다 채우지 못하고 조퇴를 하여 집으로 돌아가고 있었다.

운동장을 벗어나 해묵은 버드나무 가로수가 줄지어 선 신작로를 따라 한참을 걸어가면 닷새마다 열리는 장터가 나오고, 이 장터의 맞은편에는 간이우체국과 면사무소가 있었다.

가로수에는 어느새 파릇파릇한 움이 돋아나고, 그 가로수 옆으로 나 있는 논두렁에서는 파릇파릇 연초록 새 잎들이 봄 향기를 풍기고 있었다. 그러한 싱그러운 봄 향기에 그토록 지끈지끈하던 두통도 한결 가셔 신작로를 따라 걷는 소년의 발걸음은 가벼웠다.

소년은 길옆으로 줄지어 선 늙은 버드나무 밑동의 어린 가지 하나를 꺾어 버들피리를 만들었다. 이제 한창 물이 오르고 있는 버드나무 가지를 꺾어 비틀면 속의 나무 알갱이와 껍질이 따로 분리되고, 분리된 나무 알갱이를 조심스럽게 당기면 가지는 속이 빈 대롱이 된다. 이 대롱의 한쪽 끝의 바깥쪽 표피 부분을 연필 깎는 칼로 걷어내고 대롱 입구를 납작하게 만들어 입에 대고 불면 대롱에서 '삘리리' 하는 소리가 나는 것이다.

버들피리를 불면서 한참을 걸어 장터에 다다랐을 때, 장터의 길 건너편에 있는 간이우체국 출입문 계단에 앉아 있는 한 소녀가 눈에 띄었다. 소년을 쳐다보고 있는 그 소녀는 유난히 살결이 뽀얬다. 하얀 스웨터에 가늘고 긴 목, 단정한 단발머리, 하얀 양말에 운동화까지 신은 소녀의 차림새는 분명 소년이 다니는 시골학교의 촌스러운 소녀들과는 다른 모습이었다. 그러한 소녀가 눈을 말갛게 뜨고, 버들피리가 신기한 듯 소년을 빤히 바라보고 있었다. 괜스레 부끄럽고 가슴이 뛰었다. 소년은 소녀의 시선을 피하면서 불고 있던 버들피리를 신작로 길 위에 슬며시 떨어뜨리고 말았다. 육 학년이나 되는 다 큰 녀석이 버들피리를 부는 게 부끄러웠다. 그리고는 빠른 걸음으로 소녀를 지나쳤다. 소녀의 앞을 지나치는 순간 소년의 가슴은 더욱 고동치고 있었다.

얼마를 나아갔을까. 소년의 뒤에서 '삘리리' 하는 버들피리 소리가 들려왔다. 소년이 걸음을 멈추고 뒤돌아봤다.

소녀가 버들피리를 불고 있었다. 그 버들피리는 소년이 부끄러워 길 위에 떨어뜨렸던 그 버들피리였다. 그 위로 아지랑이가 피어오르고 있었다.

소녀는 장터 맞은편 간이우체국에 새로 부임해 온 우체국장의 딸이었다. 단정한 단발머리, 뽀얀 살결, 소년이 신고 있는 검정고무신과는 다른 하얀 운동화. 때가 끼어 꾀죄죄한 시골의 소녀들과는 다른 맵시,

아주 큰 도시에서 왔을 것이라는 막연한 추측과, 그리고 소년이 한 번도 구경해 보지 못한 그 큰 도시에 대한 동경과 함께 소녀에 대한 연연한 가슴앓이로 그 해 봄이 시작되었다.

그날 이후로 우체국 앞을 지나칠 때마다 소년의 가슴은 두근거렸다. 행여 소녀의 모습이 우체국 앞에 보이거나, 우체국의 창문 너머로 비치기라도 하면 소년의 가슴은 세차게 뛰곤 했다.

소녀의 모습을 보지 못하는 날이면 소년은 왠지 허전하여 집으로 가지 못하고 우체국 앞을 왔다 갔다 하며 배회하기도 했다. 어떤 날은 학교 앞을 흐르는 강가에 노을이 빨갛게 물들 때까지 소녀의 모습이 나타나기를 기다리며 장터와 우체국 앞을 오가며 가슴을 졸이곤 했다. 그런데도 결국 소녀의 모습을 보지 못하고 땅거미가 내리는 저녁 길을 터벅터벅 걸어 집으로 돌아오는 날이면, 소년은 가슴을 가득 채우는 허전함에 괜스레 눈물을 글썽이곤 했다.

강가에 새로운 노을이 지고, 강물이 불었다 다시 흐르고, 봄, 여름, 가을, 겨울이 두 번이나 지나갈 때까지도 소년은 소녀에게 단 한 마디의 말조차 건네보지도 못하고 그렇게 가슴앓이를 하고 있었다.

여름내 싱그러운 푸른 잎으로 가지를 드리웠던 길가 버드나무도 이제는 누렇게 변한 잎을 바람에 흩날리고 있었다. 짙푸른 녹음에서 울어대던 매미소리도 끊어진 지 이미 오래, 버드나무 길가에는 벌써 코스모스가 이제는 제법 서늘해진 가을바람에 하늘거리고 있었다.

소년은 이제 중학생이 되어 있었다.

소년은 코스모스가 하늘거리는 신작로를 따라 자전거를 타고 달리고 있었다. 비록 학교에 가기 위해서, 해가 뜨기도 전 어두운 새벽에 출발하여 두 시간 가까이나 페달을 밟아야 했지만, 소년은 학교 가는 것이 즐거웠다. 자전거 페달을 밟을 때마다 귓전을 스치고 지나가는 바람이 좋았다. 바람에는 들꽃의 향내가 있었고, 새들의 노래 소리가 실려 있었고, 아침 햇살에 반짝이며 흐르는 강물의 속삭임이 있었다. 그러나 무엇보다도 소년을 기쁘게 하는 것은 소녀가 소년에게 관심을 가지기 시작했다는 것이었다. 소년이 학교를 마치고 집으로 돌아오는 길이면 소녀는 항상 우체국 앞에 나와 언제나 하얀 미소로 바라보고 있었다.

그러나 소년은 소녀에게 말을 걸 용기가 나지 않았다. 소녀의 하얀 웃음을 대할 때마다 소년은 갑자기 가슴이 두근거렸고, 괜스레 멋쩍어 얼굴이 붉어지는 것이었다. 오히려 소년은 소녀의 시선이 부끄러워 엉덩이를 치켜들고는 페달을 힘껏 밟으면서 한참 동안을 달려간 후에야 비로소 가쁜 숨을 몰아쉬며 뒤를 돌아보는 것이었다. 그래도 소녀는 언제나 소년을 멀리서 바라보고 있었다.

앞산에 진달래가 붉게 물들고, 겨울 내내 얼어붙었던 들판이 연초록 빛으로 변하고 이름 모를 들꽃이 다시 피어났다. 신작로를 따라 늘어선 버드나무에도 새 움이 다시 돋아나고 있었다.

소년은 이제 중학교 이학년이 되었다.

학교에 가는 첫 날 아침, 뽀얀 먼지를 일으키며 소년의 자전거를 지나치는 시골버스 안에는 풀을 빳빳이 먹인 하얀 칼라 교복의 소녀가 타고 있었다. 소녀도 중학교에 진학한 것이었다.

소녀는 소년과는 달리 간이우체국 옆에 있는 버스정류소에서 버스를 타고 통학을 했다. 소년의 마을까지는 버스가 운행되지 않았지만, 간이우체국이 있는 면소재지와 중학교가 있는 읍내, 그리고 군내 다른 마을들을 두 시간 간격으로 운행하는 시골버스가 있었다.

소년이 아직 어둠이 채 가시지 않는 마을을 출발하여 간이우체국을 지나 학교와 간이우체국 중간지점쯤에 이르면 뽀얀 먼지를 일으키며 버스가 소년의 자전거를 지나쳤다. 그 버스 안에 소녀가 타고 있었다. 오후 세시 반쯤에 끝나는 학교 수업을 마치고 집으로 돌아오는 길에도 버스가 소년의 자전거를 지나쳤고, 그 버스 안에서 소녀가 수줍은 미소를 머금고 손을 흔들어 보이곤 했다. 소년은 그럴 때면 버스 꽁무니에서 토해내는 매연과 먼지도 아랑곳하지 않고 더욱 힘차게 페달을 밟는 것이었다. 소녀의 그 모습을 놓치지 않으려고.

코스모스가 하늘거리는 하늘가로 고추잠자리가 날고 있는 가을 들녘, 소년이 자전거를 달리고 있었다. 바람을 가르며 달리는 소년의 코에 향긋한 들국화 향내가 묻어 왔다.

자전거의 뒤쪽에서 부르릉거리는 차 소리가 들렸다. 소년은 차가 지나갈 수 있도록 자전거를 왼쪽 길옆으로 붙이며 뒤돌아봤다. 역시 버스였다. 이윽고 버스가 소년의 자전거를 지나치고, 버스 안에서 소녀가 소년에게 손을 흔들었다. 소년은 엉덩이를 치켜세우고 버스의 꽁무니를 따라 힘차게 페달을 밟았다. 소년의 이마에는 어느새 땀방울이 비오듯 흐르고 있었다. 그러나 결국 버스는 점점 멀어져 구부러진 신작로 굽이를 돌아갔다.

소년이 자전거를 달려 버스가 지나간 신작로의 굽이를 돌았을 때, 다른 때 같으면 벌써 보이지 않을 버스가 도로변에 서 있었다. 소년은 더욱더 힘차게 페달을 밟았다. 가까이 다가가자, 마을을 돌아다니며 행상을 하는 사람들로 보이는 웅성거리는 사람들 한편에서 길가에 핀 코스모스 한 송이를 쥔 소녀가 강둑에 서서 강물을 내려다보고 있었다.

버스 밑에서 나이 든 버스기사가 기어 나오더니 다시 버스에 올라 시동을 걸었다. 그러나 버스는 몇 번을 부르릉거리다가 다시 소리를 멈추고 말았다. 버스가 고장이 난 것이었다.

소년이 자전거에서 내려 천천히 소녀에게로 다가갔다. 그때까지도 소녀는 소년이 다가오는 줄도 모른 채 여전히 강을 내려다보고 있었다. 소년의 가슴이 더욱 크게 두근거렸다. 가까이에서 본 소녀의 볼은 발갛게 꽃잎에 물들어 있었다. 소년이 다가오는 인기척을 느낀 소녀가 시선을 돌렸다. 수줍게 웃어 보였다. 소년 또한 멋쩍게 웃음을 지어 보이며 쓰고 있던 모자를 벗어 자전거 핸들에 걸고는 소매로 땀을 문지르며 불쑥 말했다.

– 내 자양구(자전거) 타구 가자.

소년이 자전거의 뒷자리를 가리켰다. 어디서 이런 용기가 났을까. 소년 자신도 스스로 놀라고 있었다.

– 괜찮아.

소녀가 고개를 흔들었다.

– 차가 언제 고쳐지겠노?

– 겁이 나서….

– 꼭 잡고 타면 괘안타. 어영(얼른) 안 가면 해지겠다.

– 그래라. 차가 언제 고쳐질지 모르것다.

다시 버스에서 내려오던 버스기사가 소년의 편을 들어 말했다.

소년이 자전거의 뒤쪽 짐칸에 싣고 있던 책가방을 풀어 자전거의 한쪽 핸들에 걸고, 소녀의 책가방을 다른 한쪽의 핸들에 걸었다. 소녀가 머뭇거리다가 뒤쪽 자리에 앉았다.

소년이 페달을 밟기 시작했다. 가방과 소녀의 무게 때문에 처음에는 다소 힘들었지만 이윽고 가속도가 붙기 시작하자 소녀를 태우고도 그다지 힘들이지 않고 신작로 길을 덜커덩거리며 달릴 수 있었다. 점차 속도가 붙기 시작하자, 겁이 난 소녀가 엉겁결에 소년의 등허리를 껴안았다. 소년의 등에 봉긋하게 솟기 시작하는 소녀의 젖가슴의 감촉이 따뜻하게 전해지며 코끝으로 소녀의 체취가 느껴졌다. 가슴이 벅찼다. 소년은 자전거를 달리고 있는 것이 아니라, 구름을 타고 달리고 있었다. 소년은 힘차게 페달을 밟아 나갔다. 귓가를 스치는 가을바람이 시원했다. 길가 코스모스가 하늘거리며 춤을 추고 있었다.

고갯길이었다. 자전거를 끌고 올라가지 않을 수 없었다. 자전거에서 먼저 내린 소녀가 얼굴을 찡그리며 엉덩이를 만지고 있었다. 뒤 짐칸이 쇠붙이라 자갈길에 엉덩이가 아팠을 것이었다.

소년이 오른손으로는 자전거 핸들을 잡고 왼손으로 모자를 다시 벗어 자전거에 걸고는 소맷자락으로 땀이 뻘뻘 흐르는 얼굴을 훔쳤다.

– 마이(많이) 아푸나?

소년이 미안한 눈빛으로 숨 가쁘게 물었다.

– 아니, 조금.

소녀도 이제는 얼굴빛이 상기돼 있었다.

– 땀 닦아.

소녀가 엉덩이를 만지던 손으로 호주머니에서 하얀 손수건을 꺼내 소년에게 내밀며 수줍게 말했다.

– 괘않다 마.

소년은 연신 소맷자락으로 땀을 훔치면서도 선뜻 손수건을 받지 못했다. 하얀 손수건이 너무 깨끗해 보여 받기가 민망했다.

– 나 땜에 더 힘들어 놓고.

머뭇거리는 소년에게 다가온 소녀가 소년의 손에 손수건을 쥐어주며 말했다. 그러면서 가지런한 이빨을 보이며 하얗게 웃었다.

소년의 뛰는 가슴이 더욱 고동쳤다. 소년은 소녀의 손수건을 받아 땀을 닦았다.

해가 서쪽으로 많이 기울고 있었다. 고갯길을 자전거를 끌고 오르기 시작했다. 소년은 땀을 닦은 그 손수건을 슬며시 제 호주머니에 집어넣었다. 더러워진 손수건을 그대로 돌려 줄 수 없다고 생각했다. 깨끗하게 빨아서 다음에 돌려주리라 마음먹었다.

– 오빠, 자전거 통학길이 힘들지 않아?

자전거를 사이에 두고 나란히 걷고 있던 소녀는 손수건은 잊어버렸는지 천연덕스럽게 '오빠' 라고 부르며 물었다.

– 응, 괜않다. 비가 올 때는 좀 그렇지만…. 겨울에도 좀 추버서 그렇고….

소년은 '오빠' 라는 말에 다시 가슴이 뛰었다. 속으로는 '니가 있어서 신이 나. 맨날 니를 태우고 댕깄으면 좋겄다' 하고 말하고 있었다.

고갯길 산등성이에는 억새꽃이 지는 가을 햇살에 황금빛으로 물결치고 있었다. 그 숲 속에서 산새 소리가 끼욱거리고 있었다. 가까운 풀섶에서 장끼가 푸드득 날아올랐다. 소녀가 '엄마' 하고 소리치며 깜짝 놀라곤 했다. 그럴 때마다 소년은 속으로 '저 놈의 꿩' 하고 소리를 질렀다. 그 사이 짐을 가득 실은 트럭 두 대가 고갯길로 숨 가쁘게 천천히 올라갔고, 버스 한 대가 왔던 길로 뽀얀 먼지를 일으키며 내려갔다.

고갯마루에 다다랐다. 잠시 자전거를 세워놓고 근처 바위에 앉아 쉬기로 했다. 소녀의 콧잔등에도 땀방울이 송송했다. 소녀는 또 다른 손수건을 꺼내 땀을 닦았다. 소년은 속으로 놀라고 있었다. 여자애들은 손수건을 두 개씩이나 갖고 다니는구나. 소년은 부끄러웠다. 손수건도 하나 없는 촌놈이라니….

왔던 길을 내려다보니 아득히 소녀가 타고 왔던 버스가 그대로 서 있고, 버스에서 내린 사람들인지 몇몇 사람들이 멀리서 줄을 지어 걸어오고 있었다.

– 오빠, 오빠 집은 얼마나 멀어?

소녀가 물었다.

– 좀 멀어. 면에서도 반시간은 더 달려야 돼.

– 자전거로?

– 응.

– 힘들겠다. 한번 가보고 싶어. 오빠 마을이 얼마나 경치가 좋은지 보고 싶어.

– 뭐, 촌구석인데….

소년의 가슴은 설레었다. 소녀가 우리 마을에 온다…. 그러나 어떻게 계집애를 데리고 마을로 갈 수가….

소년이 갑자기 생각난 듯 벌떡 일어섰다. 그리고는 교복 윗도리를 벗어 반듯하게 네모로 접어 자전거 뒤칸에 얹었다.

– 좀 나을 기다. 어서 타. 해가 진다.

소녀가 환히 웃고 있었다. 해가 서산으로 떨어지고 있었다.

소년이 한 번도 쉬지 않고 달려 간이우체국 앞에 도착했을 때, 해는 어느덧 완전히 서산으로 기울고, 빨간 저녁노을이 소녀의 얼굴을 붉게 물들이고 있었다.

그날 이후, 소녀는 가끔, 토요일같이 학교가 일찍 마치는 날은 소년을 기다렸다가 자전거를 타고 집으로 돌아오곤 했다. 자그마한 방석을 하나 만들어 자전거 뒤칸에 깔고. 그런 날이면 자전거를 타고 오다 강둑이나 고갯마루에서 노을이 질 때까지 쉬다가 오기도 했다. 소녀도 노을빛을 좋아했다. 신작로 길가 줄지어 선 버드나무가 잎을 떨어뜨리고, 노을이 지는 강변을 따라 갈가마귀떼들이 줄지어 날아오는 겨울이 왔을 때도 날씨가 아주 포근한 날이면 소녀는 그렇게 소년을 기다렸다가 함께 집으로 돌아오곤 했다.

소녀를 만날 수 없는 겨울방학은 길고 지루했다. 방학인데도 불구하고, 소년은 일부러 간이우체국이 있는 장터까지 가보기도 했다. 그러나 소녀의 모습은 보이지 않았다. 아니, 소년은 우체국에 소녀가 없다는 것을 알고 있었다. 겨울방학이 되면 소녀는 B시에 가 있을 것이라고 미리 말해 주었기 때문이었다. 그런데도 혹시나 소녀가 돌아와 있을지도 모른다는 생각에 우체국 앞으로 가보곤 했지만, 그때마다 소년은 더욱 짙은 그리움만 가득 안고 돌아올 뿐이었다.

그런 방학이 끝나고 아직은 추운 이월 개학이 되었을 때, 소년은 소녀를 만날 수 있다는 크나큰 기대감으로 학교로 향했다. 그러나 소녀의 모습은 우체국에도 학교에도 보이지 않았다. 이월이 가고 삼월이 되어 소년이 삼학년이 되었는데도 소녀는 학교에 나타나지 않았다.

아직도 추위가 가시지 않은 삼월 초순, 소년은 담임선생님으로부터 소포꾸러미 하나를 받았다. 그 속에는 소녀의 편지와 함께 하모니카 하나가 들어 있었다. 소년이 두근거리는 가슴으로 편지를 꺼냈다. 편지에는 소녀가 B시로 발령을 받은 아버지를 따라 전학을 갔다고 했다. 그러면서 소년이 열심히 공부하여 꼭 B시에 있는 고등학교에 진학하여 다시 만나자고 적혀 있었다.

소년은 소녀가 그리울 때마다 하모니카를 불었다. 소년의 가방에는 끝내 돌려주지 않았던 소녀의 손수건 –그때까지 소녀의 손수건은 언제나 소년의 일기장 첫 장에 곱게 접혀 있었다.– 으로 곱게 싸인 하모니카가 항상 들어 있었다. 그 하모니카는 소녀의 손수건과 함께 소년이 가장 아끼는 물건이 되었다. 소년은 공부에 열중했다. 소녀를 다시 만나겠다는 집념은 소년을 오직 공부에만 몰입하게 했다.

신작로를 따라 흐르는 강에 다시 강물이 흐르고, 노을이 붉게 물들었다. 소년은 외로울 때면 가끔 강가에 나와 하모니카를 불었다. 노을빛은 하모니카 소리와 함께 짙어지고, 강물은 소년의 하모니카 소리와 함께 흘렀다.

소년은 여전히 그 신작로를 따라 자전거를 달렸다.

신작로를 따라 늘어선 버드나무 가지에 다시 움이 터고, 들판에는 새싹들이 다시 솟아나기 시작했다. 소년은 B시로 향하는 버스에 몸을 싣고 있었다. B시의 Y고등학교 교복을 입은 소년의 가슴은 소녀를 다시 만난다는 기대감으로 벅차 있었다

Y고등학교의 교문 옆 담장을 타고 올라간 담쟁이덩굴의 잎 사이로 토요일 오후의 따스한 햇살이 한가롭게 내려쬐고 있었다. 수업을 마친 소년이 교문을 나서 담쟁이 길을 걷고 있었다.

– 오빠 !

순간 소년은 감전이 된 듯 그 자리에 서 버렸다. 귀에 익은 음성. 고개를 돌렸다. 담장 아래에 붙어서서 소녀가 얼굴 가득 미소를 띠고 서 있었다. 담을 타고 올라간 담쟁이 넝쿨의 잎에 부딪히는 햇살과 소녀의 미소가 한데 어우러져 엷은 아지랑이로 피어오르고 있었다.

소년이 그토록 그리워하고, 애를 태우던 소녀가 거기 서 있었다.

B시에는 소년 혼자였다. 친척도 없었다. 가난한 집안 형편 때문에, 소년은 고등학교에 입학한 후 좁은 단칸방을 빌려 자취생활을 하는 한편, 새벽 일찍 일어나 신문배달을 해야만 했다. 처음에는 신문배달을 하는 일이 소년에게는 무척이나 힘들었다. 새벽 일찍 일어나 배달을 하고 학교에 가면 피곤한 나머지 수업 중에 꾸벅꾸벅 졸기 일쑤였다. 그러나 시간이 지나면서 그것은 소년의 규칙적인 생활의 일부로 변해 갔다.

소년의 생활은 힘들었지만 소년에게는 커다란 즐거움이 있었다. 그것은 매주 수요일과 토요일 오후에 소녀를 만날 수 있었기 때문이었다. 소년의 어려운 집안 형편을 안 소녀의 아버지가 일주일에 두 번씩 중학교 일년생인 소녀의 남동생 공부를 도와주도록 배려하였던 것이다. 소년에게는 그 대가로 받는 얼마간의 돈도 고마운 것이었지만, 무엇보다도 소녀를 만날 수 있다는 기쁨에 고달픔도 잊었다.

수요일 저녁과 토요일 오후, 소녀의 집을 찾아가면 언제나 미소를 머금은 소녀가 소년을 맞았다. 소녀의 집은 시골에서만 자라온 소년이 한 번도 구경하지 못한 깨끗한 이층 양옥이었다. 소녀와 그녀의 남동생 방은 이층에 있었다. 서쪽으로 조그만 창문이 나 있었다. 동생을 가르치고 있을 때 가끔 소녀도 찾아와 모르는 것을 묻곤 했다. 그럴 때면 소년은 소녀의 머리카락에서 풍겨나는 체취를 깊이 들이마시며, 처음 소녀와 함께 자전거를 타고 고향의 신작로 길을 달려 집으로 돌아오던 날, 그렇게 빨갛게 노을에 타오르던 소녀의 볼을 떠올렸다.

저녁을 먹고 집을 나와 어둠이 깔리기 시작하는 골목길을 걸어 나올 때마다 소년은 왠지 모를 서러움을 느끼곤 했다. 배웅을 나온 소녀와 헤어지기 싫어 일부러 천천히 걸었지만 골목길은 항상 짧기만 했다.

– 잘 가, 오빠.

소년에게는 골목길을 함께 걸어 나와 헤어질 때 하는 소녀의 인사말이 너무도 아쉽고 허전했다. 소년은 되돌아간 소녀가 다시 몸을 돌려 손을 흔들고 골목길을 돌아갈 때까지 한참 동안이나 서 있다가 무거운 걸음으로 자취방으로 돌아오곤 했다. 소년의 자취방은 어둡고 습기 찬 방이었지만, 소년은 그 방에서 꿈을 꿀 수 있었다. 다시 소녀를 만날 수 있다는 생각에 소년은 언제나 행복하게 잠들 수 있었다.

그 해, 소년의 봄은 그렇게 지나가고 있었다.

소녀, 그리고 대장

곽판사: 피고인들은 각개의 물음에 대하여 진술을 거부할 수 있고 이익이 되는 사실을 진술할 수 있습니다. 피고인 김준하, 지금 검사가 진술한 공소사실을 들었지요?

김준하: 예.

곽판사: 피고인은 검사의 공소 사실을 인정하는가요?

김준하: 그 부분에 대하여는 대답하지 않겠습니다.

다시 한 번 준하를 응시하는 곽 판사, 그러나 자제력을 잃지 않는다.

곽판사: 피고인 김준하, 분명하게 대답해 주세요.

김준하: 조금 전 분명 진술을 거부할 권리가 있다고 말하지 않았습니까?

곽판사: 피고인 박형기.

박형기: 예.

곽판사: 지금 검사가 진술한 공소사실을 들었지요?

박형기: 예.

곽판사: 피고인은 검사의 공소 사실을 인정하는가요?

박형기: 살인을 방조했다고 하는데, 저는 방조한 사실이 없습니다. 살인은 김준하 혼자서 한 일입니다.

곽판사: 피고인 김준하의 변호인께 묻겠습니다. 피고인 김준하의 공소사실에 대한 변호인의 입장은 어떠한 것인가요?

기영은 천천히 일어섰다. 드디어 결정을 해야 할 때가 온 것이다. 기영은 준하를 보았다. 그러나 준하는 아무런 표정도 없었다. 공소사실을 인정할 것인가. 공소사실을 인정한다면 준하가 유치장에서 말한 굿판은 깨어질 것이다. 굿판을 깨고 단지 구명을 호소할 것인가. 그러나 이것은 준하에게는 오히려 더 큰 치욕이 될 것이다. 그렇다. 준하는 변호인인 기영의 입을 빌려 공소사실을 부인하고 싶은 것이다.

– 피고인 김준하에 대한 공소사실을 모두 부인합니다.

기영이 다시 준하를 보았다. 준하의 얼굴에 미소가 감돌았다. 역시 기영의 판단이 옳았다. 준하가 장단을 맞춰달라고 한 것은 이것이다.

곽판사: 검사는 피고인을 신문해 주십시오.

김용훈 검사(피고인 박형기에게)

문: ××××. ×. ××. 23:00경 무렵, B시 ○○구 ○○동에 위치한

피고인의 집으로 피고인 김준하가 찾아온 사실이 있었지요?

답: 예.

문: (이때 김용훈 검사가 피고인 김준하를 지목하며) 그때 피고인을 찾아온 김준하는 지금 피고인 옆에 있는 상피고인 김준하인가요?

답: 예.

문: 그때 상피고인이 피고인을 찾아와 무슨 말을 하였나요?

답: 함께 가볼 데가 있다고 하면서 자기의 차에 타라고 했습니다.

문: 당시 상피고인 김준하가 어디에 간다고 하던가요?

답: 어디라고 특정한 장소를 말하지는 않았습니다. 단지 자기와 함께 다녀올 데가 있다고 했습니다.

문: 당시 밤이 늦은 시간인데, 피고인은 어디에 간다는 목적지도 알지 못하고 상피고인 김준하를 따라 나섰다는 것인가요?

답: 그렇습니다.

문: 평소에도 상피고인 김준하가 밤늦게 찾아온 적이 있었나요?

답: 없었습니다. 그날 처음 있는 일이었습니다.

문: 그런데도 피고인은 아무 말도 없이 상피고인 김준하를 따라 나섰다는 것인가요?

답: 무슨 문제가 있나보구나 하는 생각은 했습니다.

문: 피고인이 상피고인 김준하의 차를 타고 가는 동안에 피고인은 목적지를 묻지 않았나요?

답: 궁금했지만, 표정이 심각해보여 감히 물어볼 생각을 하지 못했습니다.

문: 차를 타고 가는 도중에 무슨 일이 없었나요?

답: 시내의 어느 곳에서 잠시 차를 세우고 공중전화로 어디로 전화를 했습니다.

문: 누가요? 상피고인 김준하가 말입니까?

답: 예.

문: 그 후 상피고인 김준하가 간 곳은 어디였나요?

답: 나중에 알게 되었지만, 차가 도착한 곳은 호텔 크라운이었습니다.

문: 호텔 크라운 어디였나요? 구체적으로 말씀해 주세요.

답: 지하 주차장이었습니다.

문: 그곳에서 상피고인 김준하가 어떤 행동을 했나요?

답: 차의 트렁크를 열고 가발을 꺼내어 썼습니다.

문: 평소 김준하가 가발을 착용한 적이 있었나요?

답: 없습니다. 평소에 가발을 쓴 적은 없었습니다.

문: 그렇다면 그때 피고인은 상피고인 김준하의 행동이 이상하다고 생각하지 않았나요?

답: 이상했습니다. 그래서 제가 물어보려고 하는 참에 김준하 소장이 얘기를 했습니다.

문: 어떤 얘기를 하였나요?

답: 당선축하 인사를 하러 간다고 했습니다. 그러면서 선물바구니를 전달할 때 옆에서 박수를 쳐 달라고 했습니다.

문: 인사를 하러 간다는 사람이 평소와 다르게 가발을 쓴다는 것이

이상하지 않았나요?

답: 이상하긴 했지만, 물어볼 겨를도 없이 바로 엘리베이터를 타고 호텔 객실로 올라갔습니다.

문: 선물바구니를 들고 올라간 사람은 피고인이었나요?

답: 예.

문: 왜 피고인이 선물바구니를 들고 올라갔나요?

답: 김준하 소장이 가발과 장갑을 착용하면서 저에게 선물바구니를 들도록 했기 때문입니다.

문: 호텔의 객실은 804호실이었나요?

답: 예.

문: 당시 피고인은 호텔 크라운 804호실에 김인환이 머무르고 있다는 사실을 알고 있었지요?

답: 아니, 몰랐습니다. 저는 다만 영문도 모른 채 따라갔을 뿐입니다.

문: 호텔 객실 804호실에 갈 때까지 엘리베이터나 다른 곳에서 어떤 누군가를 만난 사실이 있나요?

답: 밤이 늦은 시간이라서 그런지 아무도 만나지 못했습니다.

문: 피고인과 상피고인 김준하는 호텔 객실 804호실에 어떻게 들어갔나요?

답: 호텔의 지배인이라고 하면서 노크를 하자, 안에서 문이 열렸습니다.

문: 호텔의 지배인이라고 하면서 노크를 한 사람은 피고인이었나요?

답: 아닙니다. 김준하 소장이 했습니다.

문: 문을 열고 들어간 상피고인 김준하는 어떤 행동을 했나요?

답: 지배인 김동욱이라고 하면서 선거사무장님께서 샴페인을 대령하시라는 연락을 받았다고 했습니다.

문: 그런 거짓말을 하는 김준하 소장이 이상하지 않았나요?

답: 이상하긴 했습니다.

문: 그런데도 피고인은 그 자리에 그대로 있었다는 말인가요?

답: 처음부터 이상했지만, 얼떨결에 따라온 뒤라서 경황이 없었습니다.

문: 그 뒤에 상피고인 김준하는 어떤 행동을 했나요?

답: 당선을 축하드린다고 하면서 인사를 하고, 자기가 샴페인을 터트리겠다고 했습니다. 그리고는 제가 들고 있는 선물바구니에서 샴페인 병을 꺼내어 흔들었습니다.

문: 그때 피고인은 그대로 있었나요?

답: 저는 그때 김준하 소장이 박수를 쳐달라고 했던 말이 생각나 영문도 모른 채 박수를 치고 있었습니다. 그런데 갑자기 김준하 소장이 샴페인 병으로 김인환의 머리를 때려 쓰러뜨렸습니다.

문: 샴페인병으로 김인환의 머리를 때릴 때나, 쓰러진 김인환이 반항을 하지는 않았나요?

답: 너무나 순식간에 가격을 했기 때문에 반항을 할 겨를이 없었습니다.

문: 그런 상피고인 김준하의 행동을 피고인이 왜 제지하지 않았나요?

답: 너무도 갑작스럽게 일어난 일이라 경황이 없었습니다.

문: 그 이후에 김준하가 어떤 행동을 했나요?

답: 호주머니에서 칼을 꺼내 들고는 쓰러진 김인환의 배를 발로 눌렀습니다. 그러자 잠시 실신했던 김인환이 의식을 찾은 것 같았습니다. 그러나 칼을 보고서 너무 놀라서인지 반항을 하지 않았습니다.

문: 그때 상피고인 김준하가 무슨 말을 하지는 않았나요?

답: 무슨 약속을 지키게 되었다고 말하는 것 같더니, 가발을 벗으면서 자기를 알아보겠느냐고 물었습니다.

문: 그때 김인환이 상피고인 김준하를 알아보았나요?

답: 처음에는 알아보지 못하는 것 같다가 잠시 후에 알아보는 것 같았습니다. 그러면서 살려달라고 애원했습니다.

문: 그런데도 상피고인 김준하는 김인환을 살해하였다는 것인가요?

답: 예. 김인환이 살려 달라고 하자, 김준하 소장이 이제야 비로소 약속을 지키게 되었고, 의원 노릇은 천국에 가서 하라는 말을 하면서 칼로 목을 베었습니다.

문: 그때까지 피고인은 상피고인 김준하의 행동을 그대로 보고만 있었다는 말인가요?

답: 김준하 소장의 행동이 너무 뜻밖이라 어떻게 해볼 도리가 없었습니다. 사실 저 또한 너무도 당황한 상태였고, 겁이 났습니다.

문: (이때 김용훈 검사가 수사기록 중의 샴페인병과 칼을 촬영한 사진을 피고인에게 제시하며) 당시 상피고인 김준하가 김인환을 때린 샴페인 병은 이것이고, 당시의 칼은 이 사진 속의 칼이 맞나요?

답: 예.

문: 피고인은 이와 같은 사실을 알고도 왜 이제까지 경찰에 자수하거나 신고하지 않았나요?

답: 그 동안 너무도 겁이 났습니다. 신고를 하면 같은 공범이 되어 처벌을 받을까봐 두려워서 신고하지 못했습니다.

– 이상입니다.

곽판사: 피고인 박형기의 변호인은 반대신문 해주십시오.

강성모 변호사(피고인 박형기에게)

문: 상피고인 김준하가 피고인의 집으로 찾아왔을 때, 미리 전화라도 하고 왔던가요?

답: 아닙니다. 그 시간에 찾아올 줄은 전혀 생각지도 못했습니다.

문: 그렇다면 상피고인 김준하가 피고인을 찾아 온 목적이 김인환을 살해하기 위해서라는 걸 피고인은 전혀 모르고 있었겠네요?

답: 예, 저는 정말 꿈에도 생각하지 못했습니다.

문: 상피고인 김준하가 샴페인 병을 꺼내어 들고 흔들 때, 피고인이 박수를 친 것은 실제로 김준하가 축하 샴페인을 터트릴 것이라고 생각했기 때문에 박수를 쳤던 것이지요?

답: 예.

문: 상피고인 김준하가 샴페인 병으로 김인환을 가격하여 쓰러뜨린 후 곧바로 칼을 빼어 들었나요?

답: 예, 쓰러지자마자 곧바로 칼을 꺼내 들고 배 위에 발을 올려놓

았습니다. 그리고는 김인환을 반항하지 못하도록 했습니다.

문: 만약 당시에 피고인이 상피고인 김준하의 행동을 저지하기 위한 행동을 하였다면 상피고인 김준하는 피고인도 해칠 태도를 보였나요?

답: 아마도 충분히 그러고도 남았을 것입니다.

문: 그래서 피고인은 신체에 대한 위협을 느꼈기 때문에 상피고인 김준하의 행동을 저지하지 못했던 것인가요?

답: 예, 그렇습니다. 당시 김준하 소장의 행동은 저에게는 너무도 돌발적인 것이었습니다. 저는 당시 너무 무서워서 떨고만 있었습니다. 그리고 김준하 소장이 칼을 들고 있었기 때문에 저지할 수도 없었습니다.

문: 피고인이 선물바구니를 보았을 때만 해도 피고인은 상피고인 김준하가 실제로 선물바구니를 전달하러 온 것인 줄 알고 있었던 것이지요?

답: 예, 선물바구니를 꺼내길래 실제로 축하를 해주러 온 것으로 알았습니다. 설마 살인을 하기 위하여 왔을 줄은 꿈에도 생각하지 못했습니다.

문: 상피고인 김준하가 이 사건이 있기 이전에 김인환에게 원한을 가진 사실을 피고인은 알고 있었는가요?

답: 전혀 알지 못했습니다.

문: 상피고인 김준하가 피고인에게 자기의 범행 계획을 사전에 피고인에게 말한 적이 있는가요?

답: 그러한 사실은 한 번도 없었습니다. 만약 조금의 낌새라도 느꼈

다면, 저는 그날 김준하 소장을 따라가지 않았을 것입니다.

– 이상입니다.

곽판사: 피고인 김준하의 변호인은 피고인 박형기에게 신문할 사항이 있는가요?

기영이 일어섰다.

박기영: 피고인 박형기에 대한 반대신문 및 김준하에 대한 주신문은 차회 공판기일에 하도록 하여 주시기 바랍니다. 그보다 먼저 피고인에 대한 변론준비를 위하여 검사에게 이 사건과 관련한 사건외 최경호에 대한 수사기록을 제출하여 줄 것을 신청합니다. 그리고 피고인 김준하의 전과 기록에 나타난 소년보호 사건 및 국가보안법위반 사건 기록에 대한 문서송부촉탁을 신청합니다.

김용훈 검사: 최경호에 대한 수사기록은 이 사건 피고인의 범죄사실과는 직접적인 관계가 없습니다.

박기영: 그렇지 않습니다. 이미 보도된 바와 같이 피해자의 몸에서 사건외 최경호의 머리카락이 발견되었습니다. 그리고 사건외 최경호가 긴급체포 되었다가 석방된 사실은 이미 공지의 사실입니다. 따라서 이 기록은 누가 진범인가를 판단하는 데 있어 중요한 자료입니다.

곽판사: 변호인의 문서제출명령 및 문서송부촉탁신청을 채택합니다. 검사는 최경호의 수사기록을 제출하여 주시기 바랍니다. 그러면

다음 공판은 ××××. ×. ×. 14:00 열도록 하겠습니다.

준하의 말대로 이제 굿판은 벌어졌다. 지금부터 준하가 어떤 춤을 출 것인가. 용훈이 들고 칠 꽹과리는 어떤 소리를 낼까. 기영이 들고 칠 징은 또 어떤 장단을 맞추어야 하나.

준하가 정리에 이끌려 법정을 나가는 모습을 보면서 기영은 다시 한 번 방청석을 둘러보았다. 기영이 찾는 얼굴은 보이지 않았다.

*　　*　　*

학교 운동장을 빙 둘러 서 있는 플라타너스의 짙푸른 녹음이 칠월 하순의 더위를 그나마 식혀주고 있었다. Y고등학교의 전교생 모두가 각 학년의 각 반별로 줄을 지어 운동장에 집합해 있었다. 소년이 고등학교를 진학한 후 처음 맞는 방학식이었다. 일 학기 성적 우수학생에 대한 시상식이 있었다.

먼저 일학년부터 전교 수석을 한 학생의 이름이 호명되었다.

순간 소년은 깜짝 놀라고 말았다. 설마? 소년은 자기 귀를 의심하고 있었다. 아니, 동명이인이겠지. 그러나 아니었다. 소년의 산골 마을에서 항상 대나무 막대기를 들고 동네 아이들을 이끌던 대장. 그 해 겨울, 노루 사냥에서 아버지를 여의고 고향 마을을 떠났던 바로 그 대장의 모습이 시상대로 오르고 있었다. 어깨가 더욱 벌어지고 키가 훌쩍 커졌지만 분명 대장의 모습이었다. 두 번째로 소년이 알지 못하는 키가 작고 두터운 안경을 낀 학생이 불려졌다.

세 번째로 소년의 이름이 호명되었다. 소년이 삼등을 했던 것이다. 소년도 시상대에 올라섰다. 소년이 시상대에 나란히 선 대장을 곁눈으로 보았다. 대장의 얼굴에는 웃음이 번져 있었다. 소년의 가슴에는 상을 받는다는 뿌듯함보다도 더 큰 기쁨이 밀려들고 있었다.

그 해 겨울, 고향을 떠난 후 한 번도 만나지 못했던 대장이 소년과 같은 Y고등학교에 다니고 있었던 것이었다.

갈매기가 날고 있었다. 잔잔한 바다 위를 소리도 없이 달려온 작은 파도가 해변의 자갈돌을 가볍게 어루만지고 있었다. 소년과 대장은 해변의 커다란 바위에 앉아 붉게 물들어 가는 석양을 바라보고 있었다.

소년이 하모니카를 꺼냈다. 소녀가 준 하모니카였다. 하모니카 소리가 파도 소리를 타고 노을이 지고 있는 바다로 흘렀다. 하모니카를 불던 소년이 잠시 호흡을 가다듬기 위하여 소리를 멈추자, 대장이 중얼거리듯 말했다.

– 이상하게도 노을만 보면 아버지 얼굴이 떠올라. 저 노을 속에서 아버지가 나를 바라보고 있는 것 같아.

갑자기 대장의 눈에 눈물이 어리고 있었다. 눈물로 글썽거리는 대장의 눈에 노을이 잠겨들고 있었다. 소년은 아무 말도 할 수 없었다. 아버지에 대한 대장의 슬픔을 소년은 잘 알고 있었다.

이 학기 개학을 하면서 소년은 자취방을 떠나 대장의 집으로 이사를 했다. 그때까지 항상 습기 찬 눅눅한 방에서 외롭게 자취생활을 하고 있던 소년에게 대장이 자기 집으로 와서 함께 지내자는 제안을 했던 것이다.

대장의 집은 좁다란 마당이 있는, 방 두 개의 작은 집이었다. 대장의 방에서 소년은 함께 생활하기로 했던 것이다. 대장의 어머니는 시장의 조그만 점포 하나를 얻어 옷가게를 하면서 생활하고 있었다. 옷을 팔기도 하였지만, 재봉틀을 돌리면서 옷을 수선해 주는 일이 더 많았다. 소년의 집안 형편과 마찬가지로 대장의 집안 형편 또한 가난했다. 그래서 소년이 B시에 와서 신문배달을 하게 된 것처럼, 대장도 이미 중학교 때부터 신문배달을 하고 있었다.

소년과 대장은 매일 새벽, 골목길을 달렸다. 신문을 겨드랑이에 끼고 새벽 찬바람을 뚫고 달릴 때, 두 소년의 가슴은 벅찼다. 다리에 절로 힘이 솟아났다. 소년과 대장은 바람이 되었다. 텅 비어버린 바람이 되었다. 소년과 대장이 신문을 돌리고 있는 것이 아니라, 바람이 신문을 하늘로 띄워 날려 보내고 있었다.

온 세상이 잠에서 깨어나는 새벽의 공기는 항상 신선한 기운으로 충만해 있었다. 소년과 대장은 누구보다도 먼저 일어나 그 신선한 새벽 공기를 마셨다. 그럴 때마다 소년과 대장의 가슴은 온 세상을 향해 열리고 있었다.

매주 수요일과 토요일, 소녀의 집으로 가는 소년의 일상도 변함이 없었다. 변한 것이 있다면, 소년이 성당에 나가게 된 것이었다. 소녀의 가족은 모두 성당에 나가고 있었다. 소녀가 소년에게도 성당에 나오라고 졸랐다. 소년은 성당에 나가는 것이 썩 내키는 일은 아니었지만, 소녀와 함께 하는 시간이 좋아 성당에 나가기로 했다.

그러나 성당의 분위기는 여전히 소년에게 낯설었다. 찬송가를 부르고 신부님의 설교를 듣는 것은 학교에서 수업을 하는 것과는 달랐다. 성당의 경건함은 소년에게 외경심을 가지게 했다. 성당은, 그곳에 소녀가 없다면, 마음에 드는 그런 곳은 아니었다.

구월의 하순, 어느 토요일 오후.

반소매의 국방색 티셔츠에 얼룩무늬 교련복 바지를 입은 소년은 한 손에 모자를 구겨 쥔 채 땀을 뻘뻘 흘리며 시내 한 제과점을 향하여 뛰어가고 있었다. 그곳에서 소녀를 만나기로 했는데, 이미 약속시간이 지나 있었다. 종례가 늦었고, 교실 청소를 하느라 시간이 지체된 것이었다.

이 학기를 맞아 소년이 소녀에게 대장의 얘기를 했다. 학교에서 대장을 만났고, 그 대장이 전교에서 수석을 하였으며, 소년이 대장의 집으로 옮겨 함께 생활하게 되었다는 얘기를 했던 것이다. 대장의 얘기를 들은 소녀의 부모가 언제 시간을 내어 대장을 한번 집으로 데리고 오라고 했다. 그래서 그날, 제과점에서 소녀와 대장을 만나기로 했던 것이다.

소년이 가쁜 숨을 몰아쉬며 제과점 입구에 당도했을 때, 대장은 이미 그 앞에서 소년을 기다리고 있었다.

소년은 대장과 함께 제과점의 문을 열고 들어섰다.

– 오빠!

먼저 제과점에 와 있던 소녀가 소년을 불렀다. 소녀의 모습은 하얀 반소매 티셔츠 차림에 연푸른색의 반바지 차림이었다. 아직 중학 삼학년이었지만, 사복 차림의 소녀의 모습은 제법 성숙한 여인의 모습이었다.

– 오래 기다렸어?

소년이 가쁜 숨을 몰아쉬며 말했다.

– 아니, 나도 금방 왔어. 땀부터 닦아.

소녀가 손수건을 내밀었다. 소년이 제과점의 벽, 선풍기 아래 서서 잠시 더위를 식힌 후, 대장을 소녀에게 소개했다.

– 이야기 많이 들었어요.

소녀가 상기된 얼굴로 수줍게 웃으며 말했다.

대장이 뒷머리를 긁적이며 멋쩍은 웃음을 지었다. 어릴 적부터 언제나 당당하던 대장이 이렇게 부끄러워하며 어색한 웃음을 보인 것은 처음이었다. 순간, 소년은 갑자기 어떤 불안감을 느끼며 가슴이 서늘해지고 있었다. 전혀 예측하지 못한 일이었다.

제과점을 나온 세 사람은 함께 영화를 보러 갔다. 영화관에서 소녀를 가운데 두고 앉았다.

영화관의 불이 꺼지고, 본 영화가 시작되기 전 상영되는 대한뉴스에서는 얼마 전 8 · 15 광복절 기념식에서 저격을 당한 육영수 여사의 장례식 장면이 나오고 있었다. 그 화면에는 많은 사람들의 슬픔과 분노가 있었다.

대한뉴스가 끝나고 본영화가 상영되고 있는 동안, 소년은 소녀가 영화에 집중하지 못하고 이따금씩 곁눈질로 대장을 보고 있다는 것을 느끼고 있었다.

소년도 영화에 집중하지 못했다. 이제까지 한 번도 느껴보지 못한 불안감이었다.

소녀는 분명 평소와 다르게 침착성을 잃고 있었다. 소녀가 이렇게 안정되지 못하는 경우는 처음이었다. 소녀의 작은 심장이 뛰는 소리를 소년도 느낄 수 있었다.

영화관을 나와 시내버스를 타고 소녀의 집에 도착하였다. 소녀가 어머니를 도와 주방에서 저녁상을 차리는 동안, 소년과 대장은 소녀의 아버지로부터 일장 훈시를 들어야만 했다.

소녀의 아버지는 영화관의 대한뉴스에서 보았던 영부인 저격 사건에 대해서 매우 분노하고 있었다. 소녀의 아버지는 영부인을 저격하도록 사주한 북한을 성토했다. 박정희 정권의 '시월 유신' 에 찬사를 보냈다. 박정희 정권의 야당에 대한 탄압을 당연시 여겼다. 야당을 그대로 두면, 말이 많아 되는 일이 아무 것도 없다고 했다. 시월 유신에 반대하는 학생들의 데모를 성토했다. 학생들은 자기의 본분을 다해야 한다고 했다. 학생들의 본분은 다만 공부하는 일이라고 했다. 학생들이 정치에 관여하다니, 당치않은 일이라고 꾸짖었다. 영부인의 저격 사건과 같은 날에 있었던 서울 지하철 일호선의 개통을 두고, 교통 혁명 시대가 도래 했다고 했다. 우리나라도 이제 지하철 시대가 열렸다고, 이것이 모두 다 박정희 대통령이 아니면 안 되는 일이라고 열을 올렸다. 그러면서 소년과 대장은 대학에 가서도 결코 데모를 하여서는 안 된다고 훈계했다.

그때 대장의 표정은 음울해 보였다. 아무 말도 하지 않았지만, 대장의 표정은 소녀의 아버지의 말에 결코 동의할 수 없다는 결연함으로 굳어져 있었다.

저녁을 먹은 후, 소년과 대장을 배웅하기 위하여 소녀가 골목길을 따라 나섰다. 골목길을 걷는 동안, 소녀는 말이 없었다. 평소 그렇게 명랑하던 소녀가 말이 없었다.

– 오빠, 잘 가. 잘 가세요.

골목 어귀에서 소녀가 인사를 했다. 그러나 그 목소리는 풀이 죽어 있었다. 그 인사가 소년의 귀에는 전과는 달리 먼 메아리같이 울렸다. 또 다시 영화관에서 느꼈던 불안감이 소년의 가슴에 균열을 일으키고 있었다.

소녀가 뒤돌아 집으로 걸어가기 시작했다. 소녀의 뒷모습이 전과는 달리 멀게 느껴졌다. 소년의 가슴에 찬바람이 쓸어내리고 있었다. 대장은 이미 한참이나 앞서 골목길을 빠져나가고 있었다.

일학년을 마감하는 기말고사가 임박해 있었다. 수업을 마치고 집으로 돌아가는 길에 때 아닌 겨울비가 내렸다. 눈이 섞인 진눈깨비였다. 우산을 준비하지 않았던 소년은 고스란히 비를 맞을 수밖에 없었다. 비에 젖은 몸이 떨려 왔다.

그날 저녁부터 심한 고열과 함께 온몸의 뼈마디가 욱신거리기 시작하더니, 아예 움직일 수가 없을 정도로 아파 왔다. 어릴 적부터 소년은 주기적으로 앓곤 했다. 노루 사냥이 있었던 그 해 겨울에도 소년은 심하게 앓았었다. 고열에 들뜬 소년의 머리에서 고향집의 개울에 언 얼음이 깨지는 소리가 들리고, 고향의 겨울 하늘을 날아가는 갈가마귀떼가 보였다. 갈가마귀떼는 소년이 앓을 때면 항상 소년에게 나타났다.

밤새도록 대장이 소년의 이마에 물수건을 갈아주면서 간호를 했다. 다음 날 아침, 소년은 학교에 가지 못했다. 지독한 감기몸살이었다. 아무것도 먹을 수가 없었다. 대장이 미음을 끓인 물을 주었지만, 토하고 말았다. 열에 들떠 의식을 잃고 잠 속으로 빠졌다가 다시 깨어나기를 반복했다. 대장이 꼬박 밤을 새우며 소년을 지켰다. 그 다음 날도 소년은 학교에 가지 못했다.

대장도 학교에 가고, 대장의 어머니도 시장에 나가고 혼자 앓고 있는 오후 늦은 시간에 소녀가 약을 지어가지고 찾아왔다. 대장이 알려주었다는 것이었다. 겨우 일어나 소녀가 데워주는 미음을 먹고 약을 먹었다. 소녀가 물수건으로 열에 들뜬 소년의 얼굴과 손을 정성스레 닦아주었다. 소녀의 손은 따뜻했다. 소년의 마음이 다시 따스해 왔다. 다음 날도 소년은 학교에 가지 못했다. 오후 늦은 시간에 다시 소녀가 왔다. 소녀의 손에 과일봉투가 들려 있었다. 소녀가 과일봉투에서 배를 꺼내어 깎았다. 배를 깎기 위해 고개를 숙인 소녀의 목덜미가 희고 고왔다.

– 감기몸살에는 배가 좋대. 어머니가 그랬어.

소녀가 깎아주는 배 몇 조각을 먹었다. 입에서 목으로 녹아드는 달

콤하고 향긋한 맛과 함께 소년의 마음도 따뜻하게 되살아나고 있었다. 소녀가 돌아간 이후 열은 한결 내려 있었다. 오랜만에 편안한 잠을 이룰 수가 있었다.

소년이 그나마 기말고사를 볼 수 있었던 것은 대장 덕분이었다. 소년이 학교를 나가지 못한 동안의 수업은 대장의 노트로 보충할 수 있었다. 그러나 기말고사 때까지도 소년은 완전히 회복되지 않았다. 계속하여 어지러웠다. 대장이 소년에게 많은 도움을 주었는데도 불구하고 소년은 기말고사를 제대로 보지 못했다.

그 해 겨울이 끝나갈 무렵, 소녀는 D여고에 합격했다.

삼총사와 악동클럽

기영은 문서송부촉탁 신청을 해온 준하의 소년보호 사건 및 국가보안법위반 사건 기록을 검토했다. 그 사건은 이미 기영의 기억 속에서도 지울 수 없는 상처로 남아 있었지만, 기록을 검토하는 과정에서 새삼 분노가 치솟았다.

거기에는 실체적 진실을 왜곡해 버린 부도덕한 공권력이 깊이 뿌리를 박고 있었다. 그 공권력에 의하여 뒤틀려버린 준하의 운명이 비명을 지르고 있었다. 그 운명에 쓰러져 버린 준하의 미래가 통곡을 하고 있었다.

기영은 가슴이 아파왔다. 준하를 만나야 한다. 과연 준하가 공소장의 기재 사실과 같이 그때의 그 사건에 대한 보복으로 김인환을 살해했을까. 아닐 것이다. 그 사건이 있은 후 준하는 이미 용서했다고 했다.

무언가 다른 일이 있을 것이다. 당시 기영이 알지 못했던 다른 일이 있을 것이다. 그것이 무엇인지 알아야 한다.

– 사무장님, 교도소에 김준하의 접견 신청을 해주십시오.

아직도 장마는 끝나지 않고 있었다. 하늘은 어두웠다. 거리와 온 세상이 축축하게 젖어 질척거리고 있었다. 기영은 교도소로 차를 몰았다.

– 왔구나. 비가 오는데, 좋은 날에 오지 않고….

접견실로 들어오는 준하의 표정은 장마로 질척거리는 날씨와는 대조적으로 여전히 밝고 평온했다. 기영에게 수의를 입은 초라한 모습을 보일 수밖에 없는 처지를 내색하지 않고자 일부러 밝은 표정을 짓는 것인지, 아니면 정말로 평온해서인지는 모르지만 준하는 법정에서의 모습과 다름없이 여전히 담담하고 침착했다.

– 지낼만하니?

– 그럼, 원래 내가 땅을 요로 삼고 하늘을 이불삼아 살잖니. 땅이 없고 하늘 없는 세상은 없거든. 여기도 사람 사는 세상이야.

– 당시의 기록을 보았다.

– 기록?

– 네가 소년원에 갔을 때의 기록 말이야. 그때 무슨 일이 있었던 것인지 알고 싶어 왔어.

– 기록에 있는 그대로야.

– 이 기록을 봐. 이 기록 중 네가 한 진술 중에 '당신들에게 복수할 거야. 이제부터는 내가 당신들을 심판하겠어. 내 손으로 반드시 당신

을 죽이고 말겠어' 라고 된 부분이 있어. 이 진술은 실제로 네가 한 진술이 맞니?

– 그래 맞아. 그땐 정말 죽이고 싶었으니까.

– 누굴 말이니? 김인환을 말이니?

– 그래. 검사라는 작자가 진실을 밝히고자 하는 생각을 하기는커녕, 오히려 조작된 시나리오를 만들어 고문을 하면서까지 내게 진술을 강요했어. 그런 상황에서 너 같았으면 그 작자를 죽이고 싶지 않았을까.

– 그렇더라도 말이야. 나는 정말 네가 살인을 했다고는 믿을 수 없어. 당시 너는 오히려 나에게 용서하는 법을 배우라고 했어. 용서하는 법을 배우라고 말한 네가 삼십년이 지난 지금에 와서 복수를 했다고는 믿을 수 없어.

– 다른 것은 몰라도 너의 그 믿음은 옳아. 적어도 나는 내 개인의 사적인 복수심으로 남을 살해할 만큼 그렇게 옹졸하지는 않아.

– 그렇다면 어떻게 된 거야? 공소장의 기재 사실은 어떻게 된 거니?

– 그것은 용훈이가 만든 거겠지. 살인을 한 증거는 있는데도 그 살인의 동기를 찾을 수가 없으니, 나의 과거와 피해자의 과거에서 동기를 찾을 수밖에.

– 그렇다면 정말 네가 살인을 했다는 것이구나. 그 동기가 너의 사적인 보복심에서 비롯된 것은 아니지만 말이야.

– 그 부분에 대해서는 말하지 않겠다고 하지 않았니?

– 이젠 말해 줄 수도 있잖아. 적어도 친구인 내게만은 말이야.

– 사람의 행동양식을 결정하는 것은 그것이 개인적인 동기에 의할

수도 있고, 사회적이거나 아니면 국가적인 동기에 의한 것일 수도 있어. 그러나 그 어떤 동기도 우주적 동기 앞에서는 어린애의 소꿉장난 같은 거야. 인간이 만든 법에 의하면 그것이 사형을 받을 만한 중죄가 되는 일도 하늘의 법 앞에서는 하찮은 것일 수도 있어.

– 인간의 법도 하늘의 법의 일부분이야. 인간의 법에 저촉되는 것은 하늘의 법에도 저촉돼. 그러지 말고 사실을 말해 줘. 그래야 네가 벌린 이 굿판에서 내가 장단을 맞춰 줄 수가 있잖니?

– 지난번에도 말했지만, 내가 살인을 했느냐, 그렇지 않느냐 하는 것은 내가 구태여 말하지 않더라도 저절로 밝혀질 거야. 나는 내 운명을 하늘에 맡기겠어. 하늘이 나의 행위를 벌하고자 한다면 용훈이가 이기겠지. 그러나 하늘이 나의 행위를 벌하지 않고자 한다면 네가 이길 거야. 나는 그 중간에서 하늘의 뜻에 춤을 추겠어. 그러고 보니 용훈이가 제법 꽹과리를 잘 치더구나. 다음엔 네가 징을 울릴 차례지? 용훈이와 네가 꽹과리와 징을 치다보면 사실은 저절로 밝혀질 거야. 나의 생명이 걸린 문제라고? 너무 마음 쓰지 마. 내 생명은 하늘의 뜻에 걸린 나의 문제야. 너희들이 처리할 문제는 아니야. 너희들은 그저 각자 최선을 다해 꽹과리와 징을 치기만 하면 돼.

접견실의 창문이 덜컹거렸다. 사나운 비바람이 창문을 후려치고 있었다. 기영의 상념은 접견실의 창문을 두드리는 사나운 비바람을 뚫고 과거로 달려가고 있었다.

*　　*　　*

삼월, 개학이 되었다. 대장은 일학년을 마치는 학기말 고사에서도 수석을 했다. 그러나 일 학기말 성적에서 삼등을 했던 소년의 성적은 한참 아래로 떨어졌다. 기말고사가 있었던 시험기간 중에 심한 감기와 몸살을 앓아 시험을 망쳐버린 탓이었다. 이 때문에 이학년이 되었지만, 소년은 의기소침해 있었다. 한 가지 다행이라면, 이학년이 되면서 새롭게 편성된 반에서 소년과 대장은 같은 반이 되었다는 것이었다.

학교에서는 모두가 그 녀석을 악동惡童이라고 불렀다. 악동이 주동이 되어 항상 함께 어울려 다니는 예닐곱 명의 무리들을 '악동클럽' 이라고 했다. 그러나 정작 그들 자신은 '유신클럽' 이라고 했다. 당시 '시월 유신' 이라는 명분으로 독재 권력을 강화하고 있던 박정희 정권이 만들어낸 '유신' 이라는 용어가 그들을 매료시켰기 때문이었다. 이 악동클럽인 유신클럽의 회원은 모두 삼십여 명에 달했다. 그러나 실제로 그 클럽을 주도하고 있는 학생은 악동을 비롯한 예닐곱 명이었고, 이들을 제외한 나머지 다른 학생들은 강요에 못 이겨 마지못해 클럽에 가입하였거나, 스스로 악동클럽에서 기생하기를 자청한 학생들이었다.

악동은 B시에서도 유명한 섬유회사인 G방직산업 회장의 외아들이었다. 악동은 어릴 적부터 그를 추종하는 무리를 만들어 어울려 다녔다고 했다. 이러한 악동의 습성은 학교에서도 예외가 아니었다. 다만, 고등학생이 되어 머리가 커진 그가 붙인 클럽의 이름이 당시의 정치상황을 모방한 '유신클럽'이었고, 이러한 유신클럽을 대표하는 악동은 마치 정치권력의 수장이나 된 듯이 거들먹거리며 다녔다. 그들 일당들은 모두가 학교에서 싸움깨나 한다는 녀석들이었고, 그들이 악동을 호위하고 다녔다.

악동은 초등학교, 중학교를 마칠 때까지 항상 학급반장을 했다고 했다. 아버지의 재력을 바탕으로 한 악동의 어머니가 일으키는 치마 바람 덕분이라고 했다. 악동이 Y고등학교에 진학한 것도 그의 아버지가 돈을 썼기 때문이라는 말이 있었지만, 어쨌든 악동은 고등학교 일학년 때에도 학급반장을 했다.

이러한 악동클럽은 Y고등학교의 유일한 폭력서클이었고, 이들은 당시의 독재자와 그 추종자들처럼 다른 학생들 위에 군림하고 있었다. 실제로 악동클럽의 존재를 알지 못한 채 함부로 악동에게 대들었던 한 학생이 그들 무리로부터 집단폭행을 당했고, 그 후 계속되는 그들의 횡포를 견디다 못하여 결국 다른 학교로 전학 간 것은 공공연한 비밀이었다. 그래서 Y고등학교의 학생들은 너나 할 것 없이 악동클럽을 두려워했다.

이 학년이 되어 새로운 반이 편성되었을 때, 악동을 위시한 악동클럽의 멤버 네 명이 소년과 대장이 속한 같은 일반에 배정되었다.

개학 첫날, 학급반장 선거가 있었다. 담임선생님은 고등학교 이학년이나 되었으니 너희들끼리 반장을 선출하라고 하면서 교실을 나갔다. 악동을 추종하는 한 녀석이 제일 먼저 손을 들어 악동을 추천했다. 악동은 그 추천이 당연한 듯이 의자에 비스듬히 앉은 채로 다리를 건들거리고 있었다. 악동 이외에 어느 누구도 다른 사람을 추천하는 사람이 없었다. 교실에 있는 학생들 모두가 내심으로는 악동클럽의 무리와 악동의 존재를 달가워하지 않았고, 심지어 그들을 미워하고 있었지만, 아무도 드러내놓고 그 무리들을 비난하지 못했다. 학생들은 모두가 그들의 보복을 두려워하고 있었다.

소년 또한 그러한 악동클럽의 소문을 들어 알고 있었다. 소년은 망설였다. 대장을 추천했다고 해서 자신에게 가해질 악동클럽의 보복이 두려웠다. 용기가 필요했다. 대장이 소년의 입장이라면 대장은 어떤 행동을 했을까. 어린 대장은 자기보다 두 배나 더 키가 크고, 총까지 든 양코 놈들에 둘러싸여 있으면서도 당당하게 건빵을 요구하지 않았는가. 그러나 소년은 선뜻 나설 수 없었다.

– 누구 다른 사람을 추천하는 사람은 없습니까?

사회를 맡은 학생이 큰소리로 말했다. 그 학생도 역시 악동클럽의 멤버였다. 악동클럽 멤버 중의 한 녀석이 자기가 반장선거의 사회를 맡겠다고 자청하고 나섰던 것이었다. 사회자가 악동클럽의 멤버라는 사실은 악동 이외의 어느 누구도 반장이 될 수 없다는 무언의 시위였다. 말로는 악동 이외에 다른 누군가를 추천하라고 하고 있었지만, 그 속뜻은 감히 어느 누가 다른 사람을 추천할 수 있겠느냐고 위협하는 것이나 다름없었다.

소년은 대장을 돌아봤다. 대장의 표정은 누군가가 자신을 추천해 주기를 바라고 있는 것 같았다. 악동이 반장이 되는 것을 원하지 않으면서도 악동클럽의 보복이 두려워 아무도 나서지 않고 있는 사실에 분노하고 있는 것 같았다.

그러한 대장의 분노에 소년은 자신도 모르게 주먹을 불끈 쥐고 있었다.

– 누구 다른 사람을 추천하는 사람이 없습니까? 그러면….

악동이 반장으로 선출되었음을 선포하겠다는 사회자의 말이 막 시작될 찰나였다. 순간 소년이 손을 번쩍 들고 일어섰다. 교실 안의 모든 시선이 소년에게 집중되었다. 악동과 그를 추종하는 무리들의 눈이 적의를 담고 소년을 쏘아보고 있었다. 그러나 그 순간만큼은 소년은 두렵지 않았다.

소년이 주먹에 더욱 힘을 주며 말했다. 전교 수석을 한 대장을 추천한다고.

대장이 교단 위에 섰다. 대장의 눈길이 악동을 향하고 있었다. 악동이 가소롭다는 듯이 피식하는 웃음을 지으며 대장을 바라보았다. 대장이 눈길을 돌려 악동의 무리들을 한 사람씩 차례로 쏘아보았다. 교실 안은 일순 긴장이 감돌았다.

대장이 천천히 입을 열었다.

– 저를 반장으로 뽑아 달라는 말은 하지 않겠습니다. 그러나 한 가지 사실만은 분명하게 말하고 싶습니다. 우리 학교에 이름하여 악동클럽이라는 것이 있다는 것은 여러분들도 잘 알고 있을 것입니다. 우리가 악동클럽에 굴복하여, 악동클럽이 무서워, 우리의 소중한 학창 생활을 두려움과 불안 속에서 보낼 것인가, 아니면 이러한 두려움을 극복하고 우리의 자유로운 의지대로 보낼 것인가 하는 것은 여러분의 선

택입니다. 우리 모두는 자유로운 의지를 가진 사람입니다. 자유로운 의지를 가진 사람은 정당하지 못한 힘에 종속되거나 굴복하지 않습니다. 자유로운 의지를 가진 사람은 용기가 있는 사람입니다. 나는 여러분들이 용기를 가진 사람이라고 믿습니다. 용기를 가진 여러분들의 자유는 내가 지킬 것을 약속합니다. 이상입니다.

교실 안을 크게 울리는 대장의 음성에는 힘이 실려 있었다. 그러나 교실 안은 조용했다. 대장의 웅변에 모두가 압도되어 버렸는지, 아니면 악동 무리들의 보복이 두려워 가만히 있는 것인지 알 수 없었지만, 일순간 교실 안은 쥐 죽은 듯이 조용했다.

그러나 그러한 침묵은 오래 가지 않았다. 악동을 추종하는 녀석들이 우우 하는 야유를 해댔다. 그러나 교실 안의 어느 누구도 그러한 악동 무리들의 야유 소리를 제지하지 못했다.

그런데 그러한 야유 속에서 작은 박수소리가 들렸다. 교실 안의 모두가 소리가 난 쪽으로 시선을 모았다. 소년도 그 학생을 보았다. 교실의 맨 앞좌석에서 키가 작고, 두터운 안경을 낀 학생이 혼자 외롭게 박수를 치고 있었다. 그 학생은 소년보다도 키가 작고 안경 속에 빛나는 눈을 가진 작은 체구의 학생이었다. 끼고 있는 안경이 너무 커서 얼굴의 삼분의 일은 유리로 덮여 있는 것 같았다. 완력으로는 어느 누구에게도 이기지 못할 것 같은 작은 체구의 학생이었다. 일학기 여름방학식 때, 소년과 대장과 함께 상을 받았던 전교 이등을 했던 학생이었다.

투표가 끝나고 개표가 진행되었다. 대장의 자신감 있는 목소리가 교실에 있는 학생들의 두려움을 지워버린 탓이었을까, 아니면 안경 낀 키 작은 학생의 용기 있는 박수소리 때문이었을까. 대장의 승리였다. 의외의 결과였다. 그것은 악동이 겪은 최초의 패배였다. 소년은 패배를 당한 악동의 적의를 느낄 수 있었다. 악동클럽의 무리들이 분명 어떠한 형태로든 그들에게 보복을 할 것이라는 생각이 들었다.

두려움이 소년의 등허리를 타고 내렸다. 소년은 박수를 친 키 작은 학생을 보았다. 그 학생은 웃고 있었다. 대장의 당선이 당연하다는 듯 밝게 웃고 있었다. 악동의 적의를 느끼지 못하는지, 아니면 그 적의를 일부러 무시해 버리고 있는지는 모르지만, 안경 낀 학생이 대장의 당선에 대하여 다시 한 번 박수를 치고 있었다. 대장 또한 악동클럽의 보복을 전혀 염두에 두고 있지 않은 듯 당당하고 의연하게 보였다.

그날 이후, 박수를 친 키 작은 학생은 그의 얼굴을 덮은 안경 덕분에 '안경'이라 불렸다. 그리고 대장과 그 대장을 추천한 소년 및 안경을 다른 학생들이 삼총사라고 불렀다.

일주일이 지났다. 악동클럽의 보복은 없었다. 그러나 소년은 불안했다. 교실에서 대하는 악동 및 그들 무리들의 적의는 여전히 소년을 짓누르고 있었다. 그들의 보복은 언제쯤 시작될 것인가.

이 학년이 되면서 보충수업 시간이 늘어났다. 수업을 마치면 이미 밤 열시가 넘었다. 소년과 대장은 항상 함께 등하교를 했다. 그것은 소년이 대장의 집에서 생활하고 있기 때문에 당연한 것이기도 했다. 그러나 그날만은 소년 혼자서 집으로 향하고 있었다. 수업을 마치고 난 후 담임선생이 반장인 대장을 교무실로 불렀기 때문이었다.

소년이 시내버스가 다니는 넓은 대로를 벗어나 집으로 가는 골목길로 접어들었을 무렵이었다. 그 골목은 어두웠고 인적이 드물었다. 거의 직각으로 구부러진 골목길을 돌자, 골목 어귀에서 갑자기 땅에서 솟아난 듯 악동클럽의 무리들이 소년의 앞을 가로막았다. 악동을 포함하여 여섯 명인 그들 모두는 덩치가 우람했고, 사복을 입고 있었다. 아마 그들은 소년과 대장이 다니는 길을 미리 봐두고 있다가, 어둡고 인적이 드문 이곳 골목에서 소년과 대장을 기다리고 있었던 모양이었다.

무리들 중 소년이 처음 보는 한 녀석이 담배를 꼬나 문 채 연기를 뿜어대고 있다가 침과 함께 꽁초를 뱉으면서 소년의 앞으로 다가왔다.

'침착해. 기회를 봐 도망을 가는 거야.'

소년은 자기 자신에게 말했다. 소년보다 덩치가 큰 여섯 명을 상대한다는 것은 무모한 일이었다. 그러나 소년이 도망칠 수 있는 기회는 이미 없어져 버리고 말았다. 이미 그들 여섯은 순식간에 좁은 골목길의 앞, 뒤를 차단해 버리고 말았다.

소년은 도망가기를 포기했다. 그렇다고 그들에게 대항할 용기도 솟아나지 않았다. 속수무책 당하는 수밖에 다른 방법이 없었다. 겁이 났다. 공포심으로 전신이 떨렸다.

– 이 자식, 한 주먹감도 안 되는 새끼잖아.

꽁초를 뱉은 녀석이 소년의 앞으로 다가와 이죽거리면서 말했다.

– 야, 이 새끼야. 니가 유신클럽을 모욕하고서도 성할 줄 알았더냐?

말이 끝남과 동시에 소년의 아랫배에 강한 통증이 왔다. 배를 끌어안는 순간, 명치끝이 뜨끔하며 가슴속에서 뜨거운 불길이 치솟았다.

녀석이 아랫배에 주먹을 내지름과 동시에 앞으로 꼬꾸라지듯이 주저앉는 소년의 명치를 무릎으로 쳐올렸던 것이다.

숨을 쉴 수가 없었다. 순간적으로 하늘이 노래지며 머릿속에서 하얀 빛이 쏟아졌다. 쓰러진 소년의 볼에 닿는 땅바닥의 감촉이 차갑게 느껴졌다. 저항하고 싶었다. 아랫배와 가슴에 와 닿는 극심한 통증보다도 녀석들의 앞에서 속절없이 주저앉아 땅바닥에 고개를 처박고 있어야하는 굴욕감에 눈물이 나오려고 했다. 그러나 소년은 이를 악물고 눈물을 참았다. 녀석들에게 눈물을 보이는 것은 더 큰 치욕이라는 생각이 들었다.

소년은 일어나려고 했다. 마냥 굴복할 수만은 없다는 생각이 들었다. 그러나 일어나기 위하여 한 손으로 땅바닥을 짚고 무릎을 세우는 순간, 갈비뼈가 모조리 부서지는 것 같은 강한 통증이 왔다. 녀석이 내지른 발길질이 소년의 옆구리에 날아와 꽂혔던 것이다.

소년은 힘없이 옆으로 뒹굴었다. 옆구리를 엄습하는 고통에 새우처럼 몸을 구부린 채 모로 쓰러져 겨우 숨을 몰아쉴 뿐이었다. 쓰러져 있는 소년의 볼 위에 녀석이 발바닥을 올려놓고 짓이기며 말했다.

– 야, 이 새끼야. 니가 뭘 믿고 지랄을 떨었노?

대장을 반장으로 추천한 일을 두고 하는 말이었다. 너무도 큰 굴욕감에 맹렬한 분노가 일어났다. 이대로 당할 수만은 없다. 일어나야 한다. 일어나 달려들어야 한다. 소년은 볼 위에 놓인 녀석의 발목을 잡고 비틀면서 일어나려고 안간힘을 썼다.

– 어쭈, 이 새끼 봐라?

말이 끝남과 동시에 소년의 턱에 강한 충격이 왔다. 소년의 고개가 힘없이 옆으로 돌아갔다. 발목을 잡고 비틀면서 그나마 저항하는 소년의 턱을 녀석이 발길질로 내질렀던 것이다.

눈앞이 아득해지면서 의식이 혼미해져 왔다. 목구멍으로 끈끈하고 뜨거운 액체가 흘러 들어왔다. 코와 터진 입술에서 피가 흐르고 있었다.

'일어나!' 가물가물한 소년의 의식을 뚫으며 누군가가 외치고 있었다. 그러나 소년의 몸은 그러한 의식을 배반하고 있었다. 움직일 수가 없었다. 골목길 어딘가에 누군가가 타다 남은 연탄재를 버린 것일까. 땅바닥에 얼굴이 처박힌 소년의 코에 연탄가스 냄새가 풍겨 왔다.

가슴에 커다란 바위를 올려놓은 것 같은 묵직한 압박감이 느껴졌다. 소년의 가슴 위에 발바닥을 올려놓은 녀석의 얼굴 뒤편에서 악동의 얼굴이 나타났다. 악동의 손에는 나이프가 들려 있었다. 소년의 목에 칼날의 차가운 감촉이 느껴졌다. 악동의 눈이 잔인하게 빛나고 있었다.

– 어디를 찔러 줄까? 눈을 찔러 줄까? 코를 베 줄까? 아니면 목을?

악동이 쭈그려 앉은 자세로 소년의 얼굴을 들여다보며 말했다. 악동이 칼을 들어 찌르는 시늉을 했다. 소년은 눈을 감고 말았다. 숨조차 쉴 수 없는 극심한 공포가 몰려 왔다. 식은땀이 흘렀다.

– 뭐, 여러분들의 자유는 내가 지킨다고? 그 새끼한테 똑바로 전해.

악동이 목에 칼끝을 들이댄 채 말했다.

– 일주일의 시간을 준다. 자유고 나발이고 간에 일주일 내로 그 새끼가 반장을 사퇴하도록 해. 그렇지 않으면 너나 그 새끼 모두 그냥 두

지 않는다. 네깐놈의 새끼 셋 다 모두 골로 보내 버린다. 알았나? 이 새끼야!

말의 끝에 힘이 실리면서 악동의 손목에 힘이 들어간 모양이었다. 칼날이 닿은 목 부분이 뜨끔했다. 칼날이 목의 살갗을 파고 든 모양이었다. 칼날이 파고 든 목에서 배어난 피가 견갑골로 흘러내리는 듯했다.

그 순간 소년은 또다시 옆구리에 극심한 통증을 느꼈다. 소년의 목에 칼끝을 들이대고 있던 악동이 일어나면서 다시 한 번 소년의 옆구리를 발길질로 내질렀던 것이었다.

소년의 시야에서 악동의 얼굴이 점차 멀어져 갔다. 골목을 떠나는 악동 무리들의 발소리가 꿈결처럼 아늑하게 들렸다. 소년은 한동안 그대로 누워 있었다.

별조차 보이지 않았다. 처참하면서도, 한편으로는 허탈했다. 속수무책으로 철저히 당해 버렸다는 생각이 들자, 갑자기 웃음이 나오려고 했다. 그때서야 비로소 굴욕감에 떨면서 참고 있던 눈물이 소년의 뺨을 타고 흘러 내렸다.

멍든 얼굴과 터진 입술을 대장에게 감출 수는 없었다. 소년은 대장에게 아무 말도 하지 않았다. 악동 무리들에 대하여 변변한 대항조차 하지 못한 채 일방적으로 당해 버린 나약함을 보이고 싶지가 않았기 때문이었다. 소년의 침묵이 계속되자, 그러한 소년의 마음을 알고 있기라도 한 듯 대장도 더 이상 소년을 추궁하지 않았다.

악동이 소년에게 정한 일주일이 다가오고 있었다. 시간이 지날수록 악동 무리들의 적의는 더욱 심해지고 있었다.

소년은 조바심이 났다. 대장이 반장을 사퇴하지 않으면 악동클럽이 더 큰 보복을 가해 올 것은 명백했다. 그러나 대장에게 반장을 사퇴하여야 한다는 악동의 말을 전할 수가 없었다. 그러한 말을 전한다는 것은 악동 무리들의 위협에 굴복한 자신의 나약함을 보이는 결과밖에 되지 않는 일이었다. 어릴 적 양코 놈들이 길바닥에 던졌던 껌을 주워들었던 것과 같은 부끄러운 행동을 대장에게 보이고 싶지 않았다.

소년의 조바심과는 달리 대장은 태연하였다. 대장은 분명 소년이 악동의 무리로부터 보복을 당한 사실을 알고 있었다. 그것은 소년의 수모임과 동시에 대장 자신의 수모이기도 했다. 그러나 대장은 그러한 사실을 아예 모르고 있는 것처럼 어떠한 내색도 하지 않았다. 드디어 악동이 정한 일주일이 되는 날이 되었다. 그러나 그날은 아무 일도 일어나지 않았다.

다음 날 학교에 가니 안경이 보이지 않았다. 한 번도 결석을 하지 않았던 안경이었다. 마침 토요일이라 일찍 학교를 마친 소년과 대장은 안경의 집을 찾아갔다. 그러나 안경은 집에 없었다. 병원에 있다는 것이었다. 병원에 누운 안경의 얼굴은 소년이 당한 얼굴보다 더 엉망이었다.

– 자식들이 일주일 이내에 반장을 사퇴하라고 하더라.

엉망으로 터져버린 안경이 입술을 씰룩거리면서 말했다. 그러나 그러한 안경의 얼굴은 웃고 있었다.

– 사퇴할까?

대장이 웃으면서 말했다.

– 뭐라고? 그 따위 소리를 하려고 여기까지 왔어? 농담이라도 그 따위 소리는 하지 마. 정말 사퇴하면 넌 친구가 아니다.

안경이 말했다. 안경은 알고 있었다. 소년도 알고 있었다. 대장은 결코 사퇴하지 않을 것이다. 대장의 성격상 그것은 결코 용납할 수 없는 일이라는 것을.

악동클럽이 안경에게 경고한 일주일의 시간이 다시 흘러갔다. 아침부터 봄을 재촉하는 가랑비가 내리고 있었다. 오후까지 내리던 비가 저녁 무렵이 되어서야 멈췄다. 학교에서 보충수업을 모두 마친 밤 열 시가 되기까지도 악동클럽은 아무런 행동을 하지 않았다.

수업을 마치고 집으로 돌아가는 길이 소년은 두려웠다. 분명 하굣길의 어딘가에서 녀석들이 그들을 기다리고 있을 것 같았다.

대장은 그러한 소년의 마음을 아는지 모르는지 평소처럼 아무런 내색도 하지 않았다. 아니, 어쩌면 대장은 오히려 악동 녀석들을 기다리고 있는지도 몰랐다.

이윽고 소년이 악동클럽에게 당했던 골목길로 접어들었다. 거의 직각으로 꺾어진 모퉁이를 돌자, 골목 어귀의 전봇대에 기대서서 담배를 꼬나 문 녀석의 모습이 먼저 눈에 들어 왔다. 소년에게 린치를 가한 녀석이라는 것을 금방 알 수 있었다. 녀석의 뒤로 악동을 위시한 여섯도 있었다. 소년에게 린치를 가할 때보다 한 명이 더 늘어나 있었다.

대장이 걸음을 멈추었다. 오른손으로 담배를 꼬나 문 녀석이 바지

호주머니에 왼손을 집어넣은 채 건들거리며 다가왔다. 그 뒤로 악동을 선두로 한 여섯 명이 뒤를 따르고 있었다.

– 뒤로 물러나.

대장이 손에 든 가방을 소년에게 건네며 침착하게 말했다.

– 조심해, 자식들이 칼까지 들었어.

소년이 대장이 건네는 가방을 받아 들고 엉거주춤 뒤로 물러서며 낮은 소리로 말했다. 앞장 선 녀석이 꽁초를 튕겨내듯 던지고는 호주머니에 찌른 왼손을 꺼냈다. 녀석의 손에 들린 잭나이프에서 찰칵하는 차가운 금속음이 났다.

– 너거 두 놈이 우리 유신클럽을 아주 우습게 알고 있다 이거지? 지금이라도 꿇어앉아 빌면 용서해준다. 맞고 꿇어앉을래? 그냥 꿇어앉을래?

어느 새 대장의 앞에까지 다가온 녀석이 왼손에 든 잭나이프를 오른손으로 바꾸어 잡고 빙글빙글 돌리면서 말했다.

– 꼬챙이 치워.

대장이 말했다. 대장의 음성은 조용하고 침착했다.

– 와, 이 새끼 봐라.

대장의 말에 녀석이 침을 찍 뱉으며 말했다. 그리고는 오른손에 든 나이프를 대장의 얼굴 앞에서 휘둘러 보였다. 그러나 대장은 결코 위축되지 않았다. 녀석이 휘두르는 칼을 피하려고도 하지 않았다.

– 이 새끼.

칼을 휘두르던 녀석이 갑자기 앞으로 내달으며 왼 주먹을 뻗어 대장의 얼굴을 가격하고 나왔다. 그러나 대장은 그 자리에 가만히 선 채로 고개만을 뒤로 젖혀 피했을 뿐이었다. 내지른 주먹이 빗나가 버린 녀석이 이번에는 오른쪽 다리를 뻗으며 돌려차기를 시도하고 나왔다.

– 악.

외마디 비명소리가 들렸다. 대장은 그대로 서 있었다. 비명은 녀석의 입에서 토해진 것이었다. 녀석이 튕겨지듯 몇 발자국 뒤로 게걸음질을 하다가 사타구니를 움켜잡은 채 땅바닥에 주저앉았다. 녀석의 얼굴은 극도의 고통으로 일그러져 부들부들 떨고 있었다. 돌려차기를 위하여 녀석이 오른쪽 다리를 드는 순간 대장이 가만히 선 자세에서 녀석의 사타구니 급소를 올려 차 버린 모양이었다.

녀석이 주저앉는 모습을 보자, 녀석의 뒤에 서 있던 녀석들이 한꺼번에 대장에게 달려들었다. 악동의 손에도 나이프가 들려 있었다. 그 중의 한 녀석이 대장의 머리를 겨냥하고 솟아오르듯이 발을 올려차며 공격을 해왔고, 악동이 대장의 복부를 겨냥하고 칼을 찔러 왔다.

대장이 가볍게 머리를 숙여 올려차기를 하는 녀석의 발을 피함과 동시에 허리를 옆으로 비틀어 악동이 내지른 칼을 피했다. 순간, 두 개의 비명소리가 동시에 들려왔다.

– 악, 아아악.

대장의 머리를 겨냥하고 올려차기를 시도하던 녀석이 '악' 하는 비명소리와 함께 뒤로 벌렁 자빠지는 모습이 보였다. 녀석은 길바닥에 패대기를 쳐져 배를 드러낸 개구리처럼 드러누운 채 사지를 부들부들 떨고 있었다. 개구리처럼 뻗어버린 녀석 또한 대장이 정확하게 겨냥을 하고 올려찬 발에 사타구니를 걷어차인 모양이었다.

소년이 녀석에게서 눈을 돌려 악동을 바라보자, 어느 새 대장의 손에 팔이 등 뒤로 꺾여 버린 악동이 칼을 떨어뜨린 채 어깨를 위로 치켜 올리면서 '아아악' 하는 비명을 지르고 있었다.

순식간에 벌어진 일이었다. 너무나 순식간에 벌어진 사태에 악동과 함께 온 나머지 네 녀석들은 지레 겁을 집어먹은 채 뒤로 주춤주춤 물러나고 있었다. 대장이 팔이 뒤로 꺾인 채 비명을 지르고 있는 악동의 무릎을 뒤에서 가볍게 걷어찼다. 악동이 또다시 '아악' 하는 비명을 지르며 풀썩 무릎을 꿇었다.

– 이이익, 씨이–

악동의 입에서 신음 같은 소리가 흘러 나왔다. 그것은 대장의 완력에 굴복당한 악동이 분을 참지 못해 내지르는 소리였다.

– 모두들 여기에 와서 꿇어 앉아. 그렇지 않으면 이 자식 어깨가 절단난다.

대장이 다시 한 번 악동의 팔을 비틀어 올리며 말했다.

– 아아악.

악동이 비명을 질렀다.

– 어서 와 꿇어앉지 못해.

대장이 다시 한 번 말했다. 사타구니를 걷어차인 녀석 둘이 겨우 일어나 악동의 옆에 무릎을 꿇자, 나머지 녀석들도 겁을 먹은 듯 주춤주춤 다가와 무릎을 꿇었다.

– 어서 사과해.

대장의 뒤에서 가방을 든 채로 엉거주춤 서 있는 소년에게로 악동을 돌려 앉히면서 대장이 말했다.

고통을 참아내고자 벌겋게 상기된 악동의 얼굴이 소년의 발아래에 있었다. 소년은 그러한 악동의 얼굴을 걷어차 버리고 싶은 강한 충동을 느꼈다. 악동에게 당한 보복을 고스란히 그대로 돌려주고 싶었다. 그러나 소년은 잠자코 있었다.

– 아악, 잘못했어.

대장이 다시 한 번 팔을 꺾어 올리자, 악동이 비명을 지르면서 마지못해 말했다. 대장이 잡고 있던 악동의 팔을 풀어 줌과 동시에 엉덩이를 걷어찼다. 악동이 앞으로 쓰러질듯이 뒤뚱거리며 몇 걸음을 내딛고는 겨우 균형을 잡고 멈춰 섰다.

– 비겁하게 다른 사람을 괴롭히지 마. 복수하고 싶으면 내게 직접 해.

사타구니를 움켜잡고 다리를 절룩거리는 두 녀석과, 어깨를 감싼 채 골목을 떠나는 악동의 등에다 대고 대장이 말했다.

어디서 호루라기 소리가 들렸다. 얼마 있지 않으면 통행금지 시간이 될 모양이었다. 비가 그친 하늘에는 별이 초롱초롱 빛나고 있었다.

그 해의 여름은 유난히도 더웠다. 대장에게 당한 악동 무리들은 이상하게도 여름이 다 지나가도록 잠잠했다. 소년에게는 그러한 평온함이 오히려 더 불안했다. 아직까지는 아무런 반응이 없었지만, 소년은 여전히 악동클럽의 적의를 떨쳐버릴 수 없었다. 그들의 적의는 언젠가는 다른 방법으로 보복을 준비하고 있을 것이다. 이러한 불안으로 소년은 마음을 놓을 수가 없었다.

시월이 되었다. 일요일 밤이 늦어서야, 소년은 시골 고향에서 가져온 쌀과 밑반찬 거리를 가지고 대장의 집으로 돌아왔다. 대장의 집에서 생활하게 된 이후로 별도로 하숙비를 내고 있었던 것이 아니었기에, 소년은 시골에서 농사를 지은 쌀과 잡다한 반찬거리를 수시로 가져와 하숙비를 대신하고 있었다.

그 전날 토요일, 막차를 타고 고향에 갔던 소년이 쌀과 몇 가지 찬거리가 든 보퉁이를 들고 대장의 집에 도착하니, 대장의 어머니가 대문 앞에서 서성이고 있었다.

– 이제 오는구나. 부모님은 다 무고하시던?

– 예.

– 그런데 얘가 왜 이렇게 늦는지 모르겠구나. 아침에 학교에 간다고 하였는데.

그러고 보니 밤이 늦은 시간이라 응당 집에 있어야 할 대장이 보이지 않았다. 대장이 아무런 말도 없이 밤늦도록 귀가하지 않는 경우는 없었다. 소년은 문득 불안해지기 시작했다. 악동클럽 무리들의 얼굴들이 차례로 떠올랐다.

– 제가 한번 나가 볼 테니, 어머님은 그냥 계세요.

– 배고플 텐데, 밥이라고 먹고 나가렴.

– 괜찮습니다. 나중에 같이 먹을게요.

얼마 있지 않으면 학교에서 집으로 오는 시내버스도 끊어질 시간이었다. 버스를 타고 오는 것일까. 소년은 시내버스 정류소까지 나가 보았다. 몇 대의 버스가 지나쳤지만 대장은 나타나지 않았다.

대장에게 무슨 일이 생긴 것일까. 악동클럽 무리들의 얼굴이 다시 한 번 소년의 눈앞에 어른거렸다. 소년의 불안이 점점 더 커지고 있었다.

정류소에서 다시 집으로 돌아오는 골목길을 돌자, 앞에서 걸어가는 대장의 모습이 보였다. 무사하구나. 다행이었다. 소년은 가슴을 쓸어내렸다. 소년과 대장은 길이 어긋났을 뿐이었다.

– 왜 이렇게 늦었어?

소년이 앞서가고 있는 대장을 뒤쫓아 뛰어가며 말했다.

– 기다리고 있었니?

– 그래, 버스정류소에서 한참을 기다렸어.

– 자식들이 시비를 걸어오잖아. 그래서 좀 늦었어.

– 누구? 악동 자식들 말이니?

– 응, 그 자식들 아니면 누가 시비를 걸겠어?

대장이 걸으면서 대수롭지 않게 말했다. 소년과 대장이 집으로 들어서자, 그때까지도 마당에서 서성이며 대장을 기다리고 있던 어머니가 비로소 안심을 하고 부엌으로 들어가 밥상을 차리기 시작했다.

대장이 마당 모퉁이에 있는 수돗가로 가서 손을 씻었다. 대장의 손에는 피가 묻어 있었다. 그러나 소년은 못 본 척했다. 저녁을 먹으면서도 아무 말도 하지 않았다. 대장의 어머니가 알게 되어 걱정을 할 것 같았기 때문이었다. 저녁을 먹고 방으로 건너온 소년이 대장에게 물었다.

– 무슨 일이 있었는데? 아까 손에 피가 묻었던데 어떻게 된 거니?

– 별일 아니야. 학교를 나오는데, 악동 자식들이 달려들기에 혼을 좀 내주었어. 그런데 그 따까리 자식이 분을 못 참았는지, 휘두르던 칼로 제 배를 찔러 자해를 해버리잖아. 그러자 나머지 자식들은 비겁하게 모두 도망을 가버리고. 그래서 할 수 없이 혼자서 따까리 자식을 병원에 데려다 주고 왔어.

대장이 별일 아니란 듯이 책가방의 책을 꺼내면서 말했다. 대장이 말한 '따까리 자식'이란 악동을 추종하며 따라다니는, 반장 선거 때에 사회를 본 녀석을 말했다. 악동을 졸졸 따라다니면서, 악동을 상전처럼 떠받드는 녀석이었다. 그래서 반 아이들은 그를 따까리라고 불렀다.

– 그 새끼들, 어째 조용하다 했더니, 결국 사고를 치고 마는구나. 그래서? 어디 다친 데는 없니?

– 그 자식들이 무더기로 덤벼봐라. 내 몸에 어디 손이나 까딱할 수 있는가. 별일 아니니 걱정 마. 자식이 죽을 것 같지는 않더라. 그만 자자.

대장이 요 위에 벌렁 누우며 말했다. 하루 종일 시골 버스에 시달린 소년도 피곤했다. 몸은 피곤하였지만, 그러나 의식은 더욱 말똥말똥해지면서 왠지 모를 불안한 상념이 꼬리를 물고 이어졌다.

따까리 녀석이 자해를 하였다는 것이 꺼림칙했다. 그들은 싸움으로서는 대장에게 이길 수 없다는 것을 깨달았을 것이었다. 그렇다면 그들은 뭔가 다른 방법을 찾고 있지는 않았을까? 완력으로는 도저히 대장을 굴복시킬 수가 없었던 악동 녀석들이 뭔가 다른 계획을 꾸몄던 것은 아닐까? 따까리 녀석이 자해를 한 것은 보복을 하기 위하여 악동 녀석이 그 동안 치밀하게 계획한 음모일지도 모른다는 생각이 불현듯 떠올랐다. 악동이라면 충분히 그러고도 남을 녀석이었다. 악동 녀석이 따까리 녀석을 사주하여 일부러 대장에게 시비를 걸어 칼로 자해를 하도록 하고, 이것을 대장이 찌른 것으로 뒤집어씌운다? 악동 녀석의 치밀한 준비된 음모일 수도 있었다.

이러한 생각이 들자, 소년은 불안한 마음에 도저히 잠을 이룰 수가 없었다. 이러한 소년의 불안한 마음과는 달리 대장은 아주 편안하게 잠들어 있었다.

다음 날, 대장과 함께 학교를 향하여 걸어가는 동안에도 소년은 여전히 불안했다. 그러나 대장은 태평스러웠다. 소년이 교실에 들어섰을 때, 교실에는 악동도, 그를 추종하는 다른 녀석들도 보이지 않았다. 따까리 녀석은 자해를 하여 병원에 있다고 하더라도 악동과 그를 따르는 녀석들은 교실에 있어야 했다. 그러나 일 교시 수업이 시작되기까지도 녀석들은 나타나지 않았다. 악동이 결석을 하였다는 사실이 소년을 더욱 불안하게 했다. 오전 수업 시간까지도 아무 일도 일어나지 않았다.

점심시간이 지나고, 오후, 육 교시의 수업이 시작되었다. 국사시간이었다.

소년의 자리는 창문가였다. 창밖으로 보면 학교운동장이 한눈에 들어왔다. 수업이 시작되어 텅 빈 운동장을 걸어 들어오는 점퍼 차림의 두 사람의 모습이 보였다. 직감이었다. 가슴이 두근거렸다. 점퍼 차림의 두 사람은 교무실로 향하고 있었다. 소년은 수업에 집중할 수가 없었다.

얼마나 시간이 지났을까. 복도 창문으로 교장선생님과 점퍼 차림의 두 사람의 모습이 나타났다. 가슴이 덜컥 내려앉았다. 교장선생님이 수업을 하고 있는 국사선생님을 손짓으로 불렀다. 복도로 나간 국사선생님에게 교장선생님이 무엇인가 한참 얘기를 하고 있었다.

다시 교실로 들어온 국사선생님이 대장을 불러내었다. 대장이 국사선생님과 함께 복도로 나갔다. 점퍼 차림의 두 사람이 대장에게 뭔가를 얘기하는 모습이 보였다. 대장과 교장선생님, 점퍼 차림의 두 사람이 복도에서 사라졌다. 소년의 불안이 현실화되고 있었다. 운동장을 걸어가는 점퍼 차림의 두 사람과 대장의 모습이 보였다.

– 어, 저거 수갑을 찬 것 아이가?

소년의 뒷자리에 앉은 학생이 운동장을 걸어가는 대장의 모습을 보고 낮게 소리쳤다. 수업중인데도, 교실 안의 학생들 모두가 우루루 창가로 모여들었다. 소년도 똑똑히 보았다. 점퍼를 입은 두 사람 사이에서 운동장을 걸어나가는 대장의 손목에서 가을 햇살이 반짝이고 있었다.

그날, 대장은 집으로 돌아오지 않았다. 그 다음날도, 일주일이 지나고, 한 달이 지나서도 대장은 돌아오지 않았다. 이미 학교에는 대장과 악동클럽이 벌인 싸움 얘기가 파다하게 퍼져 있었다.

일요일 밤, 학교 뒤편의 공터에서 악동클럽과 대장 사이에 시비가 붙었다고 했다. 따까리 녀석과 대장간에 싸움이 벌어졌다. 그런데 수

세에 몰린 대장이 갑자기 칼을 꺼내어 따까리 녀석의 배를 찔렀다고 했다. 병원에 누워 있는 따까리 녀석의 병문안을 갔다 온 학생이 따까리 녀석에게서 직접 들은 얘기라고 했다.

그러나 소년은 알고 있었다. 그것은 모두가 악동 녀석이 조작한 음모라는 것을. 그러나 싸움의 현장에 없었던 소년이 그것을 증명할 방법이 없었다. 안경도 어쩌지 못했다.

대장에 대한 재판이 열린다는 통지서가 집으로 왔다. 소년은 대장의 어머니와 함께 법원으로 갔다. 안경과 소녀가 미리 나와 있었다.

법정은 어두컴컴하고 숨이 막힐 것 같았다. 대장의 이름이 호명되었다. 재판정의 옆쪽에 나있는 출입문을 통하여 푸른 수의를 입은 대장의 모습이 나타났다. 소녀와 대장의 어머니가 곧 울음을 터트릴 듯 안타까운 표정을 지었다.

대장이 방청석으로 고개를 돌려 어머니와 소년, 소녀, 안경을 차례로 바라보았다. 대장의 눈빛은 잔잔했다. 그 눈빛은 자신은 죄가 없으니, 아무런 걱정도 할 필요가 없다고 말하고 있었다.

검은 법복을 입은 검사가 일어섰다. 검사가 대장에게 따까리 녀석의 이름을 들먹이며, 녀석의 배를 칼로 찔러 상해를 입힌 사실이 있느냐고 물었다.

– 없습니다. 내가 찌른 것이 아니라, 스스로 자해를 한 것입니다.

대장이 추호의 머뭇거림도 없이 당당하게 말했다. 검사가 추종자 녀석들, 세 명의 이름을 호명하며 그들을 증인으로 신청하겠다고 했다.

이주 후에 다시 재판이 열렸다. 골목에서 소년에게 린치를 가했던 녀석이 먼저 증인으로 나왔다. 검사가 녀석에게 대장이 따까리 녀석의 배를 칼로 찔렀느냐고 물었다.

– 예, 틀림없습니다.

녀석이 대답했다. 대장이 녀석을 쏘아보았다. 대장의 눈길을 마주친 녀석이 움칠했다. 대장이 판사에게 말했다.

– 거짓말입니다.

녀석의 뒤를 이어 또 다른 추종자 녀석 둘이 다시 증인으로 나왔다. 검사가 동일한 질문을 했다.

– 예, 제가 틀림없이 보았습니다.

추종자 녀석 둘이 약속이나 한 듯이 동시에 말했다. 대장이 녀석 둘을 쏘아보았다. 대장의 눈길을 마주친 녀석들이 눈길을 돌렸다.

대장이 다시 판사에게 말했다.

– 거짓말을 하고 있습니다.

이주 후에 대장에 대한 판사의 선고가 있었다.

– 보호소년은 비행 사실을 부인하고 있을 뿐만 아니라, 피해자와 합의를 하지 않았고, 반성의 기미도 전혀 보이지 않는다. 그러므로 보호소년을 소년원에 송치한다.

대장의 어머니와 소녀가 동시에 울음을 터뜨렸다. 옆에 앉아 있던 안경이 주먹을 불끈 쥐고 법정의 의자를 내려쳤다. 분통이 터졌다. 이것은 아니다. 고함이라도 지르고 싶었다. 이것은 분명 잘못된 것이다. 그러나 소년은 어찌 할 수가 없었다. 소년의 불안은 실체화되었다. 대장은 이미 악동이 치밀하게 준비한 덫에 단단히 걸려들었던 것이다.

그러나 판사의 선고에도 대장은 담담했다. 모든 것을 이미 각오하고 있었던 것처럼 의연했다. 대장은 선고를 하는 판사를 오히려 애처로운 눈길로 바라보고 있었다. 그 눈길은 잘못된 선고를 하는 판사에 대한 연민 같았다. 대장이 고개를 돌려 방청석에 있는 소년과 안경을 보았다. 소년의 안타까운 눈길과 대장의 눈길이 마주쳤다. 대장의 가슴에는 분노가 이글거리고 있을 것이다. 그러나 대장은 맹렬하게 타오르는 그 분노를 누르고 있을 것이다. 대장의 눈길은 의외로 평화로웠다. 대장이 소년과 안경에게 말했다.

– 절대로 굴복하지 마! 절대로!

대장의 목소리는 담담하면서도 단호했다. 혹시나 대장이 없는 학교생활 동안, 소년이 악동 무리들에게 행패를 당하더라도 결코 굴복해서는 안 된다는 대장의 당부가 담겨 있었다.

– 어머니를 부탁해.

대장이 정리에게 이끌려가면서 말했다.

소년의 눈에서 눈물이 흘렀다. 분노와 안타까움, 안경의 눈에도 눈물이 흐르고 있었다.

그 해 가을, 대장은 그렇게 소년 곁을 떠나갔다.

꽹과리와 징

준하가 사실을 말하지 않더라도 징은 준비해야 했다. 준하는 그의 말대로 하늘이 마련한 굿판에서 생명을 걸고 춤을 출 준비를 하고 있는지도 모른다. 준하를 위해 해줄 수 있는 일이란 그의 말대로 최선을 다해 징을 울리는 것이다. 준하로부터 어떤 사실을 기대하지는 말자. 그의 생명은 하늘의 뜻일 테니까.

곽판사: 피고인 김준하의 변호인은 상피고인 박형기에 대하여 신문할 사항이 있는가요?

박기영: 예.

곽판사: 신문해 주십시오.

박기영(피고인 박형기에게)

문: 당시 범행에 사용된 도구는 샴페인병과 칼이었지요?

답: 예.

문: 분명하게 대답해 주세요. 당시 상피고인 김준하가 범행 도구로 사용한 것은 샴페인병과 칼, 이 두 가지뿐이었고, 다른 도구를 사용하지는 않았지요?

답: 예, 분명히 샴페인병과 칼을 사용하였습니다.

문: 당시 상피고인 김준하가 칼로 피살자의 목을 베면서 누군가 다른 사람의 머리카락이나 다른 이물질을 피살자의 목에 집어넣는 그러한 행동을 한 일이 있었나요?

답: 정확하게는 보지 못했지만, 그런 일은 없었던 것 같습니다.

문: 범행과정에서 상피고인 김준하가 한 말까지도 기억하는 피고인이 상피고인 김준하가 위와 같은 행동을 하였는지의 대해서는 정확하게 보지 못했다고 하는데, 다시 한 번 묻겠습니다. 정확하게 대답해 주세요. 당시 상피고인 김준하가 누군가 다른 사람의 머리카락이나 이물질을 피살자의 목에 넣는다거나, 또는 그와 유사한 행동을 하였나요?

답: 그런 행동을 하는 것은 보지 못했습니다.

문: 상피고인 김준하가 누군가의 머리카락을 피살자의 목에 집어넣는다거나 하는 행동은 분명히 하지 않았지요?

답: 예.

– 이상입니다.

곽판사: 검사는 피고인 김준하에 대하여 신문해 주시기 바랍니다.

드디어 꽹과리 소리가 울린다.

김용훈 검사(피고인 김준하에게)

문: 피고인은 이 법정에서 지난번 공판에서 상피고인 박형기가 하는 진술을 들었지요?

긴장 속에 빠지는 기영.

드디어 준하가 입을 열 것인가. 아니면 여전히 묵비권을 행사할 것인가.

답: 예.

문: 피고인은 상피고인 박형기의 진술을 인정하는가요?

답: 그 부분에 대하여는 말하지 않겠습니다.

무너지는 기영.

여전히 침묵으로 일관할 것인가.

문: 피고인은 19××. 11. 피고인이 고등학교 이학년 때, 같은 반의 학생들과 싸움을 하여 검찰에서 조사를 받은 사실이 있지요?

답: 예.

問: 그 당시 피해를 입은 학생은 피고인이 칼로 그 학생의 배를 찔렀다고 되어 있는데, 그것은 사실이었나요?

답: 아닙니다.

問: 당시 기록에 나타난 그 사건에 대한 피고인의 진술은 그 학생이 스스로 배를 찔러 자해를 한 것이라고 나타나 있는데, 그렇다면 피고인의 당시 진술이 사실이라는 말인가요?

답: 그렇습니다.

問: 피고인은 당시 위 사건을 담당했던 검사가 이 사건 피고인의 범행에서 피살된 김인환이라는 사실을 아는가요?

– 이의 있습니다.

갑자기 울리는 징소리.

기영이 김용훈 검사의 신문을 낚아챘다.

– 피고인은 이 사건 공소 사실을 부인하고 있습니다. 그런데 지금 검사는 '피고인의 범행에서 피살된 김인환' 이라고 하여, 김인환을 살해한 사람이 피고인이라고 단정하는 유도신문을 하고 있습니다.

問: 정정하겠습니다. 피고인은 당시의 사건을 수사한 담당검사가 김인환이라는 사실을 알고 있지요?

답: 예.

問: 피고인은 이 사건으로 말미암아 소년원에 가게 되어 학교에서도 퇴학을 당했었지요?

답: 예.

문: 그렇다면 피고인은 억울하게 누명을 쓴 것인가요?

답: 그렇습니다.

문: 그렇다면 피고인은 당시 피고인에게 누명을 씌운 사람이 김인환이었다고 생각하였을 수도 있겠군요?

답: 생각하였던 것이 아니라, 그 사람이 실제로 사건을 조작하여 누명을 씌웠습니다.

문: 어떻게 조작하였다는 말인가요?

답: 당시 자해를 하도록 시킨 학생의 아버지로부터 매수당해 그들이 시키는 대로 사건을 조작했던 것입니다.

문: 당시 피고인은 그 사실을 어떻게 알게 되었나요?

답: 조사를 하는 과정에 그 검사가 스스로 말했습니다.

문: 그 검사가 어떤 말을 했다는 것인가요?

답: 나는 그 학생이 스스로 자해를 한 것이라고 결백을 주장했습니다. 그러나 그 검사는 나의 말을 듣지 않았습니다. 내가 끝까지 부인하자, 그 검사는 고문을 하기 시작했습니다.

문: 어떤 고문을 하였나요?

답: 처음에는 철자를 손가락 사이에 끼워 비트는 고문을 하였습니다. 그러나 그러한 고문에도 내가 굴복하지 않자, 옷을 모두 벗기고는 백열등 아래의 책상 위에 세워 놓고 잠을 못 자게 했습니다. 그 고문은 삼일 동안이나 계속되었습니다. 그래도 내가 굴복하지 않자, 그가 말했습니다. '더 이상 고집부리지 말고 그만 항복해라. 네가 아무리 버틴

다 해도 너는 이미 빠져 나갈 수 없다. 나는 이미 너를 잡아넣어 달라는 대가로 많은 돈을 받았다. 내가 너를 풀어 줄 것 같니? 더 이상 괴로움을 당하지 말고 내가 시키는 대로 해라. 그러면 더 이상의 고통은 없을 것이다' 라고 했습니다. 그래서 알게 된 것입니다.

문: 피고인에게 그러한 고문을 가한 사람이 이 사건의 피살자인 김인환인가요?

답: 그렇습니다.

문: (이때 7×푸2407호 소년보호 사건 기록 중 피의자신문조서를 피의자에게 제시하고) 당시 사건 기록 중 '(이때 피의자는 전혀 반성하는 기색이 없이 갑자기 절규하는 목소리로) 지금부터 나에게 영혼은 없어. 당신들에게 복수할 거야. 이제부터는 내가 당신들을 심판하겠어. 내 손으로 반드시 당신을 죽이고 말겠어'라는 피고인의 진술이 있는데, 이 진술은 피고인이 실제로 진술한 것인가요?

답: 그렇습니다.

문: 그렇다면 당시 고문과 사건 조작에 의해 영혼마저 빼앗겨버렸다고 생각한 피고인이 김인환에게 복수할 마음이 들었던 것은 당연하겠군요?

답: 그렇습니다. 당시 고문에 의한 고통보다도 돈에 매수되어 법률가로서의 양심과 자신의 영혼마저 팔아버린 사람에게 나 또한 영혼이 없는 똑같은 사람이 되고 싶었습니다.

문: 그래서 피고인은 그때의 약속을 지키기 위해 김인환을 살해한 것인가요?

답: 그 부분에 대해서는 대답을 하지 않겠습니다.

꽹과리 소리는 요란하다.

준하가 모를 리가 없다. 이와 같은 신문에 대한 자신의 대답이 김인환에 대한 살해의 동기를 부여한다는 것을. 그런데도 준하는 그 동기가 되는 신문에 모두 응하고 있다. 그것도 공소 유지를 위한 전제 사실에 대하여 검사가 의도하는 대로 모든 것을 시인하고 있다.

준하의 의도는 무엇일까? 드디어 춤을 추기 시작한 것인가. 그렇다면 이젠 징을 울려 장단을 맞출 차례이다.

울리는 징소리.

박기영: 지금 검사는 피고인의 살해 동기와 관련한 피고인의 과거 전과의 한 부분에 대하여 신문을 하였습니다. 이 부분과 관련한 변호인의 반대신문을 먼저 허락하여 주시기 바랍니다.

곽판사: 검사는 어떻습니까? 동의하시는 건가요?

김용훈 검사: 동의합니다.

곽판사: 그렇다면 변호인의 반대신문은 지금까지의 주신문과 관련한 부분에 대하여만 허락합니다.

박기영(피고인 김준하에게)

문: 피고인은 위 사건으로 말미암아 일 년 육 개월 동안 소년원에 수감되어 있었지요?

답: 예.

문: 피고인이 수감되어 있을 때, 매주 면회를 오고, 거의 매일이다시피 편지를 보내준 한 여학생이 있었지요?

답: 예.

문: 피고인은 그 여학생을 사랑하였나요?

답: 예. 나뿐만 아니라 내 친구도, 주위의 모든 사람이 그 여학생을 사랑했습니다. 그 여학생은 누구나 사랑할 수밖에 없는 순수한 영혼을 가지고 있었습니다.

문: 그 여학생의 편지 내용은 어떠한 것이었나요?

답: 용서하라는 것이었습니다. 하느님의 사랑으로 나를 그렇게 만든 사람들을 용서하라고 했습니다. 용서하는 마음은 복수하는 마음보다 아름답다고 했습니다. 복수하기 이전에 먼저 용서하는 방법을 배우라고 했습니다. 그것이 하느님의 사랑이라고 했습니다. 하느님의 사랑 앞에서는 모든 것이 용서될 수 있다고 했습니다.

문: 그래서 피고인은 그 여학생의 편지를 통하여 용서를 배웠습니까?

답: 그렇습니다. 그 여학생의 말대로 하루도 빠지지 않고 나에게 용서하는 마음이 강림하기를 갈구했습니다. 그래서 용서하는 마음을 얻었습니다.

문: 그 용서를 실천했습니까?

문: 그렇습니다. 적어도 당시 나를 소년원에 보낸 사실에 대하여는 용서하는 마음을 얻을 수 있었고, 그것을 실천했습니다.

– 이상입니다.

*　*　*

깊은 울음을 감춘 겨울이 깊어가고 있었다. 소년은 참담했다. 대장의 불행이 모두 소년으로부터 비롯된 것 같아 죄책감도 들었다. 대장이 없는 학교생활은 암울했다. 그때마다 소년의 뇌리에 대장의 목소리가 들려왔다.

'절대로 굴복하지 마! 절대로! 어머니를 부탁해.'

소년이 그나마 학교생활을 견딜 수 있었던 것은 대장의 목소리 때문이었다. 대장의 당부 때문이었다.

소년은 대장이 없는 대장의 집에서 그대로 생활했다. 대장이 없는 집에 소년마저 떠나버리면 대장 어머니의 절망은 더욱 깊어질 것이었다. 대장이 돌아올 때까지 어머니를 지켜야 하는 것은 대장에 대한 소년의 의무라고 생각했다.

음모로써 대장을 학교에서 추방해 버린 승리감에 도취했기 때문이었을까. 소년과 안경에 대한 악동 무리들의 보복은 없었다.

시내를 벗어나 K군으로 접어드는 국도를 따라 펼쳐진 들판은 하얀 눈에 덮여 순백의 빛으로 반짝이고 있었다. 소년과 소녀, 그리고 안경은 대장이 수감되어 있는 소년원 앞 정류장에서 버스를 내려, 눈길을 걸었다.

하얀 눈이 내린 논바닥에는 베어버린 벼의 그루터기가 듬성듬성 고개를 내밀고 있었다. 벌판은 황량했다. 세찬 바람이 길가 전신주를 울리고 있었다. 그것은 분노의 신음소리로 울부짖고 있었다. 소년에게 그 바람소리는 대장이 토해내는 울음소리로 들렸다.

연회색 털실 목도리를 목에 감은 소녀가 어깨를 움츠렸다. 소년도 추웠지만 내색하지 않았다. 소년이 겪고 있는 추위는 대장이 겪고 있을 고통에 비하면 사치스런 것이라는 생각이 들었다.

소년원의 정문으로 향하는 눈 덮인 시멘트 포장도로가 나왔다. 아무도 말을 하지 않았다. 안경도 고개를 숙이고 걷고 있었다. 그러나 소녀의 표정은 밝았다. 대장을 만난다는 기대감 때문일까. 소년의 가슴에는 또 다른 차가운 바람이 불고 있었다. 멀리 하얀 눈을 덮어쓴 산등성 위로 한 마리 새가 날고 있었다. 그 새를 바라보는 소년의 눈은 가물가물해지고 있었다.

면회를 신청한 후, 한 시간이나 지나서야 겨우 소년의 이름을 부르는 소리가 들렸다. 소년에게 낯선 제복을 입은 교정관이 면회실의 작은 출입문을 열었다. 철망으로 칸막이가 쳐져 있었다. 생소한 푸른 수의를 입은 대장이 철망 건너편에 나타났다. 소녀의 눈에 눈물이 고였다. 소녀가 손으로 입을 가리면서 오열을 삼켰다.

– 오빠.

그러나 소녀는 그 다음 말을 잇지 못했다. 고여 있던 눈물이 주르르 흘렀다. 정작 대장을 보자, 소년의 가슴도 메어질 듯이 답답해져 왔다. 소녀와 소년의 안타까운 심정과는 달리 대장은 밝았다. 웃고 있었다.

– 지낼만해?

그나마 낙천적인 안경이 말했다.

– 그럼. 야, 안경! 자식들이 아무 짓도 안 했어? 너희들 굴복하지 않았지?

대장이 웃으면서 밝은 목소리로 말했다. 대장은 소년과 안경을 걱정하고 있었다.

– 아무 일도 없었어. 그 녀석들 조용해….

안경이 말했다.

소년은 대장에게 미안했다. 대장은 소년과 안경이 겪고 있는 마음의 고통을 자신의 탓으로 여기고 있을 것이었다. 대장은 자신의 고통은 결코 드러내지 않을 것이다. 그 어떠한 고통이라도 스스로 감내할 것이다.

소년은 그러한 대장이 답답하게 느껴졌다.

소년은 말하고 싶었다.

'힘들면 힘들다고 말해. 그렇게 한다고 하여도 너를 비난할 사람은 아무도 없어. 네가 겪고 있는 고통을 무조건 혼자서 감수하겠다는 생각이 너를 더 힘들게 하고 있어. 내가 너에게 도움을 줄 수는 없지만, 너의 고통에 대하여 함께 울어 줄 수는 있어. 너의 절망에 대하여 함께 분노할 수 있단 말이야.'

그러나 소년은 말하지 못했다. 씩 웃어 보였다. 대장은 소년의 웃음의 의미를 알고 있을 것이다. 결코 굴복하지 않겠다는 약속의 웃음이라는 것을….

– 오빠! 이겨내야 해. 오빠는 이겨낼 수 있어…. 필요한 것 없어?

소녀가 눈물을 닦으면서 말했다.

– 이겨내고 있어. 그리고 이겨낼 거야. 필요한 것은 모두 다 있으니, 아무 걱정하지 마.

대장과의 만남은 짧았다. 눈 덮인 들판을 다시 걸어 나왔다. 오후의 햇살에 눈이 녹고 있었다. 햇살은 평화롭게 들판을 빛내고 있었다.

소녀가 혼잣말처럼 조용하게 말했다.

– 저 안에서, 오빠는 내리는 눈을 보면서 무슨 생각을 했을까? 오빠에게 누명을 씌운 그 사람에 대하여 복수를 생각했을까? 아니면 용서를 생각했을까?

소녀가 고개를 들어 하늘을 올려다보면서 말을 이었다.

– 나는 매일 기도하고 있어. 오빠가 그 사람들을 용서할 수 있게 해달라고. 복수하는 마음보다는 용서하는 마음이 더 아름다운 것이라고. 오빠가 그러한 진리를 빨리 깨우치게 해달라고.

그것은 소년에게 말하는 것 같기도 하고, 소녀 자신에게 말하는 것 같기도 했다. 그러한 소녀는 순결해 보였다. 지극히 단순해 보였다. 그것이 소녀의 참 모습일 것이라고 소년은 생각하고 있었다.

그러나 소년은 동의할 수 없었다. 소년의 가슴 저 밑바닥에서 치밀어 오르는 격렬한 분노를 결코 삭일 수는 없었다.

용서라고? 그 악동 녀석을 용서해야 한다고….

음모로 비열하게 대장을 망쳐버린 악동 무리들을 어떻게 용서한단 말인가. 대장도 결코 용서하지 않을 것이다. 아니, 대장이 용서하자고 해도 소년은 참지 않을 것이다.

파란 겨울하늘이 소년의 마음만큼이나 싸늘하게 느껴졌다. 날카로운 새털구름이 비껴가는 하늘 아래로 아까의 새가 아직까지 외롭게 빙빙 돌고 있었다.

그 해 겨울은 길고 추웠다. 암울한 동면과도 같은 시간이었다. 그 시간 속에서 소년은 다만 웅크려 있을 뿐이었다.

소년은 삼학년이 되었다. 개학하고 곧 전교학생회장 선거가 있었다. 그러나 소년은 그러한 선거에 아무런 관심을 갖지 않았다. 대장이 없는 마당에 소년이 관심을 가질 대상도 없었다. 악동이 당선되었다.

그런데 어처구니없는 것은 학교 선생님들이 희희낙락하는 것이었다. 악동을 아주 훌륭한 학생이라고, 대장부라고, 기개가 넘치는 사내라고 칭찬까지 하는 선생들도 있었다. 더욱 소년과 안경을 메스껍게 했던 것은 교장선생님까지 악동의 당선을 축하한다고, 장래가 촉망되는, 아주 능력이 있는 학생이라고, 월요일 아침 전교생이 집합한 조례시간에서 격려를 아끼지 않았다는 사실이었다.

소문에 악동의 아버지가 선생님들을 한 달에 한 번 꼴로 기생집으로 데려다가 코가 비뚤어지도록 술을 퍼마시게 했고, 악동이 학생회장에 당선되자, 선생들은 아주 비싼 고급 양복을 한 벌씩 얻어 입었다는 것이었다.

대장이 있었다면, 악동은 결코 학생회장이 되지 못했을 것이다. 음모와 계략으로써 대장의 미래를 난도질해 버린 악동이 학생회장이 되었다는 것은 모순이었다. 부조리였다. 그런데 이러한 부조리에 저항해야 한다는 것을 가르쳐야 할 선생이란 작자들이 오히려 이를 미화하고 있다니. 그것은 분노를 뛰어넘어 현실에 대한, 기성세대에 대한 엄청난 회의를 소년에게 심어주고 있었다. 선생들까지, 명색이 교장이라는 선생까지 돈 앞에 침을 질질 흘리며 헤헤 거리는 꼴이라니…. 있을 수 없는 일이, 아니 용납할 수 없는 일이 일어나고 있는 데도 아무 말도, 어떠한 저항도 할 수 없는 이 현실, 이 무력감, 소년은 나중에는 자신이 너무나 초라하게 느껴졌고, 이 초라함은 소년을 깊은 우울감에 빠져들게 했다.

운동장을 둘러싸고 서있는 플라타너스의 가지에서 새순이 돋아나기 시작했다. 연약한 새순이 저 딱딱한 나무껍질을 뚫고 나오는 힘은 어디에서 솟는 것일까. 새순은 돋아나고 있었지만, 대장은 돌아오지 않았다.

봄이 오고 플라타너스의 잎이 연초록빛으로 햇살에 반짝이고 있었다.

새 움과 더불어 소년은 조금씩 기운을 차려가기 시작했다. 고교 삼년이란 막바지의 학창 시기, 대학을 생각하지 않을 수 없었다. 소년에게 큰 기대를 걸고 있는, 시골의 가난한 농사꾼인 부모님과 고향 마을 어른들을 생각했던 것이었다.

봄도 가고 녹음이 우거지기 시작했다. 짙푸른 잎사귀 아래, 매미가 울기 시작했다. 매미는 칠, 팔년 동안을 캄캄하고 음습한 땅속에서 유충으로 지내다가, 어느 맑고 상쾌한 여름 날 새벽, 저 단단한 땅을 뚫고, 밝은 세상으로 나와 저렇듯 힘차게 노래를 부르는 것이다. 그럴 것이다. 대장도, 다만 지금은 매미의 유충처럼 어두운 동굴 속에서 기다리고 있을 것이다. 그러나 언젠가는 도래할 맑고 상쾌한 새벽을 기다리고 있을 것이다.

안경도 그랬다. 소년과 단짝이 된 안경도 소년처럼 대장은 결코 좌절하지 않을 것이라고 확신하고 있었다. 그리고 둘은 손을 잡고 어금니를 꽉 다물곤 했다. 언젠가 우리도 어른이 될 것이다. 우리가 어른이 되면 이 같은 세상은 만들지 말자. 저 악동 같은 녀석들이 활개를 치는 그러한 세상은 만들지 말자. 그리고 돈 앞에 침을 질질 흘리며 헤헤거리는, 저 쓸개 빠진 선생들이 없는, 밝고 아름다운 세상을 만들자. 희망을 갖자. 먼 미래를 생각하자. 역사는 바뀌게 돼 있다. 바뀌는 것이 역사다. 그래, 우리가 그 역사의 주인공이 되자. 밝고 찬란한 새 역사의 주인공이 되자.

매미가 엎드려 있던 짙푸른 플라타너스의 잎이 누렇게 변색되어 쪼그라들고 있었다. 쪼그라든 이파리 사이로 보이는 하늘은 높았다. 하늘에는 하얀 구름 몇 조각이 외로이 떠다니고 있었다. 하늘은 높아지고 있었지만, 여전히 대장은 돌아오지 않았다.

잎을 떨어뜨린 플라타너스 가지를 흔들고 있는 바람은 매섭고 잔인했다. 대장은 이 매서운 계절에 깊은 동면에 빠져들어 있을 것이다. 그러나 언젠가는 그의 깃발을 높이 흔들 그날을 꿈꾸며 깊은 잠에 빠져 있을 것이다. 여전히 차가운 겨울바람이 부는 날, 소년은 졸업을 했다. 그러나 함께 있어야 할 대장은 없었다.

소년이 법대를 택한 것은 대장의 사건이 결정적인 계기가 되었다. 소년은 대장의 무죄를 확신했었다. 그러나 실체적 진실은 조작된 음모 앞에 무력했다. 소년의 생각으로는 법은 진실의 편이고, 진실은 법으로 지켜져야 한다고 생각했다. 이것은 삶의 당위성이라고 생각했다. 그러나 현실은 그렇지 않았다. 이것은 분명 정의가 아니었다. 대장에게 적용된 법은 정의가 아니었다. 정의가 아닌 것에 의해 정의가 재단될 수는 없는 일이었다. 그런데도 이러한 모순이 엄연한 현실로 나타나고 있었다. 이것은 이율배반이었다.

처음, 소년은 이러한 모순과 이율배반에 화가 났다. 분노가 솟구쳤다. 그러나 소년의 분노가 이러한 현실의 모순과 이율배반을 걷어낼 수는 없는 일이었다. 이러한 현실 앞에 아무 것도 할 수 없는 무력감이 소년을 우울하게 했다. 소년이 우울증에 빠질 때마다 대장의 목소리가 들려왔다.

'굴복하지 마.'

대장의 말과 같이, 모순과 이율배반의 현실 앞에 굴복할 수는 없는 일이었다. 싸워야 한다. 어떻게 싸울 것인가. 그 방법은 정당하지 못한 법에 대항하여 정당한 법의 길을 찾는 것이다. 그보다 더 나은, 다른 방법이 어디 있겠는가.

소년은 B대학 법학과를 택했다. 조작된 음모 앞에서 어처구니없이 굴절되어 버린 대장의 미래가 소년이 법대를 지망하게 된 동기가 되었던 것이었다.

B대학의 신입생 입학식이 있었던 삼월, 토요일 오후는 한가했다.

소녀를 만났다. 저녁에 소녀의 집으로 갔다.

소녀가 어머니와 함께 저녁상을 차리는 동안, 소년은 소녀의 방에 있었다. 소녀의 방은 소년에게 익숙한 곳이었다. 작은 창문으로 비쳐드는 햇살, 한쪽 구석에 곱게 개어 놓은 이불, 벽걸이에 걸린 옷가지들, 이 모든 것들에 배어 있는 소녀의 체취, 그리고 소녀가 빌려주었던 책꽂이의 많은 책들, 그 책들에 대한 이야기들, 그 모든 것들이 익숙했다. 그 방은 소년을 아주 편안하게 해주고 있었다.

문득 소년의 눈에, 책상 서랍 틈새, 한쪽 모서리가 삐쭉 나온 편지봉투 하나가 눈에 들어왔다. 그 편지를 살그머니 빼보았다. 대장의 이름이 적혀 있었다. 서랍을 열었다. 서랍 속에는 편지가 가득했다. 한결같은 봉투에 한결같은 이름이었다.

아, 날카로운 통증으로 소년은 아찔했다. 서랍 속 빽빽한 편지는 모두 대장이 보낸 것이었다.

내색하지 않았다. 저녁을 먹고, 소녀의 집을 나왔다.

가슴이 허허로웠다. 슬펐다. 이 세상에 홀로 내버려진 기분이었다.

안경의 집으로 전화를 했다. 안경은 모두가 선망하는 서울의 S대 법대에 합격했었다. 다행히 안경은 아직 서울로 가지 않고 집에 있었다.

안경과 처음으로 취하도록 술을 마셨다. 고등학교 때, 아주 가끔 선생님이나 부모님 몰래 술을 몇 잔 정도 마신 적은 있었지만, 제대로 취하도록 마셔본 적은 한 번도 없었다. 집으로 돌아오는 길이 휘청거렸다. 대문 앞 전봇대 아래 앉아 토했다. 그때까지 기다리고 있던 대장의 어머니가 소년을 방에 뉘었다.

사막이었다. 눈에 보이는 것은 오직 모래뿐이었다. 소년은 혼자 사막을 걷고 있었다. 내리쬐는 태양이 너무나 따가웠다. 발바닥이 타는 듯이 뜨거웠다. 맨발이었다. 갈증이 났다. 아무 것도 손에 든 것이 없었다. 소년은 오직 사막 한가운데를 마냥 걷고 있을 뿐이었다. 그때 소년의 눈앞에 사막을 걸어가고 있는 또 한 사람의 모습이 보였다. 그 사람의 모습은 마치 신기루처럼 어른거렸다. 소년은 그 사람을 향해 뛰어가려고 했지만 발이 떨어지지 않았다. 그 사람 앞에 엎드려 한 방울의 물이라도 구걸하고 싶었다. 앞서 가던 사람이 뒤를 돌아보았다. 머리카락이 하얀 늙은이였다. 어디선가 본 얼굴이었다. 그러나 얼른 생각나지 않았다. 소년이 그 사람에게 당신은 누구냐고 물어보려고 하였으나 말이 나오지 않았다. 혀가 굳어 말을 할 수가 없었다. 앞서 가던 사람 역시 말이 없었다. 소년은 그 사람이 누구인지 생각이 났다. 그 사람은 바로 소년 자신이었다. 늙어버린 자신의 모습이었다. 그런데 뒤에서 또 누군가가 따라오고 있었다. 앳된 얼굴이었다. 그 아이도 언젠가 본 듯했다. 그 아이에게도 누구냐고 물어보려고 하였지만 역시 말이 나오지 않았다. 그 아이도 말이 없었다. 아, 이 아이가 누구인지 기억이 났다. 바로 어릴 적 소년 자신의 모습이었다. 태양이 뜨거웠다. 온 몸이 타들어 가고 있었다. 목이 타는 듯했다. 사막을 벗어나야만 했다. 그러나 소년은 움직일 수가 없었다. 미래의 자신이 가야 할지, 과거의 소년이 가야 할지, 아니면 현재의 소년 자신이 가야 할지 알 수가 없었다. 아니, 미래의 늙은이가 자기인지, 과거의 아이가 자기인지, 아니면 현재의 소년이 자기인지조차 분간할 수 없었다. 시간이 혼재된 사막의 한가운데 소년은 내려쬐는 태양 아래 숨을 헐떡거리고 있었다. 너무나 갈증이 나서 목이 타고 있었다. 숨을 쉴 수가 없었다. 극심한 통증으로 가슴이 찢어지는 듯했다. 아! 물, 물….

눈을 떴다. 꿈이었다. 온몸이 땀에 젖어 있었다. 대장의 어머니가 머리맡에 물을 준비해 놓은 모양이었다. 양은주전자 주둥이에 입을 대고 물을 들이켰다.

허전했다. 가슴이 쓰렸다. 방문을 열고 밖으로 나왔다. 삼월 초순, 아직도 새벽바람은 차가웠다. 멀리 통금해제를 알리는 사이렌 소리가 울리고 있었다.

소년은 다시 방으로 들어와 누웠다. 모든 사물이 깨어나고 있었지만, 소년은 영원히 깨어나지 못할 깊은 잠 속으로 깊이, 아주 깊이 빠져들었다.

대학 입학식 며칠 후, 카터 미국대통령의 미군 철수 발표가 있었다. 그때부터 박정희 정권의 철권통치는 절정으로 치닫고 있었다.

그 해 사월, 대장이 돌아왔다. 일 년 육 개월 동안의 소년원의 수감생활을 마치고 출소한 것이었다.

소년은 여름방학 동안 내내 시골의 고향집에 머물러 있었다. 냇가에서 동네 꼬마들과 물고기를 잡고, 소를 먹이고, 논의 김을 맸다.

방학이 되기 전부터 학내에서는 박정희 정권의 독재에 맞선 민주화 운동이 서서히 일어나고 있었다. 학내는 뒤숭숭했다. 소년은 방학이 되자마자, 그러한 모든 것들로부터 도망쳤다. 흐르는 시냇물에 발을 담그고 있는 동안, 시간은 정지해 있었다. 아니, 시간은 흐르고 있었지만, 소년은 시간의 흐름을 의식하지 않았다.

대학 첫 번째의 여름방학도 다 지나가고 있었다.

토요일, 대장이 출소한 직후 새로 이사한 곰팡내 나는 자취방으로 돌아왔다. 한 달이나 넘게 비워둔 자취방은 군데군데 얼룩이 져 곰팡이가 피어 있었다.

일요일, 어머니가 대장의 어머니에게 드리라고 싸준 몇 가지 반찬거리를 들고 대장의 집으로 갔다.

집으로 들어서자 거기에 소녀가 있었다. 청바지와 하얀 반소매 티셔츠를 입은 소녀는 아주 성숙하게 보였다. 소년이 대학에 진학한 후, 자주 만나지 못하는 사이에 소녀는 그렇게 성숙해 있었다. 여고 삼학년, 사복을 입은 소녀는 이제 어엿한 숙녀로 보였다. 소녀가 반갑게 말했다.

– 오빠, 마침 잘 왔어.

– 네가 여기 어쩐 일이니?

– 어쩐 일이긴, 오늘 오빠 합격자 발표날이잖아. 점심 먹고 함께 가.

아, 그랬구나. 소년은 모르고 있었다. 대장이 팔월 초에 검정고시에 응시했다는 것은 알고 있었지만 합격자 발표날은 모르고 있었다.

세 사람은 함께 점심을 먹고 시내버스를 타고 발표 장소인 D중학교로 갔다. 세 사람이 학교에 도착하자, 오후 두시에 예정된 합격자 명단이 이미 운동장 입구 게시판에 붙어 있었다. 게시판 앞에는 많은 사람들이 모여 있었다.

소녀가 사람들의 사이를 뚫고 들어갔다. 게시판 앞까지 나아간 소녀가 손을 흔들고, 사람들 사이로 빠져나오며 활짝 웃고 있었다.

– 축하해.

소년이 대장의 손을 잡았다. 악동의 계략에 빠져 퇴학을 당한 대장이 소년원을 출소한 후 혼자 공부하여 검정고시에 합격한 것이었다. 대장보다도 소녀가 더욱 기뻐하고 있었다.

대장의 합격을 누구보다도 기뻐해야 할 그였다. 그러나 소년은 대장의 합격이 기쁘면서도 한편으로는 허전했다. 소녀와 대장은 여전히 변함이 없었지만, 그로부터 자꾸만 소녀가 멀어져 가고 있다는 느낌 때문이었다. 그것은 소녀의 방에서 편지를 본 이후부터였다.

버스는 시내를 벗어나 해변을 따라 나 있는 국도를 두 시간이나 달렸다. 버스에서 내려 바닷가로 내려가는 들길에는 철 이른 들국화가 해풍에 하늘거리고 있었다. 소녀가 들국화 한 송이를 꺾어들고 맑게 웃었다.

그러나 대장은 말이 없었다. 대장이 평소에도 필요한 말 이외에 말이 많은 편은 아니었지만, 소년원을 출소한 이후, 대장은 예전보다 더욱 과묵해져 있었다. 그 변화의 원인이 대장보다 먼저 대학생이 되어버린 소년을 의식한 것일지도 모른다는 생각도 들었다.

세 사람은 해안가 소나무 숲 그늘아래 앉았다. 물가에는 마을의 꼬마들이 모래성을 쌓고 있었다. 새까맣게 그을린 꼬마들의 등짝에서 팔월의 늦은 햇살이 반짝거렸다.

소녀가 일어나 물가로 내려갔다. 소녀는 금방 꼬마들과 하나가 되었다. 꼬마들과 함께 어울려 있는 소녀의 모습은 천진했다.

대장이 일어섰다. 윗도리를 벗은 대장이 바지를 입은 채로 바다로 뛰어들어 헤엄을 치기 시작했다. 대장은 넘실거리는 물결에 잠겼다가 다시 솟아났다 하면서 계속하여 나아갔다. 소녀가 그러한 대장을 발견하고 손짓을 하며 소리쳤다.

– 오빠, 위험해. 그만 돌아와.

그러나 대장은 계속하여 앞으로 나아갔다. 비늘처럼 반짝이는 물결에 잠긴 대장의 모습은 이제는 작은 점이 되어 있었다. 먼 바다로 나간 대장은 파도에 몸을 맡긴 채 그대로 바다에 누워 있었다.

소녀가 소리를 지르며 발을 동동 굴렀다. 그러나 소년은 알고 있었다. 대장은 바다에 빠진 것이 아니라 그냥 넘실거리는 파도 위에 누워 바다를 즐기고 있다는 것을…. 얼마 있지 않아 뭍으로 밀려드는 파도가 대장을 싣고 왔다. 대장이 물이 뚝뚝 흐르는 바지를 입은 채로 바닷가 조약돌 위에 앉았다.

대장이 먼 수평선에 시선을 두고 말했다.

– 대부분의 사람들은 물에 빠지면 당연히 가라앉는다고 생각해. 그래서 사람들은 물에 가라앉지 않으려고 마구 허우적거리지. 그러나 허우적거리면 허우적거릴수록 물은 더욱 깊은 곳으로 사람을 끌어 당겨. 마치 물속에 사람을 끌어당기는 자석이 있는 것처럼 말이야. 그러나 모든 것을 물에 맡겨 버리고 몸과 마음을 놓아 버리면 물은 오히려 몸을 떠받혀 줘. 끌어당기는 자석의 극이 바뀌어 서로를 밀어내듯이…. 그래서 힘 들이지 않고 그대로 물 위에 떠있을 수가 있어. 그것도 아주 편안하게 말이야.

소녀가 호기심 어린 표정으로 대장을 바라보고 있었다.

– 소년원에 갇혀 있을 때, 나는 물에 빠져 있었어. 그것도 엄청나게 큰 바다에 빠져 허우적거리고 있었지. 그때 내 마음 속에는 복수심 밖에 없었어. 나를 이렇게 만든 악동과 그 검사에 대한 복수였어. 나는 복수심이라는 증오의 바다에 빠져 허우적거리고 있었어.

그래, 소년도 그 분노에 얼마나 치를 떨고 있었던가.

– 그러한 복수심에 불타고 있을 때, 한 소녀로부터 편지가 왔어. 그 편지 속에 용서라는 단어가 있었어. 용서를 해야 한다고. 나를 그와 같은 고통에 빠뜨린 것은 용서를 배우기 위한 시작이라고. 그러한 시련은 나를 더욱 강하게 만들기 위한 하느님의 은총이니 그 뜻에 그냥 따르라고, 괴로워하지 말라고, 내가 괴로워하는 만큼 하느님은 나에게서 계속 멀어진다고. 바다에 빠지지 않으려고 허우적거리면 허우적거릴수록 더욱 깊은 바다로 빠져들듯이 복수하겠다는 마음을 가지면 가질수록 나의 심성은 더욱 피폐해진다고…. 처음에는 그 소녀의 말에 전

혀 귀를 기울이지 않았어. 그들을 결코 용서할 수 없다고 가슴에 새기고 또 새겼어. 그러나 소녀의 편지가 계속하여 말해주었어. 용서해야 한다고. 어떤 편지에는 아무런 다른 말도 없이 '용서' 라는 말만 빼곡하게 쓴 편지를 받기도 했지. 시간이 지나면서 조금씩 마음이 변하기 시작했어. 결코 용서를 할 수 없다는 생각에서 용서를 해야 하는가 하는 의문으로 바뀌고, 그 다음에는 용서를 할 수 있을까하는 생각으로 바뀌고, 결국에는 용서를 해야 한다는 생각으로 바뀌었어. 내 마음의 분노는 소녀의 편지를 받을 때마다 조금씩 가라앉기 시작했어. 그리고는 증오의 바다로 끌려들어가는 나를 끄집어내어 주었지. 그 소녀가 내게 용기를 줬어. 복수하는 마음보다는 용서하는 마음이 더 아름다운 마음이라고. 내 마음이 아름다움으로 가득 차 있는데, 왜 그 아름다움을 보지 못하느냐고…. 매일매일 기도한다고 했어. 내가 아름다운 마음을 볼 수 있는 밝은 눈을 갖게 해달라고. 나의 아름다운 심성이 깨어나게 해달라고 기도 한다고 했어.

대장이 말을 하는 동안, 소녀의 눈에 눈물이 맺히고 있었다.

그랬다. 눈이 내렸던 그날, 대장의 면회를 하고 나오는 길에서였다. 그때 소녀는 기도하겠다고 했었다. 대장이 용서하는 마음을 가질 수 있도록 언제까지나 기도하겠다고 했었다. 복수하는 마음보다는 용서하는 마음이 더 아름다운 마음이라고 했었다. 대장은 소녀가 대장에게 보낸 편지의 얘기를 하고 있었다.

– 그래서 모두 용서했니?

소년이 대장에게 물었다.

– 그런데 소년원에서 출소하자마자 복수심이 되살아나더군. 용서할 수 없었어. 용서를 해야 한다는 소녀의 말이 옳다고 생각하면서도 여전히 내 감정이 허락하지 않았어. 너에게 굴복하지 말라고 했듯이 그들을 용서한다는 것은 곧 굴복이었기에….

– 오빠, 그래서 복수를 했어요? 아니면 앞으로 복수를 하겠다는 거예요?

소녀가 물기 어린 눈으로 대장을 바라보며 차분한 목소리로 물었다.

– 복수를 하려고 했지. 출소하자마자 제일 먼저 한 일이 뭔 줄 알아? 악동 녀석과 따까리 녀석을 찾는 일이었어.

해가 기울고 있었다. 소녀와 함께 어울려 놀던 동네 꼬마들은 이미 집으로 돌아가고 없었다. 작은 어선 한 척이 해안으로 오고 있었다. 어선 위에서 부부로 보이는 두 사람이 그물을 걷어 올리고 있었다. 그물에 걸린 고기의 은빛 비늘이 뱃전에서 파닥이고 있었다.

– 그 녀석들을 어떻게 찾았는데? 악동 자식과 따까리 녀석은 대학 시험에 떨어져 재수를 하고 있다고 들었는데….

소년이 물었다.

– 그 자식 집에 전화를 했지. 친한 친구라고 속이고…. 학원을 가리켜 주데. 네 말대로 입시학원에 다니고 있었어. 학원을 마치고 돌아가는 두 녀석을 뒤따라갔지. 죽지 않도록 두들겨 패주려고. 그 녀석들 공부는 뒷전이고 당구장 같은 데를 전전하면서 양아치 같은 노릇이나 하고 있는 것 같았어. 따까리 녀석이 여전히 악동 자식의 꽁무니를 따라다니고 있었어. 한적한 골목길에서 그 놈들을 불러 세웠지. 놈들은 내

얼굴을 보자마자 사색이 되어 땅바닥에 먼저 꿇었어. 그리고 묻지도 않았는데 술술 불더라. 모든 일은 악동 자식의 아버지가 검사를 매수하여 그 검사가 시킨 일이라고 했어. 따까리 녀석이 자해를 한 것도 검사가 그렇게 꾸몄다는 거야. 그러면서 용서해 달라는 거야. 녀석들의 입에서 용서라는 말을 듣자, 죽지 않을 만치 패주기로 했던 마음도 가라앉아 버리데. 녀석들이 정작 위협을 느끼자, 땅바닥에 스스로 무릎을 꿇는 모습이라니. 녀석들이 오히려 불쌍하게 보이더라. 그때 소녀가 편지에서 했던 용서라는 말이 생각났어. 이것이 용서인가. 용서란 무엇인가. 연민인가. 그런 순간 정작 복수를 해야 할 대상은 녀석들이 아닌 돈을 받고 사건을 조작한 그 검사라는 생각이 들었어. 법을 집행하는 검사가 얼마나 많은 돈을 받았으면 자신의 본분을 잊고 그렇게 악랄할 수 있겠어? 본분을 망각한 것이 아니라, 범죄를 모의해 그것을 실행에 옮기도록 했던 거야. 오히려 범죄를 응징해야 할 검사라는 작자가 말이야. 허탈했어. 나는 돈과 부당한 권력 앞에서 지독한 고통을 당하고, 끝내는 희생된 아무런 의미도 없는 존재에 불과하였구나, 권력을 가진 자가 제 사익을 위해 아무런 죄도 없는 한 인간을 파멸시키는 것이 이렇게도 쉬운 것이구나 하는 생각이 들었어. 그 이야기를 듣고 보니 녀석들을 두들겨 패준다고 해서 아무것도 달라지는 것이 없겠구나 하는 생각이 들었어. 그래서 악동 녀석들을 용서하기로 했어. 용서하기로 마음을 정하고 나니 참 편안해지더군. 증오의 바다에 빠져 허우적거리다가 비로소 내 자신을 돌아보고, 내 몸과 마음을 놓아버렸던 거야. 그래서 그 바다에 빠지지 않을 수가 있었어. 그것은 여기 있는 예쁜 소녀의 덕분이야. 어머니를 지켜준 내 친구와 내게 용서를 가르쳐 준 예쁜 소녀에게 항상 고마운 마음을 가지고 있어. 너는 법대에 갔으니, 훗날 사법고시에 합격해도 권력을 부당하게 행사하는 그 검사와 같은 사람이 되어서는 안 돼. 너만은 법의 정의를 제대로 실천할 수 있는 올바른 법률가가 되기를 진심으로 바래.

소년은 매우 혼란스러웠다. 이제까지 겪은 대장의 성격으로 보아 대장은 결코 악동을 용서하지 않을 줄로 알았다. 그리고 소년 또한 악동을 용서할 수 없었다. 그런데 대장은 악동을 용서했다고 했다. 소녀가 보낸 편지가 대장을 변화시킨 것일까? 소녀가 대장을 사랑하고 있는 것은 아닐까? 그 사랑이 대장의 마음을 움직인 것은 아닐까?

소년의 눈길은 먼 수평선을 향하고 있었다. 그 바다너머로 소년의 슬픈 마음이 흘러가고 있었다.

– 오빠, 오빠는 그 검사라는 사람까지 용서해야 해. 오빠는 할 수 있어. 용서에는 조건이나 방법이 있을 수 없어. 그 대상에 차이가 있을 수 없어. 용서는 용서일 뿐이야. 순수한 사랑에 조건이 없듯이, 순수한 용서에도 조건이 있으면 안 돼. 누구는 용서하고 누구는 용서하지 못한다는 그러한 용서는 진정한 용서가 아니야. 조건이 있는 용서는 진정한 용서가 아니야. 오빠, 용서할 수 있는 거지?

소녀의 말은 간절한 소망을 담고 있었다.

– 아직은 모르겠어. 그러나 노력해 보겠어.

대장은 소녀가 그 검사까지도 용서하는 것이 진정한 용서라는 말에는 아직 동의하지 않은 것 같았다.

– 대학은 어떻게 할 거니?

소년이 대장에게 물었다. 대장이 검정고시에 합격했으니, 대학에 진학해야 되지 않느냐는 말이었다.

– 대학? 가야지. 정치외교학과를 염두에 두고 있어. 그 검사와 같이 권력을 오용하는 자들을 통제할 수 있는 올바른 정치가가 되고 싶어.

바다에서 돌아오는 길에 소년은 많은 생각을 했다. 제보다 어린 소녀가 용서를 말하고 있었다. 소년이 악동의 행위에 분노하고, 오히려 대장에게 누명을 씌운 현실의 부조리에 절망하고 있을 때, 소녀는 대장의 마음속에 용서하는 마음이 깃들기를 갈구하며 기도하고 있었다. 그런데 용서하는 마음이 아름답다고 하는 소녀의 신념은 어디에서 비롯된 것일까? 성당에 나가 매일 기도하는 신앙심에서 비롯된 것일까?

소녀가 대장을 위하여 그렇게 기도하고 있을 때, 그는 무슨 생각을 하고 있었던가. 소녀의 관심이 대장에게로 바뀌고 있다는 불안과 시기심, 그 시기심으로 초조해 하면서 몸을 떨고 있지 않았던가. 소녀가 진심으로 대장의 불행을 안타깝게 여겨 편지를 쓰고 기도하고 있을 때, 정작 자신은 소녀의 관심을 가로챈 대장에 대한 시기심으로 괴로워하고 있지 않았던가. 대장의 불행에 분노하면서도, 한편으로는 시기하고 있는 모습이라니…. 아니, 소녀의 관심이 자신에게로 돌아오기를 더욱더 갈망했던 것이 아니었던가. 대장이 소년원에 있는 동안, 소년의 마음 한 구석에는 이제는 소녀의 관심을 독점할 수 있게 되었다고 자위하고 있었던 적도 있었다. 소년은 그러한 자신이 부끄럽고 미웠다.

가을이 깊어가고 있었다. 깊어가는 가을만큼이나 소년의 마음도 고

독해지고 있었다. 대학입시를 앞둔 소녀는 한가하게 그를 만날 여유도 없었다. 그래서 더 초조했다. 소녀는 항상 밤이 늦도록 학교에서 돌아오지 않았다. 매주 일요일, 성당에서의 만남은 너무나 짧았다. 소년은 날마다 소녀의 꿈을 꾸었다. 그러나 일어나면 언제나 혼자였다. 그러한 지독한 그리움이, 외로움이, 상실감이 그의 머릿속을 마비시키고 있었다.

그럴 때면 소년은 소녀가 준 하모니카를 불었다. 곰팡내 나는 자취방에 누워 작은 창문으로 보이는 별을 바라보며 하모니카를 불었다.

그 해 가을, 소년이 부는 하모니카 소리는 외롭고, 애잔하고, 슬펐다.

무간 스님

곽판사: 검사는 피고인 김준하에 대한 신문을 계속하여 주시기 바랍니다.

자지러지는 꽹과리 소리.

김용훈 검사(피고인 김준하에게)

문: 피고인은 19××. 집회및시위에관한법률 및 국가보안법 위반으로 기소된 적이 있지요?

답: 예.

문: 그 사건으로 피고인은 징역 삼년의 처벌을 받은 일이 있었지요?

답: 처벌을 받은 일이 없습니다. 다만, 나의 의사와 상관없이 일방적

으로 교도소에 갇힌 채 삼년을 보내다 나온 사실은 있습니다.

문: 피고인의 지금 진술은 위 사건에서도 피고인이 억울한 누명을 쓰고 교도소에 가게 되었다는 말인가요?

답: 그렇게 판단하셔도 좋을 것 같습니다.

문: 당시 사건과 관련하여 피고인은 당시의 학생데모를 주동한 사실이 없었다는 말인가요?

답: 주동한 사실이 없습니다. 그러나 그들은 나를 주동자라고 했습니다.

문: 피고인이 말하는 그들이란 누구를 말하는 것인가요?

답: 당시 나를 취조한 수사관들을 말하는 것입니다.

문: 당시 기록에 의하면, 피고인은 북한에서 남파된 김형태라는 사람으로부터 지령을 받아 사회불안을 조성할 목적으로 학생시위를 주동하였다고 되어 있는데, 그러한 사실이 없었다는 말인가요?

답: 그 기록에 나와 있듯이 김형태라는 사람은 지금도 내가 알지 못하는 사람입니다. 아마 그 사람은 당시의 수사검사가 고안한 가공의 인물인 것으로 알고 있습니다.

문: 당시 피고인은 그러한 사실을 주장하지 않았나요?

답: 주장했습니다. 그러나 그들은 나의 주장을 들어주지 않았습니다.

문: 당시 수사관들이 피고인의 자백을 받아내기 위하여 고문을 하지는 않았나요?

답: 그것은 당시 그 사람들에게 물어 보십시오.

문: 피고인, 당시에 있었던 상황을 피고인으로부터 듣고자 하는 것입니다. 다시 묻겠습니다. 당시 수사관들이 자백을 거부하는 피고인에게 고문을 가했나요?

이때 박기영, 일어선다.

– 이의 있습니다.

울리는 징소리.

– 지금 검사의 질문은 이 사건과 관계없습니다. 지금 검사는 피고인이 생각조차 하기 싫은, 당시 고문의 기억을 강요하고 있습니다.

– 그렇지 않습니다. 지금의 질문은 김인환을 살해한 피고인의 범행 동기와 직접적인 관계가 있습니다.

– '김인환을 살해한 피고인' 이라고 단정하지 마십시오. 피고인은 이 사건 공소 사실을 부인하고 있습니다. 지금 검사는 계속하여 '김인환을 살해한 피고인' 이라고 하여 피고인을 살인자로 몰아가고 있습니다. 이 법정에서도 무죄추정의 원칙은 지켜져야 하는 것입니다.

곽판사: 변호인, 검사 모두 진정하십시오. 먼저 검사에게 요청합니다. 변호인의 말과 같이 이 법정에서도 피고인에 대한 무죄추정의 원칙은 적용됩니다. 공소 사실을 단정하는 의미로서의 신문은 자제하여 주시기 바랍니다. 그리고 검사의 말과 같이 지금 질문은 범행의 동기와 관련이 있는 것으로 보입니다. 검사는 신문을 계속하여 주시기 바

랍니다.

문: 다시 한 번 묻겠습니다. 피고인은 당시 사건에서 고문을 당한 사실이 있는가요?

답: 예.

문: 당시의 수사관들이 어떤 고문을 가했나요?

답: 그들은 나에게 주어진 최소한의 인권마저 유린해 버렸습니다.

문: 추상적으로 말하지 말고 구체적으로 말해 주십시오.

답: 그들은 나를 매달아 놓고 때렸습니다. 내가 그 고통을 못 이겨 배설을 하자 그 배설물을 먹게 했습니다. 그들은 잠도 못 자게 했습니다. 작은 플라스틱 드럼통 속에 나를 집어넣고 굴렸습니다. 더 이상 계속할까요?

문: 아닙니다. 됐습니다.

문: 그렇다면 피고인은 피고인의 말대로 최소한의 인권마저 유린해 버린 그런 고문을 가한 사람에게 복수를 하고 싶었겠군요?

답: 그렇습니다. 당연히 복수를 하고 싶었습니다.

문: 사건을 그렇게 조작하고, 피고인에게 그런 지독한 고문을 가한 당시의 공안검사가 이 사건 공소사실에서 피살된 김인환이고, 피고인은 그 사실을 알고 있었지요?

답: 예, 알고 있었습니다.

문: 그래서 피고인은 김인환을 살해하였나요?

답: 그 부분에 대하여는 대답하지 않겠다고 말씀드렸습니다.

– 이상입니다.

꽹과리 소리가 멈췄다. 이젠 징을 울릴 차례다. 아픈 가슴으로, 분노의 가슴으로 징을 울려야 한다. 그러나 사랑을 잃지 말자. 분노의 가슴에 사랑을 심어내자.

박기영(피고인 김준하에게)

문: 피고인의 직업은 홍익문화연구소의 소장이지요?

답: 그렇습니다.

문: 홍익문화연구소에서 하는 일은 어떠한 일인가요?

답: 우리나라의 건국이념이자 교육이념인 홍익인간의 양성을 통하여 우리의 문화를 올바르게 복원시키고자 하는 취지로 설립된 학술단체입니다.

문: 피고인이 말하는 홍익인간의 개념은 어떤 것입니까?

답: 널리 사람과 사람 사이를 이롭게 한다는 것입니다.

문: 그러한 홍익인간의 이념은 피고인의 아버지가 추구하던 이념이었지요?

답: 아버지뿐만 아니라 저의 정신적 스승이신 무간 스님과 고 홍한일 박사님께서 추구하던 이념이었습니다.

이때 김용훈 검사, 일어선다.

– 이의 있습니다.

징소리에 끼어드는 꽹과리 소리.

– 지금 변호인은 이 사건과 전혀 관계없는 사실에 대한 신문을 하고 있습니다. 여기는 법정이지 학술단체의 세미나 장소가 아닙니다.

– 그렇지 않습니다. 피고인이 당한 과거 고문 사실을 살인의 동기로 삼으려는 검사의 신문에 대응하여, 피고인에게 살인의 동기가 없다는 사실을 입증하려는 것입니다.

시계를 보는 곽 판사.

곽판사: 변호인의 반대신문이 길어질 것 같으니 오전 공판을 여기에서 마치고, 오후 두시에 공판을 재개하도록 하겠습니다.

재판부가 퇴정했다.

기영은 방청석을 둘러보았다. 소녀는 보이지 않았다. 오늘도 소녀는 나타나지 않았다.

그 소녀는 지금 어디에 있는 것일까.

*　*　*

겨울방학이 되었다. 소년은 신문지로 벽지를 바른 고향집 어두운 골방에 박혀 있었다. 그 골방에서 두터운 민법 책에 코를 박고 있었다. 겨울 방학을 하면서 새로 산 민법 책의 제본에서 나는 본드 냄새는 황토벽 골방의 흙냄새에 묻혀 사라진 지 이미 오래였다. 겨울이 깊어갈수록 그의 마음도 집 앞을 흐르는 개울에 언 두꺼운 얼음만큼이나 단단하게 얼어 가고 있었다.

소년은 책을 덮고 잠시 골방에서 나왔다. 겨울 내내 가지 끝에 매달려 있던 홍시가 언제 떨어져 버렸는지 앞마당가의 늙은 감나무는 앙상한 가지만을 차가운 겨울하늘 아래 드리우고 있었다. 툇마루에 겨울 햇살이 하얗게 내리쬐고 있었다. 그러나 이제 겨울은 조금씩 물러나고 있었다. 소년은 마당가에 서서 하늘을 올려다보았다. 맑고 파란 하늘이었다. 웅크려 있던 어깨를 쭉 펴서 기지개를 켰다. 닫혀 있던 폐 속으로 냉기를 들이마셨다. 봄은 오고 있었지만 날씨는 아직 차가웠다. 소년이 어깨를 추스르고 다시 방으로 들어가기 위해 마루위로 발을 올리는 순간, 등 뒤에서 낯익은 목소리가 들렸다.

– 집에 있었구나.

– 오빠.

소년은 뒤를 돌아보았다. 대장과 소녀가 대문으로 들어서고 있었다. 엷은 겨울의 햇살에 소녀의 맑은 얼굴이 빛나고 있었다. 대장도 환하게 웃고 있었다. 전혀 예상치 못한 일이었다.

– 어쩐 일이야?

– 어쩐 일이긴, 좋은 소식 전하려고.

대장도 얼굴 가득 웃음을 머금고 말했다.

– 오빠, 우리 모두 같은 학교에 다니게 되었어.

– 그래? 합격했구나?

소녀가 그가 다니는 B대학 사범대학에 응시하였고, 대장 또한 같은 대학의 정치외교학과에 응시한 사실은 알고 있었다. 그러나 소년이 황토벽 골방에 박혀 있는 동안, 두 사람의 합격자 발표 날을 깜빡 잊고 있었던 것이었다. 소년은 새삼 소녀와 대장에게 미안했다.

– 정말 미안해, 내가 함께 발표장에 가서 축하해 줘야 했는데.

– 자식, 넌 공부해야 하잖아.

대장이 소년의 어깨를 툭 치며 대수롭지 않게 말했다.

산에는 벌써 봄기운이 찾아들고 있었다. 산비탈 아래로 흐르는 계곡에는 눈 녹은 물이 겨우내 얼어붙은 응달진 바위틈 고드름을 녹이고 있었다. 산길을 따라 서 있는 굴참나무 등 낙엽송에는 아직 새 순이 돋지 않고 있었다. 그러나 계곡 옆 양지바른 곳에는 이미 봄 냄새를 맡은 새잎들이 파란 고개를 내밀고 있었다. 계곡 건너편의 응달진 곳에는 아직도 잔설이 남아 있었다.

소년과 대장이 자란 고향 마을 앞의 개천은 이 계곡에서 비롯하고 있었다.

산으로 올라가다 보면 높이 십 미터 정도의 폭포가 나오고, 그 폭포가 있는 산중턱 지점에서 계곡은 두 갈래로 나누어졌다. 나눠지는 계곡 사이에 있는 평평한 자리에 조그만 암자가 있었다. 무간암無間庵이라고 이름 붙여진 암자였다. 세 사람은 그곳에 가기 위해 계곡 옆 산길을 오르고 있었다.

마을 사람들의 말에 의하면 이 암자가 있었던 자리에 애초부터 조그만 암자가 있었다고 했다. 그런데 한국전쟁 당시 빨치산의 잔당들이 이 암자에 기거하고 있었고, 그들을 토벌하는 과정에서 이 암자는 불에 타버렸다고 했다. 그 후 그 자리에는 잡목들과 잡초만이 무성하게 자라 그곳에 암자가 있었는지조차도 알 수 없을 정도가 되었다고 했다.

그런데 어느 날 부터인가 당시 암자가 있었던 터 위에 작은 움막이 생겨났다고 했다. 그 움막에는 스님 한 사람과 도복처럼 보이는 회색 옷을 입은 한 사내가 함께 기거하고 있었다고 했다. 이따금씩 스님이 산을 내려와 마을을 거쳐 어디론가 떠나갔다가 다시 산으로 올라가는 일 외에 두 사람은 마을사람들과 어울리지 않았다.

두 사람이 산 속의 움막에서 거주한 지 삼년쯤 지났을 때, 그들이 거주하던 움막은 어느새 사람이 기거할 만한 절의 형태를 갖춘 작은 암자가 되어 있었다. 암자로 들어가는 입구에 세운 나무 송판에 '無間庵'이라는 이름이 새겨져 있었다고 했다. 그 이후 마을사람들은 이 암자를 무간암이라고 했다. 가끔 마을 사람들이 그 암자를 찾았을 때, 스님은 자기를 무간無間이라고 소개했다. 그래서 마을 사람들은 그를 무간스님이라고 불렀다. 마을 사람들은 그들이 어디에서 왔는지 아무도 몰랐다.

소년은 어릴 적 어머니의 손에 이끌려 몇 번 이 암자에 와본 적이 있었다. 그때마다 대장의 아버지도 있었다.

세 사람이 암자에 들렀을 때, 꽤 늙은 보살이 나와 그들을 맞았다. 대장이 보살에게 인사를 했다. 보살은 예전부터 대장을 잘 알고 있었던 듯했다. 보살은 반가워하며 자기의 키보다도 훤칠하게 커버린 대장의 머리를 연신 쓰다듬고 있었다.

무간 스님은 없었다. 새소리와 암자 옆을 흐르는 물소리만이 고즈넉

했다. 단청을 칠하지 않은 법당의 소나무 기둥은 비바람을 맞아 자주빛으로 얼룩져 있었다. 요사 한 채가 법당의 우측 편에 세워져 있었다.

무간 스님은 저녁이 되어야 돌아올 것이라고 했다. 소년은 대장이 무간암을 찾은 이유를 알 수 없었다. 대장은 B시로 이사를 한 이후 한 번도 고향에 나타난 적이 없었다. 그런데 그 동안 한 번도 찾지 않았던 고향의 무간암을 새삼스레 찾다니….

산 속에서의 겨울 해는 짧았다. 산 속에서의 겨울 해는 노을도 없이 바로 어둠을 몰고 왔다. 어두워지고 있었지만, 무간 스님은 오지 않고 있었다.

새소리도 잦아들고, 겨울 세찬 바람에 법당 처마 끝 풍경이 울었다. 어느새 늙은 보살과 친해진 소녀를 방에 남겨두고 대장이 소년을 법당으로 이끌었다.

법당의 촛불을 밝히고, 향을 피운 대장이 법당 마루에 방석을 가져다 깔고 그 앞에 서서 합장을 했다. 그리고 천천히 두 팔로 커다란 원을 그리면서 손을 머리위로 뻗쳐 올려 마주쳤다. 그리고는 손을 모은 채로 다시 가슴 앞으로 내려 합장을 한 후, 허리를 직각으로 꺾고 무릎을 꿇더니 손바닥을 바닥에 내려놓음과 동시에 이마를 바닥에 대었다. 그렇게 엎드린 자세에서 바닥에 짚은 손바닥을 위로 뒤집었다가 다시 손을 모아 무릎을 펴면서 일어섰다. 일어선 대장의 손은 처음 절을 할 때와 마찬가지로 가슴 앞에 합장한 자세였다. 바닥에 엎드렸다가 일어서는 그러한 일련의 동작이 한 번의 절을 하는 동작이었다.

소년이 보기에 대장의 절하는 모습은 단순히 가슴에 합장을 하였다가 바로 무릎을 꿇고 바닥에 엎드리는 일반적인 불교 신자들이 하는 절과는 달랐다. 처음 절을 시작하면서 두 팔을 크게 원을 그리듯이 위로 올려 손을 마주치는 점이 달랐다.

소년은 절을 하지 않았다. 법당에서의 절에 익숙하지 않을 뿐만 아니라 소년은 무엇 때문에 절을 하는 것인지조차 알 수가 없었다. 또한 소녀를 따라 성당에 나가기 시작했던 터라 법당에서의 절이 막연하게 성당에서의 가르침에 반하는 것이라고 여겼다. 대신 소년은 법당에 가만히 무릎을 꿇고 앉아 눈을 감고 묵상에 들어갔다.

대장의 절은 계속되고 있었다. 대장은 한 동작을 끝낼 때마다 일 배, 이 배, 삼 배하며 절을 하는 횟수를 세어 나가고 있었다. 대장이 백배를 마쳤을 때부터 꿇어앉은 소년의 무릎이 아파 왔다. 다리도 저렸다. 대장이 절을 시작한 지 벌써 한 시간은 족히 넘은 것 같았다. 다리가 너무 저렸다. 대장의 입에서 '오백 배' 하는 소리가 들렸다.

소년은 더 이상 견딜 수가 없었다. 무릎을 꿇고 앉은 다리를 펴서 주무르기 시작했다. 법당 문으로 스며드는 바람이 매서웠다. 소년은 온몸을 떨었다.

그러나 절을 하는 대장은 땀을 흘리고 있었다. 이마의 땀방울이 바닥에 깔려 있는 방석을 적시고 있었다. 대장의 몸이 땀에 젖었는지, 대장의 회색 털스웨터의 어깨에서 김이 피어나고 있었다. 언제까지 똑같은 행동을 반복하면서 절을 할 것인가. 저렇게 하는 절이 무슨 의미가 있는가.

대장의 절은 계속되고 있었다. 아니, 대장은 아예 소년을 잊고 있는 것 같았다. 반복되는 동작에 무릎, 허리가 아플 것도 같은데 대장의 표정에는 오히려 미소가 감돌고 있었다. 그 얼굴이 참으로 편안하게 보였다. 절을 하고 있는 것이 아니라 춤을 추고 있는 것 같았다. 팔을 올렸다가 머리 위에서 모으고 합장한 후 엎드리는 대장의 동작은 우아하기까지 했다.

다리를 주물러 저린 다리의 고통이 사라지자 소년은 그만 일어나 법당 밖으로 나가고 싶었다. 그러나 대장만을 혼자 남겨두고 나가는 것이 내키지 않았다.

소년은 대장이 절을 마칠 때까지 함께 법당에 앉아 있기로 했다. 대장이 힘든 동작으로 절을 하는데 가만히 앉아 있는 소년이 법당을 지키지 못할까 하는 생각도 들었다. 이제는 반가부좌를 하고 눈을 감았다. 눈을 감은 소년의 머릿속에 어릴 때의 대장이 모습이 떠올랐다. 소녀의 모습도 보였다. 어머니의 모습이 떠오르기도 했다. 악동을 비롯한 또 다른 녀석들의 모습들도 떠올랐다. 소년의 머릿속에는 단 한순간도 생각이 끊이지 않았다. 소년은 어느 한 생각에 집중을 할 수가 없었다. '구백 배' 하는 대장의 음성이 꿈결처럼 아늑하게 들렸다.

대장은 언제까지 절을 할 것인가. 그러나 대장의 절은 계속되고 있었다. 절을 하는 대장의 몸 전체를 둥그런 후광이 감싸고 있는 듯했다.

소년과 대장이 법당에서 나오니, 소녀가 법당 밖에서 어깨를 움츠리고 손을 비비면서 서 있었다. 법당에 들어간 이후 거의 세 시간이 지나도록 나오지 않자, 방에 있던 소녀가 법당 앞에 나와 기다리고 있었다고 했다.

무간 스님이 거처하고 있다는 방에 불이 켜져 있었다. 대장이 무간 스님의 방 앞으로 두 사람을 이끌었다.

– 스님, 오셨습니까?

– 들어오너라.

세 사람이 방문을 열고 방안으로 들어섰다. 무간 스님과 대장은 이미 서로를 잘 알고 있는 듯했다. 스님의 방안에는 은은한 차 향내가 배어 있었다. 발이 세 개 달린 놋쇠 화로 위 주전자에서 김이 피어오르고 있었다. 세 사람이 스님 앞에 무릎을 꿇고 앉았다. 스님이 몸소 차를 따랐다.

– 편히 앉거라.

소년과 소녀가 꿇어앉은 무릎을 풀고 앉았으나, 대장은 여전히 무릎을 꿇고 앉아 있었다.

– 법당에서 무엇을 하였느냐?

– 절을 하였습니다.

– 무슨 절을 하였느냐?

– 단배공丹拜功을 하였습니다.

– 단배공은 어디서 배웠느냐?

– 어릴 적 아버지와 함께 해 왔습니다.

– 몇 번을 하였느냐?

– 천 번을 하였습니다.

– 무엇 때문에 절을 하였느냐?

– 아버지를 찾고 싶었습니다.

– 아버지는 찾았느냐?

– 중간에 생각이 끊어져 잃어버렸습니다. 그러나 아버지는 어떤 분이신지, 아버지의 아들인 저는 누구인지를 알고 싶습니다.

– 가르쳐 줄까?

– 가르쳐 주십시오.

– 너의 아버지는 빨갱이였고, 너는 빨갱이 새끼다.

– 그것은 이미 알고 있습니다.

– 알고 있으면서도, 또 무엇을 알겠다는 것이냐?

– 빨갱이였던 아버지가 품었던 생각을 알고 싶습니다.

– 아버지의 생각을 알면 너도 아버지를 따라 빨갱이가 되겠다는 것이냐?

– 아버지의 길이 옳았다면, 같은 길을 가겠습니다.

– 빨갱이 자식답구나.

대장이 점퍼의 안주머니에서 봉투 하나를 꺼내어 스님에게 내밀며 말했다.

– 얼마 전 아버지의 유품을 정리하다가 이것을 발견하였습니다. 어머니께 물어보니, 어머니가 저를 임신하였을 때 아버님께서 지으신 시詩라고 하였습니다. 이 시를 보면 아버지는 단순한 빨갱이가 아니었던 것 같습니다.

– 이놈아, 빨갱이면 빨갱이지, 단순한 빨갱이는 무엇이고, 단순하지 않은 빨갱이는 또 무엇이냐?

스님이 곁에 두고 있던 죽간을 들어 대장의 어깨를 내리치며 소리쳤다. 그러나 대장은 잠시 어깨를 움칠했을 뿐, 그대로 앉아 있었다.

방안에는 한동안 침묵만이 흐르고 있었다. 이윽고 스님이 대장이 내민 봉투를 열어 호롱불 아래에서 종이를 펼쳐 들고 바라보았다. 그것은 한지에 붓글씨로 정성스레 쓴 한편의 시였다. 그러나 소년에게는 그것이 어떠한 내용인지는 알 수 없었다.

바람이 문풍지를 울렸다. 뒤뜰의 대밭 소리가 쏴하게 들렸다. 낙엽이 휩쓸려 가는 소리도 들렸다. 법당 처마 끝 풍경이 숨 가쁘게 울었다.

시를 읽고 난 스님은 눈을 감은 채 한동안 말이 없었다. 스님 앞에 놓인 찻잔 속의 차는 이미 식어 있었다. 소녀가 조심스럽게 다시 차를 따랐다. 소녀가 따른 찻잔을 들어 가볍게 입술을 축인 스님이 말했다.

– 그 양반이 여태껏 정신을 못 차렸던 것이구나. 이따위 글 나부랭이나 써서 남긴 걸 보니.

– 말씀해 주십시오. 아버지는 어떤 분이셨습니까?

대장이 간곡하게 말했다.

– 이 글 속에 네 아버지의 생각이 모두 들어 있지 않느냐, 그런데 또 무엇을 알겠다는 것이냐?

대장은 고개를 숙인 채 말이 없었다.

– 대학에 입학했다고?

– 예.

– 정치외교학과라고 하였느냐?

– 예.

– 왜 정치외교학과를 택하였느냐?

– 아버지가 품었던 이상을 깨치고 싶었습니다. 아버지는 어떤 분이셨습니까?

– 그 정치라는 것으로 아버지가 품었던 세상을 보려고 하느냐?

말을 끝낸 무간 스님은 무슨 생각을 하고 있는지 한동안 눈을 감고 말이 없었다. 방문 밖에서 다시 바람소리에 풍경이 울었다. 문풍지가 떨렸다. 이윽고 굳게 닫혀 있던 무간 스님의 입이 열렸다.

– 네 아버지는 빨치산이었다. 나도 빨치산이었고. 낙동강 전투에서 후퇴하여 지리산으로 들어왔을 때 네 아버지를 만났다. 네 아버지는 일제 때, 일본서 대학을 마친, 당시로서는 꽤나 공부를 했던 사람이었다. 토벌군에 쫓긴 우리는 지리산의 조그만 암자로 숨어들었다. 바로 옛날 이 암자였다. 그때 너의 아버지는 다리에 심한 부상을 입어 움직일 수가 없었다. 토벌군이 들이닥쳐, 암자에 불을 지르고 후퇴할 때 당시의 지휘관은 나에게 네 아버지를 사살하라고 했다. 나는 움직일 수도 없는 네 아버지를 업고, 저 아래 계곡으로 내려가 너의 아버지 가슴을 겨냥해 눈을 감고 총을 쏘았다. 총소리가 울리는 순간, 나는 깨달았다. 내가 젊음을 바친 공산주의라는 이념은 인간이 배제된, 단지 이념을 위한 이념에 불과하다는 것을. 인간의 얼굴을 한 야만에 불과하였다는 것을. 내가 쏜 총알이 네 아버지의 가슴을 뚫었지만, 다행히 심장을 비켜나 있었다. 나는 네 아버지를 죽일 수 없었다. 네 아버지를 다시 업고 후퇴하는 빨치산으로부터 도망쳤다. 그 후 우리는 전향을 했고, 나는 출가를 했다. 이 암자는 나와 네 아버지가 세운 것이다.

풍경소리가 다시 울렸다. 문틈을 비집고 들어오는 바람에 호롱불이 일렁거렸다. 호롱불에 비친 대장의 얼굴은 눈물에 번들거리고 있었다.

소년은 대장이 흘리는 눈물의 의미를 알 수 있을 것 같았다. 그렇게 살아남았던 대장의 아버지는 어처구니없게도 노루사냥을 나온 양코놈들이 쏜 총에 맞아 유명을 달리하지 않았던가.

– 홍익인간弘益人間이라는 말을 아느냐?

한동안 말을 멈추고 대장의 눈물을 바라보던 스님이 조용하게 말했다.

– '널리 인간을 이롭게 하라' 라는 말이라고 배웠습니다.

대장이 옷소매로 눈물을 훔치며 울먹이는 소리로 나지막하게 말했다.

– 모든 사람들이 그렇게 알고 있다. 그러나 그 말에는 오류가 있다. 원래 사람(人)을 말하는 인간(人間)이라는 말은 존재하지 않았다. 사람(人)을 말할 때는 사람 인(人)자 하나만으로 족한 것이다. 그런데 사람들은 사람(人)을 말할 때, 생각 없이 인간(人間)이라고 말한다. 그러나 사람은 사람(人)으로 족한 것이지, 여기에 사이를 말하는 간(間)자는 필요 없는 사족에 불과한 것이다. 그런데도 사람(人)을 인간(人間)이라고 부르게 된 것은 사람과 사람과의 사이, 관계가 그만큼 중요하다고 여겼기 때문이다. 무릇 모든 우주의 질서는 사이(間), 관계(間)로 이루어진다. 식물과 동물과의 관계, 동물과 사람과의 관계, 사람과 사람(人)과의 관계, 우주의 인과법칙은 모든 것이 사이, 관계로 이루어지고 있다. 그래서 홍익인간(弘益人間)이라는 말도 '널리 인간을 이롭게 하라' 라는 뜻이 아닌 '널리 사람과 사람과의 사이(間), 관계를 이롭게 하라' 라는 의미가

되어야 하는 것이다. 홍익인간(弘益人間)에서의 '간(間)' 자는 사람(人間)을 뜻하는 주어로서의 인간(人間)이 아닌, 사람과 사람과의 사이, 관계를 말하는 목적어가 되어야 하는 것이다. 너의 말과 같이 '널리 인간을 이롭게 한다'는 명분으로 이 지구상에서 얼마나 많은 사람들이 억울하게 죽어 갔느냐. 네 아버지와 내가 한때 신봉했던 공산주의라는 이념도 그 근저에는 널리 인간을 이롭게 한다는 명분이 있었다. 그러나 그것은 사이 간(間)자의 의미 하나를 잘못 이해한 데서 비롯된 것이었다. 이러한 사이, 관계가 조화로울 때 세상은 평화로웠다. 너의 아버지는 애초에 단순히 '인간을 이롭게 하겠다'는 뜻을 가졌던 빨갱이였지만, 내가 그 가슴에 박았던 총알 하나로 그것이 얼마나 치명적인 오류를 지니고 있었던가를 깨우친 사람이었다. 너의 아버지는 '사람과 사람과의 사이, 관계를 이롭게 하겠다'고 전향한 홍익인弘益人이었다. 사람과 사람과의 관계, 모든 우주의 질서가 조화롭게 움직이기를 바랐던 조화인調和人이었다. 우주의 질서, 천지자연의 이치를 깨치고자 수행했던 조화인造化人이었다.

호롱불이 곧게 타오르고 있었다. 바람이 잦아진 모양이었다. 대밭소리는 들리지 않았다. 풍경소리도 들리지 않았다. 흐르는 물소리만 들려왔다. 잠시 적막이 흘렀다. 적막한 물소리를 걷어내며 대장이 말했다.

– 아버지의 길을 가겠습니다.

– 아버지의 어떤 길을 가고자 하느냐?

– 아버지가 가고자 했던 홍익의 길을 가겠습니다.

– 홍익의 길이 어떤 길인지 아느냐?

– 아직은 잘 모르겠습니다. 그러나 찾을 수 있을 것 같습니다.

– 가고자 한다고 하여 갈 수 있는 길이 아니다. 네 의지가 가고 싶다고 해도 갈 수 있는 길이 아니다. 네 의지 이전에 네 몸이 먼저 깨달아야 한다. 아버지가 너에게 단배공을 시킨 것은 네 몸이 먼저 그것을 깨달을 수 있게 하고자 한 것이다.

스님은 잠시 말을 멈추고 한숨을 쉬며 눈을 감았다. 한동안 눈을 감고 있던 스님이 다시 눈을 떠 대장의 얼굴을 지긋이 바라보며 말을 이었다.

– 보아하니, 네 놈이 몇 번은 죽고, 몇 사람을 죽여야 제대로 된 홍익의 길을 찾을 것 같구나. 지금 네 속에는 분노가 이글거리고 있다. 네 속에 숨은 분노를 버리지 않고서는 진정한 홍익의 길은 찾을 수가 없다. 홍익의 길은 용서하는 마음이다. 자비로운 마음이다. 이 세상의 온갖 하찮은 미물까지도 사랑하는 마음이다. 항상 명심해라…. 밤이 늦었다. 그만 누워야겠다.

세 사람이 방을 나오자 추위가 살을 에는 듯했다. 봄이 오고 있었지만 산속의 밤은 아직 매서웠다.

밤하늘에 별이 쏟아지고 있었다. 대장이 고개를 들어 쏟아지는 별을 바라보았다. 별이 대장의 머리로, 어깨로, 꼬리를 물고 내리는 것 같았다. 한동안 그렇게 별을 바라보고 있던 대장이 암자의 뜰에서 계곡으로 내려가는 어두운 길을 헤치고 있었다. 그 길은 무간 스님이 대장의 아버지를 사살하려, 업고 내려갔던 길일 것이라는 생각이 들었다.

소년은 어둠 속을 걸어가는 대장을 바라보고 있었다. 별빛에 점차 익숙해진 소년의 눈에, 계곡으로 내려가, 흐르는 물가에 서있는 대장의 모습이 검은 실루엣으로 들어왔다. 계곡물 소리가 한층 더 요란스러웠다. 물가에 다다른 대장이 쏟아지는 별빛을 받으며 옷을 벗었다. 그리고는 물에 천천히 몸을 담그고 있었다.

그때 소년은 들을 수 있었다. 살을 에는 차가운 물속에서 절여 나오는 대장의 울음소리를. 그 소리는 이를 악무는 소리 같기도 하고, 슬픔을 겨워내는 신음소리 같기도 했다.

– 오빠.

소녀가 두 팔로 가슴을 감싸 안은 채 고개를 들어 밤하늘을 보면서 말했다.

– 오빠는 스님께서 말씀하신 사이(間)를 이롭게 하는 것이 무엇이라고 생각해? 사이와 사이를 이어주는 끈이 있다면, 그것은 무엇이라고 생각해?

소년은 아무 말도 할 수 없었다. 머릿속이 텅 비어버린 듯 아무런 생각조차 떠오르지 않았다. 차가운 물속에서 신음처럼 절여나는 대장의 울음소리가 환청처럼 귓가에 맴돌고 있었다.

– 그것은 관심이야. 사랑이야. 사랑보다 사이와 사이를 이롭게 하는 것이 또 있을까? 나는 오빠가 소년원에 갔을 때, 오빠가 복수심으로 인해 사랑을 잃어버리는 사람이 되지나 않을까 겁이 났어. 두려웠어. 그래서 매일 기도하고, 시간이 날 때마다 편지를 썼어. 오빠 가슴속에 사랑이 메마르지 않도록 말이야.

소녀의 말은 따뜻했다. 소년의 가슴속에 연민으로 맺혀 있는 대장의 불행을 씻어내고 있었다. 어둠 속에서 나직하게 말하고 서있는 소녀의 눈이 젖어 있는 듯, 별은 소녀의 눈에도 쏟아지고 있었다.

B대학의 신입생 입학식이 있었다. 아직 개강은 하지 않았지만, 소년은 대장과 소녀의 입학을 축하하기 위해 학교로 갔다.

새로 입학한 학생들과 그들의 가족들, 친구들이 모인 많은 사람들 속에서 하필 악동과 따까리 녀석이 소년의 눈에 띄었다는 것은 우연이었을까. 오후 두시에 있는 입학식에 맞추어 소년이 학교의 정문을 들어섰을 때, 소년의 앞에서 걸어가고 있는 두 사람의 뒷모습이 낯익었다. 분명 악동과 따까리 녀석이었다.

두 녀석의 모습을 보는 순간, 소년은 문득 불길한 예감이 들었다. 소년 자신이든, 아니면 대장이든 두 사람 중 하나에게 분명 또 다른 불행을 예고하는 징조 같았다. 소녀와 대장의 입학으로 밝았던 소년의 마음이 다시 어두운 구름으로 쌓이고 있었다.

입학식을 마친 후 대장과 소녀를 만났다. 소녀의 어머니가 나와 있었다. 교정의 잔디밭에서 함께 사진을 찍었다. 소년이 교정의 이곳저곳을 안내했다. 그러나 소년의 마음은 여전히 어두웠다. 교문에서 보았던 악동과 따까리 녀석의 얼굴이 소년의 가슴 한구석에서 어두운 그림자를 드리우고 있었다.

저녁에 학교 앞 학사주점에서 대장과 소녀를 만났다. 주점 안은 자욱한 담배연기로 왁자지껄했다. 소녀가 얼굴을 찡그렸다.

소년 일행이 앉은 탁자 위에 탁주와 사이다, 노가리 몇 마리, 파전 한 접시가 놓여졌다. 소년이 대장의 잔에 술을 따르고, 대장이 소년의 잔에 술을 따랐다. 소녀의 잔에는 사이다가 채워졌다. 세 사람이 함께 잔을 들었다.

– 입학을 축하해.

– 자식, 새삼스럽긴.

대장과 소년이 동시에 잔을 비웠다.

– 오빠는 대학생이 된 후 술을 많이 마셨나 봐.

처음 와 보는 주점의 분위기가 어색한지 소녀가 주위를 둘러보면서 소년에게 말했다.

– 그렇지 않아. 가끔씩 마시곤 해. 그런데 오늘 악동과 따까리 자식을 봤는데, 그 자식들도 오늘 입학한 것은 아닐까?

소년이 악동을 보고 난 뒤부터 내내 마음에 걸려 있던 말을 꺼냈다.

– 나와 같은 과에 들어왔더라. 두 녀석 다.

대장이 대수롭지 않은 듯, 다시 소년의 잔에 술을 따르면서 말했다.

– 뭐라고? 그 자식들이 너와 같은 과에 입학했다고? 오늘 그 자식들을 만났어?

– 뭘 그리 놀라고 있어? 이젠 다 지나간 일을 가지고…. 술이나 마셔. 괜히 분위기 어색하게 만들지 말고.

– 그 자식들이 또 무슨 짓을 할까 걱정이 돼서 그래.

– 그 자식들도 이젠 철이 좀 들었겠지. 지난번에 잘못했다고 싹싹 빌던 놈들이 뭘 어쩌려고. 걱정 마. 아무 일도 없을 테니까.

술집에서 대장과 함께 마시는 술은 처음이었다. 대장과 함께 주고받는 술잔의 속도에 따라 소년은 점점 취해 가고 있었다.

취한 소년의 눈앞에 자꾸만 악동과 따가리 녀석의 얼굴이 떠올랐다. 악동 녀석이 대장과 같은 과에 입학했다는 사실이 더욱 불길하게 느껴졌다. 악동 녀석의 얼굴 위에 대장의 얼굴이 겹쳐지곤 했다.

소년원을 출소한 후, 대장은 악동 녀석을 제일 먼저 찾아갔다고 했다. 대장의 발아래 무릎을 꿇은 악동 녀석의 모습이 떠올랐다. 악동 녀석이 대장을 다시 만나지 않았다면 모를까, 같은 과에 입학한 악동 녀석이 대장을 그대로 둘 리가 만무하다는 생각도 들었다.

악동 녀석이 분명 또 다른 음모를 꾸밀 것 같았다. 그것이 언제인가는 모르겠지만, 악동 녀석의 대장에 대한 해악은 다시 시작될 것이다. 대장과 악동의 악연은 이제부터 새로운 시작이 될 것이다. 대장을 겨냥한 악동의 새로운 음모는 이미 꾸며지고 있는지도 모른다. 그런데 대장은 그러한 악동의 음모를 의식조차 하지 않는다. 대장에게 또 다시 불행한 일이 생긴다면? 불안했다. 두려웠다.

소년은 그러한 불안과 두려움을 떨쳐버리고자 더욱 술을 마셨다.

그 해의 봄, 소년은 그렇게 취해가고 있었다.

새로운 생명을 위한 서시

오후 두시에 속개된 공판.

곽판사: 변호인은 계속하여 신문하여 주십시오.

박기영(피고인 김준하에게)

문: 피고인의 정신적 스승이라고 한 무간 스님과 피고인의 아버지는 한국전쟁 당시 지리산의 빨치산으로 활동한 전력이 있지요?

답: 그렇다고 들었습니다.

문: 그러나 두 사람은 빨치산을 탈출하여 전향하였지요?

답: 그렇습니다.

문: 그러한 사실을 누구로부터 들었나요?

답: 무간 스님으로부터 들었습니다.

문: 무간 스님과 피고인의 아버지가 전향한 이유는 무엇 때문이라고 했습니까?

답: 두 분이 신봉하였던 사회주의나 공산주의가 인간이 배제된 이념을 위한 이념, 인간의 얼굴을 한 야만에 불과하였다는 것을 뒤늦게 깨달았기 때문이라고 했습니다.

문: (이때 변호인이 피고인에 대한 국가보안법위반 사건의 증거로 제출된 '새로운 통일을 위한 서시'를 제시하며) 이 시는 피고인의 아버지가 피고인에게 유품으로 남긴 것인가요?

답: 그렇습니다. 그러나 그 시의 제목은 '새로운 통일을 위한 서시'가 아니라 '새로운 생명을 위한 서시' 였습니다.

– 잠깐, 피고인에게 한 가지 질문만 하겠습니다.

끼어드는 꽹과리 소리.

– 지금은 변호인의 반대신문을 위한 시간입니다.

꽹과리 소리를 중단시키는 징소리.

곽판사: 검사의 질문이 길지 않다면 허락하겠습니다.

김용훈 검사(피고인 김준하에게)

문: 지금 피고인의 아버지가 유품으로 남긴 시의 제목이 '새로운 생명을 위한 서시'라고 했는데, 그렇다면 당시 공안검사였던 김인환이 피고인을 국가보안법위반으로 기소하기 위하여 시의 제목을 바꾸어 증거를 조작하였다는 것인가요?

답: 그렇습니다.

문: 그렇다면 피고인은 그러한 증거를 조작한 김인환에게 보복할 마음이 들었겠군요?

– 지금은 변호인의 반대신문을 위해 주어진 시간입니다. 검사의 신문을 중지시켜 주십시오. 피고인은 지금 검사의 신문에는 대답할 필요가 없습니다.

답: 아니, 대답하겠습니다. 물론 그와 같이 증거를 조작한 검사에게 분노를 느꼈습니다. 보복할 수만 있다면 하고 싶었습니다.

문: 그래서 김인환을 살해하였나요?

– 잠깐만, 피고인 김준하.

급하게 징소리 울린다.

기영이 준하를 보았다. 왜 저러나? 용훈이 순간적인 유도신문을 하고 있다는 사실을 모르고 있다는 말인가. 검사의 의도를 모른다는 말인가. 아닐 것이다. 모를 리가 없다. 그런데도 기영의 제지에도 불구하고 준하는 오히려 살인의 동기를 부여하고자 하는 용훈의 신문에 응하고 있다. 그것도 오히려 자백에 가까운 진술을 하고 있다. 이것이 준하가 추고자 하는 춤인가. 그렇다면 굿판은 그의 진혼제가 될 것이다. 기영의 가슴이 답답해져 왔다.

*　　*　　*

여름방학이 되었다. 안경이 서울에서 내려왔다. 삼총사가 오랜만에 만났다.

지리산 종주를 하자고 제안한 사람은 대장이었다. 소녀도 함께 가겠다고 나섰다. 삼박 사일의 힘든 강행군이라고 만류하였지만 소녀는 한사코 따라나서려 했다. 삼총사만이 모여 삼박 사일의 일정으로 다녀올 작정이었지만 뜻하지 않은 소녀의 동행으로 인해 산행 일정을 사박 오일로 넉넉하게 잡았다.

시외버스터미널에서 버스를 탔다.

진주를 지나고 하동을 지나 버스는 섬진강변을 따라 달렸다. 광양만으로 흘러드는 섬진강 하구의 폭은 넓고 푸른 물로 출렁이고 있었다. 버스가 하동을 지나 구례 쪽으로 나갈수록 강폭이 좁아지면서 강물은 은빛 모래톱 사이를 빠르게 흐르고 있었다. 모래톱에 새까맣게 그을린 아이들이 햇빛에 반짝이고 있었다. 그것은 어릴적 소년의 모습이었고, 대장의 모습이기도 했다.

먼저 구례 화엄사華嚴寺를 찾았다.

대장이 화엄사 뒤편 산을 가리키며, 정상이 지리산의 삼대 주봉 중의 하나인 노고단老姑壇이라고 했다. 그러나 산 정상은 보이지 않았다. 다만 가늠할 수조차 없는 짙은 숲만이 그 깊은 숨결을 감춘 채 그들을 기다리고 있었다.

화엄사 경내로 들어섰다. 화엄사는 노고단을 등에 업고 하동과 구례를 연결하는 섬진강의 들판을 끼고 있었다. 화엄사는 신라 진흥왕 때에 연기조사緣起祖師가 창건한 사찰로, 화엄종의 교리를 전파하는 신라 사찰 1호란 사실은, 소년도 고등학교 국사시간에 배워 알고 있었다. 그러나 실제로 보는 것은 처음이었다. 국보급의 예술품으로 평가받는다는 화엄사의 각황전, 그 앞의 석등과 4사자 3층 석탑, 소년의 눈에 비친 4사자 3층 석탑의 모습은 아름답다고 하기보다는 기묘했다. 3층 석탑을 머리에 이고 있는 네 마리의 사자의 모습과 그 중앙에 합장을 한 승상僧像의 모습은 괴기하게 느껴졌고, 각황전과 대웅전의 불긋불긋한 단청과 탱화는 오히려 두렵기까지 했다.

화엄사 경내를 둘러보고 나오자 대장이 배낭에서 낡은 등산지도를 꺼내 산행 일정을 설명했다. 화엄사에서 노고단으로 올라, 벽소령을 지나, 지리산의 주봉인 천왕봉天王峰에 올랐다가, 대원사로 내려온다는 것이었다. 그 도중에 소년과 대장, 그리고 소녀가 지난겨울 찾아갔던 무간암에 들를 것이라고 했다. 그곳이 소년과 자신의 고향이기 때문이라고 안경에게 일러주었다.

소년은 중학교를 마칠 때까지 지리산 자락에 묻힌 고향에서 어린 시절을 보냈지만 지리산의 최고봉인 천왕봉에 올라가 본 적은 한 번도 없었다. 그런데 소년보다 훨씬 어릴 적에 고향 마을을 떠난 대장이 소년보다 더 지리산을 잘 알고 있었다. 심지어 일반 등산로가 아닌, 무간암에서 주봉인 천왕봉에 오르는 길을 알고 있다고 했다.

화엄사 뒤편으로 나있는 숲속 등산로로 접어들었다. 노고단으로 오르는 길이었다. 낮 동안 폭염을 뿜어대던 태양은 이제 서쪽으로 기울어, 어느덧 섬진강의 물결을 붉게 물들이고 있었다.

땅거미가 내리고 있었다. 작은 계곡 가에 텐트를 치고, 설익은 밥을 해먹었다. 이내 어둠이 몰려왔다. 산행에 지쳤는지 소녀는 이미 텐트 속에서 잠이 들어 있었다.

졸졸 흐르는 계곡물 소리와 더불어 숲 속의 밤벌레 울음소리가 적막했다. 개똥벌레 한 마리가 파란 빛을 내며 날고 있었다. 부엉이도 울었다. 소년 또한 아련한 잠 속으로 빠져들고 있었다.

계곡 숲에서 맞는 아침은 신선했다. 계곡을 흐르는 물소리, 나무를 스치는 바람소리, 새들의 요란한 지저귐이 한데 어울려 잠든 숲을 깨우고 있었다. 울창한 숲 사이로 햇살이 화살처럼 날아오고 있었다.

석유버너 위, 코펠에서는 김이 오르고 있었다. 소년보다 먼저 일어난 소녀는 계곡에서 세수를 했는지 물기 어린 얼굴이 숲속으로 비껴드는 햇살에 하얗게 윤을 내고 있었다.

아침을 먹고, 화엄사 계곡을 벗어나 노고단을 향해 산길을 오르기 시작했다. 아침 해가 솟지도 않았는데, 소녀의 이마에서는 금세 땀방울이 흘러내리기 시작했다. 숨도 가빴다. 그러나 소년보다 더 무거운 배낭을 멘 대장은 전혀 힘들지 않게 묵묵히 앞장서 산을 오르고 있었다.

중재라고 불리는 곳을 지나면서부터 투박한 돌길이 나오더니 정상으로 올라갈수록 경사가 더욱 가팔랐다. 소년은 오직 대장의 뒤만 따라가며 가쁜 숨을 몰아쉬었다.

등산로의 오른편에 작은 폭포 하나가 나타났다. 접선대라고 불리는 곳이었다. 폭포 옆에서 잠시 숨을 고른 대장이 다시 산을 오르기 시작했다. 경사가 심한 돌밭 너덜지대가 끝없이 계속되었다. 경사가 급해 앞장선 대장의 엉덩이가 소년의 코에 걸릴 지경이었다. 여기에서는 대장도 가쁜 숨을 몰아쉬었다.

눈썹바위라고 불리는 평평한 바위에 도착했을 때, 소년은 이미 기진맥진해 있었다. 그러나 소녀는 자신이 갈아입을 옷가지만 넣은 가벼운 배낭 때문이었는지, 삼총사의 우려와는 달리 가벼운 걸음으로 잘 따라오고 있었다. 오히려 힘들어 하는 소년의 등을 밀어주며 기운을 북돋아 주곤 했다. 안경 또한 작은 체구로 다람쥐처럼 산을 올랐다.

드디어 소년의 눈앞에 노고단의 장대한 산상고원이 펼쳐졌다. 원추리 군락이 노고단의 장대한 고원을 바위를 감싼 이끼처럼 두르고 있었다.

노고운해老姑雲海라는 지리산의 비경은 펼쳐져 있지 않았다. 하늘은 맑았다. 구름은 없었다. 대신 비늘처럼 늘어선 지리산의 자락들이 한눈에 들어왔다.

대장이 아득히 가물거리는 산봉우리 하나를 가리키며 천왕봉이라고 했다. 소년의 눈에는 까마득했다. 저기까지 어떻게 가나, 소년은 전신에 맥이 탁 풀렸다. 소년의 눈에는 노고운해라는 지리산의 비경도, 비늘처럼 늘어서 반짝이는 산자락의 절묘한 아름다움도 눈에 들어오지 않았다. 노고단이라는 이름이 유래되었다고 하는 지리산의 산신 선도성모仙桃聖母 마고麻姑 할멈도 소년에게 전혀 힘이 될 것 같지 않았다. 소년은 다만, 계속하여 산을 올라야 한다는 숨찬 산행이 두려울 뿐이었다.

화엄사에서 이른 아침에 산행을 시작한 탓인지, 노고단에 올라서도 점심을 먹기에는 이른 시간이었다. 대장이 길을 재촉했다. 노고단의 정상에서 내려가는 능선 길은 소년에게도 그리 힘든 길은 아니었다. 그때서야 소년의 눈에 산의 빼어난 경관이 들어왔다. 남쪽의 왕시루봉 능선과 피아골, 북쪽의 만복대 능선과 심원골이 경이롭게 펼쳐져 있었다.

그러나 노고단을 오르면서 너무 많은 땀을 흘린 탓일까. 해발 1,400미터가 넘는 고산지대의 낮은 기온 탓일까. 몸이 으스스 떨려왔다.

야영을 하기로 예정한 임걸령林傑嶺으로 가는 길에 '돼지평전' 이라는 풀밭이 펼쳐져 있었다. 돼지평전이라는 이름은 마늘 모양의 원추리 뿌리를 멧돼지들이 파먹은 데서 비롯한 것이라고 대장이 말했다.

맑았던 하늘이 갑자기 어두워졌다. 주위 산봉우리들을 타고 검은 구름이 삽시간에 몰려들고 있었다. 굵은 빗방울이 떨어지기 시작했다. 푸른 섬광이 하늘을 갈랐다. 섬광은 마치 날카로운 창날을 휘두르는 것같이 아래로 내리꽂혔다. 바로 지척이어서 너무도 선명했다. 이어 고막을 울리는 천둥소리가 온 산을 뒤흔들었다.

소녀가 비명을 질렀다. 그 비명소리에 소년도 덩달아 겁이 났다. 벼락이 머리 위에서 곧 내리칠 것 같았다. 소름이 끼쳤다.

비가 억수같이 쏟아지기 시작했다. 비는 이내 네 사람의 몸을 흠뻑 적시고 말았다. 소녀가 입고 있는 짧은 반소매 티셔츠가 몸에 찰싹 달라붙어 봉긋하게 솟아오른 가슴 아래로 상체의 곡선이 그대로 드러났다. 머리에서부터 물기를 줄줄 흘리는 소녀의 입술이 파랗게 질려 있었다.

겁에 질린 소년과는 달리 대장은 침착했다. 대장이 배낭 속에서 우의 대용으로 미리 준비한 듯한 사각형 비닐과 운동복 상의를 꺼내어 소녀의 몸을 감싸주고 있었다. 그 비속에서도 안경은 노래를 부르고 있었다. 원래 낙천적인 성격인 안경은 줄기차게 내리는 비에도 아랑곳하지 않고 천연덕스럽게 노래를 부르고 있었다. 천둥소리도 두렵지 않은 모양이었다.

다시 한 번 푸른 섬광이 하늘을 가르고, 곧 이어 능선을 쪼개는 듯한 천둥이 울렸다. 소녀가 주저앉으며 비명을 질렀다. 대장이 침착하게 소녀의 어깨를 감싸 안고 일으켜 빗속을 헤치고 나아갔다.

얼마를 더 나아갔을까. '임걸령' 이라고 쓰인 나무표지판이 보였다. 나무표지판 아래의 작은 판자에 '샘터' 라고 쓴 작은 글자와 화살표가 그려져 있었다. 섬광과 천둥은 멎었지만 비는 여전히 세차게 내리고 있었다. 소녀는 파랗게 질려 떨고 있었다.

빗속을 뚫고 나아가던 대장이 등산로를 벗어나 평평한 평지를 찾아내고는 텐트를 치기 시작했다. 그나마 바람이 세차게 불지 않는 것이 다행이었다. 텐트를 쳐 본 경험이 없는 소년과 안경이 서툴게 대장을 거들었지만 별 도움이 되지 않았다. 대장은 익숙한 손놀림으로 이윽고 텐트를 세웠다.

소녀가 먼저 텐트로 들어가 옷을 갈아입었다. 다음에 소년, 안경, 맨 나중에 대장이 차례로 들어와 옷을 갈아입었다. 남자들이 옷을 갈아입을 동안 소녀는 뒤돌아 앉아 있었다. 젖은 옷을 갈아입었지만, 소년은 몸이 자꾸만 떨려왔다. 대장이 소녀의 몸을 감쌌던 비닐을 덮어쓰고 나가 샘터에서 물을 받아 왔다. 버너를 피우고 라면을 끓였다. 텐트 안이 금방 훈훈해졌다. 뜨뜻한 라면 국물이 그나마 몸을 데워 주었다. 그러나 머리가 지끈지끈 아파 오며 열이 오르기 시작했다. 비상용으로 가져갔던 아스피린 두 알을 먹고 텐트 구석으로 가 누웠다.

대장이 나무 표지판에 쓰인 '임걸령林傑嶺' 의 유래[3]와 임걸령의 바로 아래에 있다는 '황호랑이 막터' 에 대한 얘기를 했다. 강아지 새끼를 던져주어 호랑이를 잡았다는 황총각의 얘기[4]를 듣는 소녀와 안경의 웃음소리가 꿈결처럼 아득하게 들려오고 있었다.

밤은 깊어 가고 있었지만 비는 여전히 세차게 텐트를 두드리고 있었다. 온몸이 떨리고 쑤셔오기 시작했다. 소년은 저절로 솟아나는 신음소리를 억지로 참고 있었다. 열에 들뜬 몸을 웅크린 채 소년은 아련한

3) 임걸령은 원래 '몰두덩이' 이라는 이름으로 신라 화랑들의 연마도장이었다고 했다. 그런데 조선 명종 때의 초적 두목 임걸년林傑年이 이곳을 근거지로 삼은 데서 임걸령林傑嶺이라고 부르게 되었다고 한다.

4) 화엄사 계곡 어귀 황전리라는 마을에 사는 황씨(黃氏) 성을 가진 총각이 기르던 암캐를 데리고 반야봉까지 올라가 나무주걱을 만들 나무를 베 가지고 내려오는데 갑자기 눈이 내리며 날이 저물고 말았다. 그래서 황 총각은 임걸령 샘터 밑 바위 아래 산막을 치고 모닥불을 피워 놓고 밤을 새는데, 마침 데리고 갔던 암캐가 새끼 일곱 마리를 낳았다. 그런데 갑자기 호랑이 한 마리가 나타나 으르렁대자, 황 총각은 기지를 발휘했다. 황 총각은 마침 암캐가 낳은 강아지 일곱 마리를 한 마리씩 차례로 호랑이에게 던져 주다가 마지막에는 모닥불에 벌겋게 달구어진 돌덩이를 주걱에 담아 던졌고, 이 돌덩이도 강아지로 안 호랑이가 덥석 받아 삼키고 죽고 말았다. 그 뒤로 황 총각이 아무런 무기도 없이 기지로 호랑이를 잡은 이 산막터를 '황호랑이 막터' 라고 부르게 되었다고 한다.

잠 속으로 빠져들고 있었다.

눈을 떴을 때, 소년의 몸은 납덩이처럼 무거웠다. 텐트 안에는 아무도 없었다. 열에 들떠 자신도 모르게 신음하는 소년을 깨우지 않은 것 같았다. 비는 그쳐 있었다. 이미 날이 샌 것 같지만 텐트 안은 어두웠고, 습기로 눅눅했다.

소년이 힘겹게 몸을 일으켜 텐트를 나오니 안개가 바람에 휘날리고 있었다. 산도 나무도 없었다. 새소리도 들리지 않았다. 지척을 분간할 수 없는 안개만이 온 산을 뒤덮고 있었다. 대장과 소녀, 그리고 안경의 모습이 희끄무레하게 보였다. 밥을 하는 버너의 불이 안개 속에서 희미하게 빛나고 있었다. 아침을 먹고, 남은 밥으로 대장이 소금물을 버무린 주먹밥 네 덩어리를 만들었다. 소녀와 안경이 서로 큰 것을 갖겠다고 장난치며 헤헤거렸다. 안개 바람 속에서 텐트를 걷었다.

소년의 몸은 더욱 무거워지고 있었다. 아스피린 두 알을 또 삼켰다. 안개 속을 대장이 앞장서고 소녀가 그 뒤를 따르고, 소년과 안경이 뒤따랐다.

안개를 뚫고 노루목을 지나, 반야봉般若峰을 올랐다. 반야봉의 낙조落照를 볼 수 있는 시간이 아니었다. 정상에는 안개가 걷혀 있었다. 정상 아래는 아무 것도 보이지 않았다. 안개인지, 구름인지 회색 운무의 바다만이 펼쳐져 있었다.

'낫날봉' 또는 '날라리봉'이라고 불리는 삼도봉三道峰을 지나, 화개재를 건너, 토끼봉에 오를 때까지도 안개는 걷히지 않았다. 아스피린의 약효가 떨어진 탓일까. 토끼봉에서 내려오는데 땀에 젖은 소년의 몸이 다시 떨려오기 시작했다. 소년과 앞서 가는 두 사람과의 거리가 자꾸 멀어지고 있었다. 온몸으로 식은땀이 흘렀다.

총각샘에 다다랐다. 그때서야 조금씩 안개가 걷히면서 햇살이 내리기 시작했다. 아침에 만든 주먹밥으로 점심을 대신했다. 총각샘의 물은 이빨이 시렸다.

야영지가 있는 세석평전까지는 다섯 시간 걸린다고 했다. 서둘렀다. 명선봉을 오르는 경사가 심한 비탈길은 소년에게 무척 힘들었다.

굽이굽이 계곡을 타고 흐르는 물줄기가 구름 속에서 흘러내려오는 것 같다하여 이름 붙여진 연하천烟霞泉, 그 연하천을 굽어보았을 때는 온 산을 휘감아 돌던 구름안개도 걷히고 따가운 햇살이 내리쬐기 시작했다. 그래도 안개 속으로 떠다니는 유령처럼 걷던 산길보다는 훨씬 나았다.

백무동과 화개골이 내려다보이는 시원스런 경관을 이룬 삼각고지를 지나, 형제봉을 오르는 길목 왼쪽 능선 위, 형제바위에 이르러서야 비로소 배낭을 벗어놓고 가쁜 숨을 돌렸다.

지리산에서 수도를 하던 두 형제가 산의 요정 지리산녀智異山女의 집요한 유혹을 물리치고자 서로 등을 맞대어 부동자세로 서있었다. 그러나 너무도 오랫동안 서 있다 보니 그만 몸이 굳어져 돌이 되고 말았다. 형제바위에 얽힌 전설이었다.

대장이 서로 등을 맞대고 있는 십 미터 정도 높이의 커다란 두 바위를 가리키며 얘기했다.

숲 위로 떠오르는 달빛이 너무도 희고 맑아 오히려 푸르게 보인다고 하여 벽소명월碧宵明月, 벽소한월碧宵寒月이라고도 하는 벽소령碧宵嶺에는 달이 없었다. 내리쬐는 태양이 광활한 지리산 중심부의 잘록한 허리에서 열기를 내리쏟고 있었다.

벽소령의 벱실샘에서 목을 축인 후, 덕평봉으로 오르는 숲속 오르막길로 접어들었다. 비록 땀을 흘려야 하는 오르막길이었지만 숲의 부드러운 흙길이 소년의 지친 발목을 어루만져 주었다.

덕평봉의 남쪽을 돌아 나오자, 넓은 평지가 나왔다. 대장이 조그만 샘 앞에서 배낭을 끌렀다. 선비샘이라고 했다. 샘의 위쪽에 배우지 못하고 얼굴도 험상궂어 평생을 천대받으며 살아, 그래서 살아생전 단 한번이라도 선비대접을 받아보는 것이 소원이었던 노인의 무덤이 있다고 했다. 산을 찾는 등반객들이 이 샘에서 물을 마시기 위해 엎드리면, 샘터 위에 있는 노인의 무덤을 향해 절을 하는 꼴이니, 노인은 죽어서 선비 대접을 받는다고 했다.

선비샘에서 작은 능선을 여러 차례 오르내려야만 했다. 소년은 점점 힘이 빠져가고 있었다. 일곱 개의 봉우리가 기묘한 조화를 이루고 있어, 일곱 선녀가 내려와 노는 모습과 같다 하여 붙여진 칠선봉七仙峰. 기암괴석으로 이루어진 바위 봉우리에 걸린 구름도 소년의 눈에 들어오지 않았다. 선녀가 지금 눈앞에 나타난다고 해도 그리 반가울 것 같지 않았다. 소년은 매우 지쳐 있었다.

칠선봉에서 다시 몇 개의 바위봉우리를 타고 올랐는지 알 수 없었다. 경사가 급한 돌투성이의 길이 이어졌다. 너무도 지치고 힘든 나머지 온몸에 아무런 감각이 없었다. 아무 생각도 없었다. 단지 대장과 소녀가 앞서 가고 있으므로 무작정 그들의 뒤를 따라가고 있을 뿐이었다. 뒤따라오는 안경도 의식하지 못했다. 어디를 가고 있는지 방향감각도 없었다. 그저 고개를 숙인 채 터벅터벅 발걸음을 옮기고 있었다.

그렇게 지친 몸을 이끌고 있는데, 저만치 작고 하얀 풀꽃 한 송이가 눈에 들어왔다. 등산로를 약간 벗어난 숲속이었다. 소년은 잠시 걸음을 멈추고 꽃을 바라보았다. 숲을 스치는 바람에 꽃잎을 매단 가느다란 대롱이 가냘프게 흔들리고 있었다. 그 꽃송이가 지친 소년에게 인사를 했다.

– 힘들지? 그래, 힘들거야. 하지만 힘 내. 여기서 멈출 수는 없잖아?

– 외롭지 않니?

– 아니, 왜냐면 나는 이곳 숲속 전설을 모두 알고 있거든. 여기 이렇게 있으면서 지나가는 사람들에게 전설을 얘기해 주고, 너같이 힘든 사람을 격려해 주잖아. 앞서 가는 소녀를 봐. 힘을 내.

– 그래, 고마워. 힘을 내야지. 네 말대로 여기서 멈출 수는 없어….

– 그래, 힘을 내. 날 잊지 마.

– 안 잊을게.

소년도 속으로 중얼거리며 미소를 보냈다. 머리가 맑아지면서 새로운 기운이 솟아났다. 발걸음을 힘차게 옮기기 시작했다. 저만치 대장과 소녀가 앞서 가고 있었다. 그냥 무심코 스쳐 지나가 버릴 수도 있을 작은 풀꽃 하나가 지친 소년의 몸을 따뜻하게 어루만져 주었다. 경이로움이었다. 마음에 잔잔한 파문이 일고 있었다. 소년은 풀꽃과 나눈 무언의 대화를 머리에 새기며 시상詩想을 그려가기 시작했다. 그것은 소녀를 위한 노래였다. 소녀에게 풀꽃을 그려주고 있었다. 소녀와 함께 그 풀꽃처럼 살고 싶었다.

앞서 가던 대장이 걸음을 멈추었다. 그때서야 소년도 풀꽃의 시상에서 깨어나 고개를 들었다.

고개를 든 소년의 눈앞에 탁 트인 영신봉이 우뚝 서있었다. 맑게 갠 하늘 아래, 남쪽 화개천으로 이어지는 대성골이 영신봉을 베개 삼아 편안하게 누워 있었다. 북쪽 함양 마천 임천강으로 흘러드는 백무동 계곡도 칠선봉에 기대어 다리를 길게 뻗고 앉아 숨을 내쉬고 있었다.

풀꽃의 상념에서 깨어나자 그때까지 잊고 있었던 다리가 풀어지며 소년은 그만 대성골의 계곡처럼 편안하게 드러눕고 싶었다. 소년은 백무동 계곡을 내려다보며 지친 다리를 뻗고 앉았다. 소년이 배낭을 벗어놓고 가쁜 숨을 몰아쉬고 있는데, 대장이 조금만 더 가면 야영하기로 한 세석평전細石平田이 나온다며 힘을 내라고 했다. 얼마 남지 않은 수통의 물로 입술을 축인 대장은 다시 길을 재촉했다.

대장의 말대로 영신봉의 동쪽을 돌아 한참 내려가니 넓게 펼쳐진 세석평전의 고원이 눈앞에 펼쳐졌다. 철쭉 군락으로 유명하다는 세석평전에는 철쭉은 없었다. 꽃이 져버리고 잎만 무성하게 자란 철쭉이 고원을 스치는 바람에 물결을 이루고 있었다. 해는 이미 한참이나 서쪽으로 기울어 소년 일행이 지나온 반야봉을 붉은 낙조로 물들이고 있었다. 어둠이 내려 반야봉의 낙조를 밀어내기 전에 야영준비를 해야만 했다.

텐트를 치고, 물을 떠와 코펠 바닥에 눌러 붙은 누룽지를 데워 마시고 있을 때, 반야봉 꼭대기에 걸려있던 해가 잠겨들었다. 넓은 세석평전에 어둠이 소리 없이 밀려들고, 밤하늘에 별이 하나둘 반짝이기 시작했다.

소년이 하모니카를 꺼내어 불면서 배낭에서 꺼낸 작은 수첩에 악보를 그리기 시작했다. 등산로 길옆에 피어있던 하얀 풀꽃의 시상에 선율을 입혀 가고 있었다. 완성된 악보를 따라 하모니카의 선율이 맑게 울려 퍼지고 있었다. 소녀가 소년의 수첩을 받아들고 수첩에 적힌 가사와 악보를 보며 노래를 불렀다. 소년이 하모니카로 반주를 했다.

한적한 숲속에 핀 이름 모를 하얀 풀꽃
스치는 바람결에 가냘프게 웃는다.
고운 미소 머금은 하얀 꽃잎 속엔
숲속 깊은 전설이 알알이 담겨 있어
아무도 찾지 않아도 외롭지 않아라.
한적한 숲속에 핀 이름 모를 하얀 풀꽃
풀꽃처럼 살자 하던 내 님이 생각난다.

어둠이 짙어진 세석평전의 넓은 고원에 무수한 별들이 쏟아지고 있었다. 별은 두 팔을 벌려 안으면 가슴 가득 안길 듯이 머리 위로 그대로 쏟아지고 있었다. 소녀의 목소리는 맑고 영롱했다. 영롱한 이슬을 머금은 하얀 꽃잎이 별 속에서 수줍은 고개를 내밀고 하얀 웃음을 짓고 있었다. 소녀가 부르는 노래가 무수한 음표의 별이 되어 밤하늘로 퍼지고 있었다. 그 음표가 별의 강물을 이루어 멀리 은하수로 흘러가고 있었다. 별의 강물에 몸을 누인 소년은 평화로웠다. 아주 깊고 편안한 잠을 잘 수가 있을 것 같았다.

별빛 속의 그때 그 노래. 그 별빛의 강물을 따라 흐르던 소녀의 맑고 고운 그 음성.

얼마나 깊이 잠들었던 것일까. 대장이 소년을 흔들어 깨웠다. 잠을 잔 시간이 오래 되지는 않았지만 깊은 숙면을 취한 탓인지 몸이 가뿐했다. 손전등을 켜, 시계를 보니 새벽 한시를 넘고 있었다. 텐트 밖에 나오니 오싹 찬 기운이 온몸으로 스며들었다. 지리산은 여름에도 추웠다. 간밤보다 더 많은, 무수한 별들이 성단을 이루어 서쪽으로 흐르고 있었다.

대장이 천왕봉 일출을 보기 위해서는 지금 출발해야 한다고 했다. 텐트를 걷고 손전등을 든 대장이 앞장서 길을 찾았다. 별빛을 받으며 걷는 산길은 적막했다. 별들은 서쪽으로 흐르고, 네 사람은 별빛을 머리에 이고 천왕봉을 향해 조심스레 나아갔다.

얼마 가지 않아 우뚝 선 촛대봉의 검은 그림자가 다가왔다. 봉우리의 모습이 올망졸망한 바위들로 이루어져 있어, 마치 촛농이 흘러내리는 촛대와 같다 하여 붙여진 이름이라고 했다. 촛대봉의 정상을 향하는 비탈길을 오를 때는 차가운 새벽인데도 이마에 땀이 흘렀다. 고개를 넘어서자 어둠 속에서 웅장하게 서 있는 천왕봉이 손에 잡힐 듯 건너다 보였다.

촛대봉의 비탈진 길을 조심스레 내려가니 평탄한 능선이 나왔다. 그 능선 길가로 갖가지 형태의 기암괴석 사이로 뼈만 앙상한 고사목이 별빛 속에 그림자처럼 무리 지어 우두커니 서 있었다. 연하봉烟霞峰이라고 했다. 기암괴석 절벽 사이에 이름 모를 야생화들이 무수히 피어난다고 했다. 능선을 지나는 구름이 고사목을 쓰다듬고 잠시 머물다가 바람 따라 홀연히 사라지는 이 봉우리에 앉아 있으면, 마치 신선이 된다고 하여 연하선경烟霞仙境이라고 이름 붙여진 곳이었다. 머무는 구름도, 선녀 같은 야생화도 볼 수 없었지만 별빛 속에 모습을 드러낸 연하봉의 정경은 신비로웠다.

연하봉을 지나 평탄한 초지 능선을 남쪽으로 밟고 나아가 일출봉日出峰에 올랐다. 해는 아직 떠오를 기미를 보이지 않고 있었다. 왼쪽에서 웅장한 천왕봉의 암영을 드리우고 떠오르는 일출이 경이로운 장관을 이룬다는 일출봉에도 무리를 이룬 별들이 모여 앉아 소년 일행을 기다리고 있었다.

일출봉을 내려와 장터목場基項에 도착하자 별빛은 점점 더 엷어지고 있었다. 장터목에서 몸에 젖은 별빛을 걷어내며 라면을 끓여 먹고, 경사 급한 비탈길을 조심조심 올라 제석봉에 닿았다. 희미한 여명 속에 뼈대만 앙상하게 남은 고사목들이 암벽 기슭에 위태롭게 팔을 벌리고 늘어서 있는 모습은 처연했다.

톱날능선이라 불리는 암벽 비탈길을 올라, 하늘로 통하는 관문이라는 통천문通天門에 이르렀을 때 별들은 이미 사라지고 없었다. 마음이 깨끗하지 못한, 부정한 사람이 어찌 성스러운 하늘로 통할 수 있으랴. 암벽 벼랑 사이로 나있는 통천문에는 부정한 사람은 오르지 못한다는 전설이 있다고 했다.

서둘러야 했다. 어쩌면 이미 천왕봉의 하늘에는 해가 모습을 드러내고 있을지도 몰랐다.

통천문을 지나 한동안 평탄한 길이 이어지더니 거대한 암벽 비탈이 앞을 가로막았다. 앞장선 대장이 천왕봉에 이르는 마지막 관문이라고 했다. 거대한 암벽의 비탈을 기어오르다시피 했다. 해가 솟기 전에 먼저 정상에 올라 경건하게 태양을 맞을 준비를 해야 한다. 조바심이 났다. 이마로 땀이 줄줄 흘렀다. 숨이 가빴다. 천왕봉의 정상이 바로 눈앞에 있었다. 이미 정상에 올라 팔을 벌리고 선 대장과 안경의 모습이 보였다. 대장과 안경이 손을 내밀어 기어오르는 소년과 소녀의 손을 잡았다.

드디어 정상에 올랐다. 해는 아직 떠오르지 않았다. 동서남북 어디를 둘러보아도 망망한 구름바다만이 펼쳐져 있었다. 운해였다. 동녘 하늘가 구름 끝으로 붉은 기운이 돌기 시작했다. 태양은 푸른 동해의 심연에서 솟아나고 있을 것이다. 구름바다에 잠긴 먼 수평선 너머에서 우렁찬 기지개를 켜며 떠오르고 있을 것이다.

점점 붉게 피어나는 구름 속에서 태양의 윤곽이 점차 선명해지고 있었다. 천천히 솟아오르는 태양이 드디어 그 웅장한 자태를 드러내고 있었다.

소년은 가슴을 크게 벌리고 깊은 숨을 들이마셨다. 장엄한 태양이 구름을 뚫고 벌겋게 솟아오르고 있었다. 가슴이 벅찼다. 소년의 가슴에도 붉은 기운이 소용돌이치고 있었다.

태양을 마주보고 선 대장이 천천히, 두 팔로 크게 원을 그리면서 손을 머리위로 뻗쳐 올려 모았다. 무간암에서 본 대장의 절을 하던 모습이었다. 솟아오르는 태양을 향해 절을 하는 대장의 모습은 태양만큼이나 장엄하게 느껴졌다. 천천히, 아주 천천히 세 번의 절을 마친 대장이 두 다리를 어깨 넓이로 벌리고, 무릎을 약간 구부린 채, 막 이제 막 솟아나는 태양을 부둥켜안은 자세로 가만히 눈을 감고 서 있었다. 대장의 다리는 산의 정상 바위에 박혀버린 듯 움직이지 않았다. 대장은 떠오르는 태양을 끌어안아 가슴속에 품고 있었다. 환한 빛이, 뜨거운 기운이 대장의 머리를 지나, 가슴으로, 아랫배로 천천히 흘러내리고 있을 것이었다.

대장의 모습을 본 소녀가 옆에서 가슴 앞에 가만히 두 손을 모았다. 성당에서 보아온 기도하는 모습이었다. 평화롭고 성스러운 모습이었다.

대장의 곁에 서서 태양을 바라보고 있는 안경의 눈 속에서도 태양이 타오르고 있었다. 안경의 얼굴 또한 경건한 빛으로 빛나고 있었다.

끝없이 펼쳐진 구름바다와 솟아나는 태양, 그 속에 몰입되어 자신을 잊고 있는 세 사람의 모습을 바라보던 소년은 문득 자신만이 아주 왜소하게 느껴졌다.

소년은 대장을 보았다. 대장의 감긴 눈에서 눈물이 흐르고 있었다. 대장은 무슨 생각을 하고 있을까. 저 눈물은 무슨 의미일까. 그것은 환희의 눈물 같기도 하고, 해원解冤의 눈물 같기도 했다.

소녀는 여전히 가슴 앞에 두 손을 모우고 있었다. 소녀는 기도를 하며 눈물을 흘리고 있었다. 저 기도는 누구를 위한 기도며, 눈물은 또 어떤 의미를 담고 있는 것일까. 창조주인 하나님이 만든 자연의 장엄함에 저절로 흐르는 환희의 눈물일까.

시간이 얼마나 지났을까. 대장이 행여 깨어지기라도 할까봐 끌어안은 태양을 조심스럽게 내려놓았다. 그리고는 두 손을 합장하고서 허리를 경건하게 굽혀 절을 하였다. 소녀도 가슴 앞에 모은 두 손을 살며시 내리고 성호를 그었다.

대장이 소년에게 접힌 한지 하나를 내밀었다. 소년이 종이를 펼쳤다. 그것은 대장이 무간 스님에게 내보였던 아버지가 남겼다는 시詩였다.

'새로운 生命생명을 위한 序詩서시' 라는 제목이었다.

白頭大幹백두대간의 南남쪽 끝
天王峰천왕봉에 올라
푸른 東海동해의 深淵심연에서 솟아오르는
붉은 太陽태양의 환한 빛을 가슴에 안으며
너 새로운 生命생명의 소리를 듣는다.

雲海운해 속에 잠긴 먼 水平線수평선 너머에는
너의 無限무한한 可能性가능성이 펼쳐지고
大幹대간의 稜線능선을 따라 걷노라면
어느덧 蓋馬개마의 高原고원
동강나 쓰라린 이 땅의 설움일랑
차디찬 이 高原고원의 頂上정상에
따뜻하게 묻어두자.

또 하나 큰 걸음 옮기면

白頭백두, 白頭백두

아! 白頭山백두산

그 속엔 이 땅의 탯줄이 출렁거린다.

그 속엔 民族민족의 魂혼이 살아 숨 쉰다.

그 속엔 檀君단군의 얼이 빛나고 있다.

오늘 내가 선 곳은

白頭大幹백두대간의 南남쪽 끝

天王峰천왕봉

내일 네가 서야 할 곳은

北북쪽 頂上정상

白頭백두, 白頭山백두산

그 頂上정상의 天池천지에 가슴을 적시고

네 앞에 펼쳐진 滿州만주의 地平線지평선을 바라보라.

가슴에 품은 너의 浩然호연한 精氣정기는

廣闊광활한 滿洲만주의 벌판을 달리고

粲然찬연하게 피어날 半萬年반만년 겨레의 새로운 歷史역사가

그 위에 펼쳐질 것이니.

– 檀君紀元단군기원 42××年년 正月정월 初초하루,

智異山지리산 天王峰천왕봉에서 아버지가 –

시를 읽어 가는 소년의 가슴에 또 하나의 태양이 떠오르고 있었다. 시 속에서 또 하나의 태양이 빛나고 있었다. 천왕봉에서 바라본 동해의 심연에서 솟아난 웅장한 태양은 광활한 만주벌판에서도 밝게 빛나고 있을 것이었다.

소년은 비로소 알았다. 대장이 지리산 종주를 하자고 한 것은 아버지의 정신을 찾고자 한 것이었다. 아버지가 남긴 시 속의 솟아나는 태양을 찾고자 함이었다. 푸른 동해의 심연을 뚫고 구름을 헤치며 솟아나는 태양은 대장의 아버지가 남긴 유산이었다. 대장은 아버지의 유산을 찾아 지리산의 천왕봉을 찾은 것이었다.

소년은 또 알 것 같았다. 대장이 흘린 눈물의 의미를. 이제까지 대장의 아버지가 물려주고자 했던 유산은 형체를 알 수 없는 것이었다. 그 형체를 알 것 같으면서도 정작 그리고자 하면 그려지지 않는 그러한 것이었다. 대장은 마음속에 그릴 수 있을 것 같으면서도 그려지지 않는, 잡힐 것 같으면서도 잡히지 않는 아버지가 남긴 유산의 실체를 찾기 위해 무간 스님을 찾았고, 천왕봉에 올랐던 것이었다. 천왕봉에 올라 바라본, 운해를 헤치며 솟아오르는 태양은 아버지가 보았던, 아버지의 몸을 적시던, 아버지의 가슴속에 안겼던 바로 그 태양이었다. 대장은 온 몸을 적시는 장엄한 천왕봉의 일출에서 아버지가 남기고자 했던 그 무형의 유산의 실체를 비로소 찾은 것이었다. 천왕봉의 일출에서 그 뚜렷한 형체가 대장의 가슴속에 각인되었던 것이다. 대장이 뜨겁게 흘렸던 눈물은 이제야 비로소 아버지의 유산의 실체를 가슴속에 그릴 수 있게 된 환희의 눈물이었다. 대장은 이제 미소를 띠고 있었다.

그 미소는 경건하고 평화로웠다.

그러한 대장을 바라보는 소녀도 환한 미소를 짓고 있었다. 안경도 경이로운 눈빛이었다. 이제까지 왜소하게 느껴지던 소년의 가슴 또한 환히 열리고 있었다.

소녀가 두팔을 벌려 대장과 소년의 손을 잡았다. 대장이 안경의 손을 잡고, 안경이 소년의 나머지 한 손을 잡았다. 네 사람은 하나의 원이 되었다. 태양이 되었다. 누가 먼저랄 것도 없이 네 사람이 마주보며 우렁차게 외쳤다. 그 소리는 길고 깊었다. 그 소리가 망망한 운해로 달려가고 있었다. 태양은 이미 끝없이 펼쳐진 구름의 바다 위로 둥실 떠올라 있었다.

저울의 슬픔

그러나 징소리를 무시하는 꽹과리 소리.

문: 다시 한 번 묻겠습니다. 그와 같이 증거를 조작한 사람이 김인환이었지요?

답: 그렇습니다.

문: 그래서 김인환을 살해했나요?

답: 그 부분에 대해서는 대답하지 않겠다고 했습니다.

– 이상입니다.

곽판사: 피고인의 변호인은 신문해 주십시오.

박기영(피고인 김준하에게)

문: 피고인은 대학 이학년 때, 홍익문화연구회라는 동아리회의 회장이었지요?

답: 그렇습니다.

문: 그 홍익문화연구회라는 동아리회가 어떤 정치적 성향을 갖는 것이었나요?

답: 아닙니다. 그 당시 홍익문화연구회는 개개인의 육체와 정신의 깨달음을 통해 우리 민족정신의 본질, 정수를 알고, 깨우치자는 순수한 학술모임을 지향하고 있었습니다. 그것은 지금도 마찬가지입니다.

문: 그것이 홍익정신이라는 말로 표현되는 것입니까?

답: 그렇습니다.

곽판사: 변호인, 지금 신문의 내용이 이 사건 공소 사실과 어떤 관계가 있습니까? 공소 사실과 관련되지 않는 신문은 자제하여 주시기 바랍니다.

– 공소 사실과 관련이 있습니다. 검찰 측이 제기한 살해 동기에 대한 반증과 관계가 되는 것입니다.

다시 울리는 징소리.

문: 피고인이 추구한 그 홍익정신이라는 것은 어떠한 것입니까?

답: 말씀드렸다시피 사람과 사람과의 사이를 이롭게 하는 것입니다.

문: 그렇다면 사람과 사람과의 사이를 이롭게 하는 것이 무엇이라는 것인가요?

답: 그것은 서로간의 소통입니다. 용서입니다. 사랑입니다.

문: 피고인이 재직하고 있는 홍익문화연구소는 그러한 홍익정신으로서의 소통과 용서와 사랑을 가르치는 곳이지요?

답: 그렇습니다.

문: 그곳에서 단절과 증오와 보복을 가르치진 않지요?

답: 홍익인은 그러한 것들을 배격합니다.

문: 피고인은 당시나 지금이나 홍익인의 신념으로 생활하고 있습니까?

답: 그러한 신념으로 살고자 매일 수행하고 있습니다.

– 이상입니다.

*　　*　　*

지리산의 산행은 소년에게 두 가지 사실을 일깨워 주었다.

하나는 소년의 육체적인 능력과 한계에 대한 깨달음이었다. 소년은 어릴적부터 자주 앓곤 했다. 노루사냥이 있었던 그 해에도 소년은 앓았다. 고등학교 때의 시험기간에도 어김없이 앓곤 했다. 감기와 몸살은 항상 소년과 함께 하는 동반자였다. 그러한 잔병치레로 인해 소년의 성격은 소극적이고 내향적이었다. 혹시나 아프지나 않을까 하는 건강에 대한 우려가 평소 소년의 행동을 소심하게 만들었던 것이다. 그러나 비록 아스피린 네 알을 먹기는 하였지만, 사박 오일 동안의 힘 드는 산행을 이겨냈다. 도저히 불가능할 것이라고 생각했던 야간산행도 견뎌냈다. 그러한 산행 경험이 소년에게 육체적인 능력에 대한 자신감을 가져다주었다. 어릴적부터 항상 함께 했던 잔병치레는 정작 몸이 허약해서가 아니라, 소년 자신도 모르게 설정된 육체적 능력의 한계 때문이었다. 그것은 자신의 육체에 의하여 자신의 의지가 지배되는 것이 아니라, 육체는 자신의 의지에 의하여 지배된다는 사실에 대한 새로운 인식이었다.

몸이 완전히 허물어질 것 같았던 힘든 산행을 이겨냈다는 사실은 소년의 그러한 습관적 육체의 한계를 허물어 버리는 계기가 되었던 것이다.

또 하나는 소년의 인식 변화, 즉 사물을 바라보는 시야가 넓어졌다는 사실이었다. 이제까지 소년은 지극히 좁은 세계에 갇혀 있었다. 소년은 소녀가 자신으로부터 멀어지지 않을까 하는 불안감, 그리고 악동 녀석이 또 다른 해악을 끼칠지도 모른다는 두려움에 사로잡혀 있었다. 그러한 불안감과 두려움으로 인해 소년의 행동은 위축되고 있었고, 미래에 대한 자신감을 잃고 있었던 것이다. 그러나 그러한 것들은 소년 스스로가 만들어낸 허상이었다는 사실을 깨달은 것이었다. 그러한 허상에 빠져 내면 깊숙한 곳에 숨겨져 있는 강한 의지를 찾지 못하고 있었던 것이다.

천왕봉에서 본 대장의 아버지가 남긴 시 속에는 웅대한 포부와 이상이 담겨 있었다. 대장은 그와 같은 이상을 찾고자 끊임없이 자신의 육체와 정신을 연마하고 있었구나. 평소 소년이 부러워했던 대장의 그 대범함과 용기는 대장 아버지가 가졌던 그 원대한 세계의 영향이었구나. 그리하여 대장 아버지의 원대한 세계는 소년에게도 튼튼한 자신감을 심어주었고, 먼 세계를 바라볼 수 있는 시야를 넓혀 주었다.

그것이 이제까지는 생각해 보지 않았던 이 땅의 역사와 자신의 미래에 대한 성찰의 계기가 되었고, 고대 역사는 물론 해방 후 좌우대립의 격동기에 대한 역사의식을 갖게 해 주었으며, 이러한 역사의식은 나름대로 사회관과 국가관을 정립해 나가는 계기가 되었던 것이다. 또한 이 사회관과 국가관은 소년의 미래에 대한 뚜렷한 목표를 설정하게 해 주었던 것이다.

그것은 고등학교를 졸업하고 법대를 택할 때 가졌던 막연한 희망을 앞당겨서 대학 재학 중 사법시험에 합격해야 되겠다는 포부였다. 법조인으로서, 자신만의 영달이 아닌, 소외되고 가난한 사람들의 권익을 위한 봉사와 희생, 나아가 이 사회의 부조리를 척결하여 보다 나은 사회를 만들어야 되겠다는 공익에 대한 의무감을 느꼈던 것이다.

소년에게 주어진 시간은 그리 많지 않았다. 소년은 오직 책 속에 파묻히기로 했다. 책 속에 파묻힌 소년의 생활은 규칙적이었고, 단조로웠다. 새벽 다섯시에 일어나 학교도서관으로 달려가고, 수업을 듣고, 도서관 문을 닫는 밤 열시까지 공부하다 돌아오면 열한시, 간식으로 잠시 허기를 때우고 다시 공부를 하다 새벽 한시에 잠이 드는, 자신이 정한 규칙적인 생활을 결코 벗어나지 않았다.

이러한 생활은 전에 없었던 강행군이었다. 산행에서 길러진 의지력은 소년을 이미 강하게 만들어 놓은 터였다. 소년은 그다지 힘든 줄을 모르고 잘 견뎌냈고, 습관화되면서 강한 성취감을 느끼고 있었다.

토요일이었다. 저녁 시간이 되는 줄도 모르고 소년은 도서관에서 책에 몰입해 있었다. 학생들로 빼곡하게 들어찼던 중앙도서관의 좌석은 거의 반 넘게 비어 있었다.

누군가 소년의 어깨를 가볍게 두드렸다. 오래 잊고 있었던 머리칼의 향내였다. 고개를 들었다. 소녀였다. 어깨까지 내려오는 기다란 머리카락을 한데 묶은 소녀가 미소를 띠고 있었다. 소녀의 길고 흰 목이 눈부셨다.

소년은 모처럼 만에 일찍 도서관을 나왔다. 소녀가 저녁을 사겠다고 했다. 두 사람이 도서관을 나와 교내 게시판 앞을 지나칠 때, 갑자기 소녀가 말했다.

– 저기 오빠 아냐? 오빠.

소녀가 게시판 앞에 있는 사람을 향하여 손을 흔들면서 소리쳤다. 대장이었다. 대장이 일행 두 사람과 함께 게시판에 뭔가를 붙이고 있었다. 그 중 한 사람은 여학생이었다.

– 마침 잘 왔다. 그렇지 않아도 한번 만났으면 했는데.

두 사람이 다가가자, 큼직한 종이를 게시판에 대고 압핀을 꽂고 있던 대장이 말했다.

– 무슨 내용이야?

그렇게 묻는 소년의 눈은 이미 게시물의 내용을 읽고 있었다.

〈 홍익문화연구회 회원 모집 〉

'홍익인간, 이화세계'는 우리나라의 국시이자 교육이념입니다. 이와 같은 홍익이념의 문화와 역사를 연구하고, 이를 현대적으로 조명하여 실천할 뜻을 가진 학도 여러분들의 많은 참여를 바랍니다. ……

문득 무간암에서의 일이 생각났다. 그때 대장은 무간 스님 앞에서 아버지가 걸었던 홍익의 길을 가겠다고 했다.

– 홍익의 길로 가는 첫 걸음이구나.

소년이 말했다. 대장은 그냥 웃었다.

– 오빠, 저녁은 먹었어요? 함께 저녁 먹으러 가요.

– 그렇지 않아도 출출하던 참인데, 모두 함께 가자.

대장이 함께 게시물을 붙이고 있던 일행 두 사람을 돌아보며 말했다. 일행은 학교 앞의 민속 주점으로 갔다. 입학식 날 갔던 주점 겸 식당이었다. 대장이 라면과 파전, 막걸리를 시켰다.

– 인사해. 나와 함께 우리 홍익회를 만드는 발기인들이야.

대장이 함께 온 일행 두 사람을 소개했다. 남학생은 대장과 같은 정외과 일학년이고, 여학생은 사학과 이학년이라고 했다. 대장이 소년과 소녀를 일행에게 소개했다.

– 안녕하세요?

소녀가 두 사람에게 고개를 숙이며 말했다.

– 반갑습니다.

소년이 일행 중 남학생의 손을 잡았다. 연구회의 기획부장 겸 총무를 맡고 있다고 했다. 긴 얼굴에 턱이 뾰족했고 미간이 좁았다. 그 손은 차가웠다. 마치 냉혈동물에 닿는 것처럼 오싹한 느낌이 들었다. 악동 녀석을 대할 때와 같은 느낌이었다.

여학생의 손은 따뜻했다. 둥근 얼굴에 콧날이 오뚝 선 여학생은 얼굴만큼이나 둥글고 가느다란 뿔테 안경을 끼고 있었다. 안경 속에서 선하고 영리하게 보이는 눈이 반짝이고 있었다.

탁자 위에 막걸리가 놓였다. 대장이 막걸리를 따랐다.

– 홍익문화연구회는 어떤 활동을 하나요?

소녀가 막걸리에 입술만을 갖다대고 잔을 놓으며 물었다. 여학생이 영리한 눈을 빛내며 소녀를 바라보았다. 그 여학생의 잔은 이미 비워져 있었다.

– 역사적인 관점에서 보면 우리나라는 우리 고유의 역사를 잃어버렸다고 해도 틀리지 않을 거예요.

여학생이 젓가락으로 깍두기 한 점을 입에 넣으며 말했다.

– 어떤 점에서 우리의 역사를 잃어버렸다고 하는 겁니까?

소년이 말했다. 그때 라면이 나왔다.

– 배고프다. 먹으면서 얘기하자.

대장이 젓가락으로 라면을 휘저으며 말했다. 그러나 여학생은 말을 계속했다.

– 현재의 사관史觀은 크게 두 가지로 대별할 수 있는데, 그것은 현대

사학의 주류를 이루고 있는 실증사학實證史學과 헤겔에서 비롯된 공산주의 이념의 기초가 된 유물사관唯物史觀내지는 사회경제사학社會經濟史學이지요. 유물사관이 레닌과 스탈린을 거치면서 독재의 수단으로 변질된 것은 따로 생각하지 않더라도, 현재 우리가 아무런 비판 없이 수용하고 있는 실증사학이라는 것도 과연 우리나라에서 실증사학의 본질을 그대로 유지하고 있는가하는 점에 대해서는 반성해 봐야 한다고 저는 생각해요. 특히 우리의 고대사 부분에 대해서는 고려시대에 저술된 김부식의 삼국사기나 조선시대 서거정의 동국통감에 의존하고 있는 실정인데, 문제는 이러한 삼국사기나 동국통감이 이미 중국에 대한 사대주의사관에 의해 씌어졌다는 것이지요. 그런데 더 심각한 문제는 이와 같이 사대주의사관에 의하여 변질된 우리 역사가 일제의 점령기를 거치는 동안 일제가 자기들의 지배를 합리화하기 위한 수단으로 다시 한 번 그들의 관점에서 우리의 역사를 왜곡시켜 버렸고, 현재 우리의 역사는 이와 같이 중국에 의해 변질되고, 일제에 의해 왜곡되어 버린 역사관의 바탕 위에 서 있다는 것이지요.

– 유물사관과 실증주의 사관 외에도 왜 민족사관民族史觀이란 게 있지 않아요?

소년이 물었다.

– 우리가 홍익문화연구회를 만들고자 한 취지가 거기에 있어. 홍익문화연구회는 이와 같은 왜곡된 우리 역사를 복원시키고자 하는 것이야. 일종의 민족사 찾기 운동이라고 할 수 있지.

여학생 대신 대장이 소년의 질문을 받았다.

– 하지만 민족사관이라는 것도 일종의 국수주의의 변형이 아닐까. 민족이라는 이름을 전면에 내세워 극단적 애국심을 강조한다거나, 실증이 배제된 채 오로지 민족이라는 개념으로 역사를 파악한다는 것은 일제와 같은 또 다른 국수주의를 낳을 위험성이 있는 것 같은데.

소년이 말했다.

– 그것하고는 달라. 실증實證이라는 것이 무엇이니? 실증이란 그야말로 있는 그대로의 모습으로 사물을 보고 판단하고자 하는 것이 아니겠어. 그런데 현재 우리의 역사는 그 본질이 사대주의 사관으로 변질되었고, 일제의 침략논리와 민족말살 정책에 의하여 왜곡되었고, 그것도 모자라 이러한 변질된 역사의 실체를 파악하기도 전에 실증사학이라는 미명하에 스스로 그 의미가 변형되고 말았어. 홍익문화운동은 우리 민족의 본질, 그 정수를 알고 깨우치자는 것이야. 원래의 본질 위에 덧씌워진 껍데기를 걷어내자는 것이지. 사대주의 사관과 일제에 의하여 왜곡된 역사를 바탕으로 한 현재의 실증주의 사관의 중독에서 깨어나자는 것이야. 원래부터 존재해 왔고, 아니, 원래의 모습으로 존재해야 했을, 있는 그대로의 모습을 되찾자는 것이야. 이것이야말로 원래의 의미의 실증주의가 아니겠니. 실증이란 원래의 모습에서 찾아야 하는 것이지, 이미 변형된 모습에서 찾은 실증은 변형된 존재의 또 다른 모습일 뿐이야. 그런 의미에서 홍익문화연구는 실증주의의 가장 근원적인 모습을 찾아보자는 것이라고 할 수 있어. 네가 말하는 국수주의는 원래의 모습과 사상에서 그것을 오도한 역사관 내지 우월적 민족관이 그 모습과 존재형식을 변형시킨 것이야. 그러한 국수주의의 가장

극단적이고 전형적인 모습이 나치 독일의 인종주의에 근거한 유태인 학살이고, 일본의 우리 민족 말살정책이라고 할 수 있지. 이러한 국수주의가 인류에게 가한 해악을 생각해보면 끔찍하지 않냐. 그러나 홍익문화운동은 그러한 국수주의를 배격해. 아니, 국수주의를 초월한다고 할 수 있어. 홍익문화운동은 우리 역사의 원래 있었던 모습 그대로를 복원하자는 것이야. 과거부터 존재해 왔고, 현재에도 존재하고 있지만, 사실상 외면당하고 있는 우리 역사의 숨결을 되살리자는 것이야. 그것도 변형된 모습이 아닌, 있는 그대로의 모습으로 되살리자는 것이야. 그것은 네가 말하는 배타성에 근거한 국수주의와는 달라. 그런 의미에서 홍익문화운동은 민족주의사관인 동시에 신실증주의사관新實證主義史觀이라고 할 수도 있어.

한동안의 열변에 목이 타는 듯 대장이 잔을 들어 단숨에 막걸리를 마셨다.

– 그러한 우리 역사의 본래적 모습을 홍익에서 찾아야 한다는 것이니?

소년이 말했다.

– 그렇죠.

처음의 여학생이 당연하다는 듯 말했다.

– 그러면 아예 홍익역사연구회라고 해야 할 것 같은데?

– 그것은 우리 연구회의 역사적 측면에서의 지적일 뿐이야.

대장이 말했다.

– 문화라는 말은 역사뿐만 아니라, 정치, 경제, 법률, 교육은 물론이

고 종교, 문학, 예술 등 여러 가지 다양한 분야를 포함하는 것이 아니겠어. 우리가 만들고자 하는 홍익문화연구회는 이러한 생활전반에 있어서의 홍익부활운동이야.

– 그렇다면 홍익의 개념이 먼저 정립되어야 할 것 같은데?

– 나는 그 개념을 무간 스님의 말 속에서 이미 찾았어.

– 인간과 인간의 사이(間)를 널리 이롭게 한다는 것이 홍익의 개념이란 말이야?

– 그래, 하지만 홍익의 개념은 인간과 인간의 사이뿐만 아니라, 무간 스님의 말과 같이 이 지구상에서의 모든 관계를 포괄하는 의미로 사용되어지는 것이야. 지구상에서의 모든 관계가 조화롭다는 것은 서로 상생의 관계에 있다는 것이지. 상생의 관계란 소통이 되는 관계야. 소통을 통하여 서로를 용서할 수 있는 관계지. 상생이란 서로 사랑하는 관계야. 서로가 서로에게 자비를 베푸는 관계에 있다는 것이야. 그런데 한번 생각해 봐. 사랑이라는 말은 현대 서구 문명의 기초가 된 기독교의 대명제야. 자비라는 말은 불교에서의 대명제야. 그리고 사랑이라는 개념은 시간적으로 볼 때, 예수님의 출생에서 비롯되는 서기西紀로 표시돼, 그리고 자비라는 개념은 불기佛紀로 표시돼. 지금은 1970년대야. 그러니까 현대 서구 사회의 도덕적, 종교적 근원인 사랑이라는 개념의 역사는 아직 이천년이 되지 않았다는 것이야. 불기로 따지면 지금은 2500년대야. 그러니까 불교에서의 자비라는 개념의 역사도 겨우 이천오백 년에 불과하다는 것이지. 그런데 우리가 제대로 사용하고 있지도 않는 단기檀紀는 무려 4300년이 넘고 있어. 홍익이라는 말은

도덕적, 종교적인 개념으로는 사랑, 또는 자비라는 말과 그 뜻이 같아. 따라서 홍익의 이념은 서구의 사랑이라는 개념보다, 불교에서의 자비라는 이념보다 훨씬 더 역사가 오래 되었어. 이것은 곧 무엇을 의미하느냐. 우리의 조상은 서구사회가 사랑이라는 이념으로써, 불교사회가 자비라는 이념으로써 그들 사회의 보편적 가치관을 형성하기 이전에 이미 사랑과 자비라는 개념을 아울러 포괄하는 홍익이라는 개념을 정립해 놓고 있었다는 것이야. 따라서 홍익이라는 개념은 우리 민족 고유의 가치관인 동시에 인류의 역사에 있어 최초로 실체화되고 이념화된 인류가 추구해야 할 보편적 가치관의 기원이라는 것이지. 그런데 현실은 어떻게 되어 있어? 우리의 가치관은 우리도 모르는 사이에 서구의 가치관에 매몰되고 말았어. 홍익문화운동은 이와 같이 외래문화에 매몰되어 버린 우리 민족 고유의 가치관을 부활시킴과 동시에 인류가 추구해야 할 보편적 가치관으로 새롭게 정립해야 한다는 것이지. 우리가 생각하는 것은 단지 역사의 부활뿐만 우리의 정치, 경제 등 생활전반에서의 홍익부활을 모색하고 있어.

– 그렇다면 전통적인 우리 선조들의 선비정신과 홍익정신과의 관계는 어떻게 설명되는 것인데?

소년이 말했다. 소년의 생각으로는 우리의 역사나 선조들의 의식 내지는 정신의 근저에는 오히려 대장이 말하는 관념적인 홍익정신보다는 소위 말하는 선비정신이라는 것이 내재하고 있는 것이 아닐까하는 생각이 들었던 것이었다.

– 선비정신?

소년이 선비정신이라는 말을 꺼내자마자, 대장은 씩 한번 웃었다. 그 웃음은 약간 조소를 띤 웃음이었다.

– 선비정신이라 했어? 이러면 이야기가 좀 다른 방향으로 흐를 것 같은데…. 선비정신은 홍익정신과는 거리가 멀어. 멀어도 아주 멀어.

– ……?

소년은 눈을 동그랗게 떴다. 대장의 말은 소년에게는 의외였다. 대장은 다시 술을 한잔 들이켰다. 그리고 숨을 크게 한번 내쉬고 말을 이었다.

– 선비정신의 이면에 있는 의식 내지는 정신은 먼저 무노동을 전제로 하고 있어. 이를 잘 말해주고 있는 글을 하나 예를 들지. 왜, 우리가 고등학교 때 국어교과서에서 배운, 어느 훌륭한 한글 학자가 썼다는 '딸각발이' 라는 수필이 있었잖아? 이 수필이 우리 옛 선비정신을 가장 잘 말해 주고 있는 것이라고…. 이 글에서 남산골샌님은 집안 형편이 어려워 추운 겨울 동지섣달인데도 땔감이 없어 방에 군불을 지피지 못하고, 이불을 덮어쓰고 누워 '이 놈의 추위가 이기나, 내가 이기나, 어디 두고 보자' 하면서 춘삼월 봄을 기다린다고 했어. 그게 우리 선비정신의 굳건한 지조요, 의기라고 했어. 그런데 나는 그 수업시간 때, 우리 아버지는 선비가 아니어서 참 다행이었구나, 생각하면서 속으로 웃었어. 그래, 그 남산골샌님은 몸이 건강해 추운 겨울을 그렇게 이겨낼 수 있겠지만, 옆방에 있는 아내와 어린 자식들은 어쩌란 말이야. 얼어 죽어도 좋다는 말이야? 땔감이 없으면 벌떡 일어나 산에 가서 나무를 해와야 되지 않겠어? 선비정신이란 이처럼 철저한 무노동정신이야. 우리

인간 삶의 근본이 되는 신성한 노동의 정신과는 너무도 거리가 멀어. 더 심하게 말하면 무위도식 정신이야. 이 선비들의 무위도식 정신 상태를 신랄하게 비판한 선각자가 삼백년 전에 있었어. 왜, 우리들이 잘 알고 있는 '양반전'과 '호질' 있지? 연암 박지원 선생의 소설 '호질'과 '양반전' 말이야. 이 소설 속에서 연암 선생은 이미 이 허무맹랑한 선비정신을 통렬하게 비판하고 있어….

소년은 시골에서 밤낮으로 허리가 휘어지도록 일을 해야만 하는 아버지를 떠올리고 있었다.

– 그건 너무 심한 비약이 아닐까. 당시 선비라면 귀족 계급인데, 귀족이라면 세계 어느 나라에서도 노동을 한 귀족은 없잖아?

총무라는 턱이 뾰쪽한 친구가 말했다.

– 그래, 맞는 말이야. 귀족이라면 노동과는 거리가 멀지. 그러나 궁극적으로 그 귀족들이 생각하는 초점이 어디 있었느냐가 문제지. 내가 말하고자 하는 것은 궁극적으로 한 나라의 지배 계급인 귀족들이 노동에 대해 어떻게 생각하고 있었느냐는 점이야. 생각해 봐. 우리의 선비정신에서는 노동을 아주 천시하고 있어. 그래서 얼어 죽어도 산에 가서 나무를 못해. 다시 말해 노동계급을 자기들과는 아주 별개의 하등의 인간계급이라고 생각했던 것이야. 그러나 일본이나 서구의 지배계급인 귀족들은 노동에 대해 그렇게 생각하지 않았어. 노동을 신성시했어. 영국의 산업혁명에도 귀족들이 앞장섰고, 일본의 개혁개방에도 당시의 지배계급인 사무라이가 앞장섰어. 이게 일본과 서구의 지배계급의 정신이야. 이는 우리의 선비정신과 너무나 달라. 그러기에 우리의

귀족인 양반 계급들, 바로 선비들은 진정으로 백성들로부터 존경을 못 받았어. 그것은 조선 후기 때 나타난 마당극에서 그들을 풍자한 사실에서도 알 수가 있어…. 그러니까 나라가 망했지. 선비정신의 기원은 이씨조선 지배층의 의식으로서 겨우 오백년에 불과 해. 그러나 홍익정신은 우리 민족의식의 기원으로서 사천년이 넘어. 우리의 삼일운동 정신도, 동학 정신의 평등사상도 선비정신이 아니라 바로 홍익정신에서 비롯한 거야….

'하지만, 임진왜란이라는 미증유의 국난에서 선비정신으로 나라를 구하겠다고 일어선 의병장이 얼마나 많았는데? 구한말 국권을 상실한 의분에 못 이겨 자기의 목숨을 초개같이 버린 사람들의 의식을 흐르고 있었던 것은 선비정신이 아닐까? 네가 비판하는 것은 단지 '딸각발이'라는 글 속에 나타난 왜곡된 선비정신을 말하는 것 같은데? 그리고 네가 말하는 홍익이라는 개념은 우리 민족의 성립 당시에 실제로 존재한 이념체계가 아니라, 후세 사학자들이 만들어낸 일종의 관념체계일 뿐이 아닐까?'

소년의 머릿속에는 여러 가지 생각이 스쳐 지나가고 있었다. 마음 한편에서는 대장에게 이렇게 반문하고 싶었지만, 그러나 소년은 자기의 생각을 말하지 않았다.

– 그래서 하는 말인데, 너희들도 우리 홍익연구회에 가입하는 것이 어떻겠어?

대장이 너희들이라고 말한 것은 소녀와 소년을 두고 한 말이었다. 그러나 대장의 권유에 소년은 마음이 내키지 않았다. 그가 목표로 한,

재학 중 사법시험 합격에 전력을 다하고 있는 지금 시점에서 다른 일로 말미암아 시간과 에너지를 빼앗기고 싶지 않았다.

– 홍익연구회의 취지는 충분히 이해하고, 또 그럴 만한 가치가 있다고 생각해. 그러나 시간적인 여유가 없을 것 같아. 미안해.

소년이 말했다.

– 홍익이라는 이념이 사랑과 자비의 정신을 전파하는 것이라면, 그것의 실증성 여부를 떠나 추구할만한 가치는 있다고 생각해. 오빠, 나도 가입하고 싶어.

이제까지 한 마디도 하지 않고 대장의 말을 듣고 있던 소녀가 불쑥 말했다. 그렇게 말하는 소녀의 얼굴은 상기되어 있었다.

주점 안은 여전히 왁자지껄한 소음으로 탁하고 혼란스러웠다. 그러나 그러한 혼탁한 와중에서도 소녀의 눈은 반짝이고 있었다.

그날 꽤 늦게까지 그 주점에서 대장은 열변을 토해냈었다. 대장의 말에 어느 정도 공감하는 부분이 없지는 않았지만, 그러나 소년은 자신이 세워놓은 목표에 열중해 있었기에 대장과 그 여학생의 말에 그렇게 귀를 기울이지 않았다. 그러나 소녀가 선뜻 가입하겠다고 했을 때, 소년의 가슴에는 커다란 바위덩어리가 내려앉고 있었다.

소년은 겨울 내내 무간암에 엎드려 있었다.

암자의 겨울바람과 파란 하늘, 마당에 뒹굴고 있는 낙엽과, 흐르는 계곡의 물소리도 소년은 잊고 있었다.

겨울로 접어들면서 학내의 분위기는 뒤숭숭해져 가고 있었다. 왁자지껄한 구내식당에서도, 노란 은행잎이 떨어지는 교내 벤치에서도, 막걸리와 소주 냄새, 담배연기로 탁한 주점에서도, 그 주점에서 술을 마시고, 토하는 학생들의 입에서 독재타도, 유신철폐라는 말이 툭툭 튀어나오고 있었다. 그러나 한편으로 이러한 학생들의 동향을 살피는, 보이지 않는 정보기관의 눈과 귀가 교정의 분위기를 음울하게 만들고 있었다.

소년은 그러한 모든 것들에 짜증이 났다. 턱없이 울분을 터뜨리는 학생들의 목소리도 지겨웠고, 먹이를 낚아채려는 사나운 짐승처럼 웅크려 실눈을 뜨고 기회만을 엿보고 있는 눈들도 역겨웠다.

소년은 겨울방학이 되자마자 도망치듯 짐을 싸들고 고향으로 돌아왔다. 고향의 황토벽 골방이 있던 아래채는 지난 여름의 폭우 때 쓰러지고 없었다. 소년은 부득이 무간암으로 올라오지 않을 수 없었다.

춥고 질긴 겨울 속에서 소년이 할 수 있는 일이란 오직 책과 하나가 되는 일이었다. 소년은 책 속에서 잠이 들고 책 속에서 잠을 깼다.

폭설이 내렸다. 며칠 동안이나 살을 에는 추운 날씨가 이어졌다. 산은 벌써부터 하얀 눈으로 덮여 있었다. 산뿐만 아니라 온 세상이 하얬다. 아침까지만 해도 밖으로 나오기가 무서울 정도로 성깔을 부리고 있던 날씨는 오후가 되자 제풀에 지쳤는지 다소 누그러져 있었다. 방에서 나온 소년은 마루에 앉아 겨울 하늘을 바라보며 모처럼 따스한 햇살에 몸을 내맡기고 있었다. 암자에서 키우는 고양이 녀석도 양지바른 마루 한켠에 앉아 게으르고 졸린 눈으로 하품을 하고 있었다.

나른했다. 겨울날 오후, 나른함이 소년을 평화롭게 했다. 그때 암자로 올라오는 눈길 위로 예닐곱 등산복 차림의 사람들 모습이 눈에 들어 왔다. 소년은 방으로 들어가려다가 멈칫 몸을 돌렸다. 제일 앞장을 선 두 사람의 모습이 눈에 익었다. 소년은 등산객들이 올라오기를 마루에서 기다렸다. 등산객들의 모습이 점차 뚜렷하게 보이기 시작했다. 제일 앞장을 선 사람은 분명 대장과 소녀였다. 반가웠다. 무엇보다도 소녀의 얼굴을 보는 것이 반가웠다. 달려 내려가 와락 껴안고 싶었다.

대장과 소녀의 뒤를 따라 다섯 명의 학생이 뒤따르고 있었다. 다섯 명의 학생들 중 두 명은 언젠가 게시판 앞에서 만나 학사주점에서 함께 저녁을 먹은 적이 있는 학생이었다. 그러나 나머지는 소년이 처음 보는 사람이었다. 나머지 세 사람 중 두 명은 여학생이었다. 소년은 마루에서 내려와 뜰을 가로질러 암자로 올라오는 돌계단 입구까지 가서 대장의 일행이 올라오기를 기다렸다.

– 어서 와. 어쩐 일이야?

돌계단 입구까지 당도한 대장을 보고 소년이 말했다.

– 집에 들렀더니 여기에 있다고 하더라.

대장이 고개를 들어 소년을 올려다보며 말했다.

– 오빠.

대장의 뒤를 따르고 있던 소녀가 밝게 웃으며 챙이 달린 모자를 벗어 흔들었다. 하얀 눈빛에 반사된 소녀의 얼굴은 발갛게 상기되어 있었다. 싱그러웠다. 대장 일행이 요사채의 마루에 배낭을 끌러 놓으면서 떠드는 왁자지껄한 소리에 절을 지키고 있던 늙은 보살 할머니가 나왔다.

– 그 동안 안녕하셨어요?

대장과 소녀가 동시에 말했다.

– 누군가 했더니…. 어서 오너라.

– 스님은 계세요?

– 출타하신 지 여러 날이 지났다. 언제 돌아오신다는 말씀도 없으셨어.

소녀이 대신 대답했다.

– 산에 가려고? 눈이 많이 와 등산은 힘들 텐데.

소녀이 대장에게 물었다.

– 아니, 홍익회 수련회를 여기에서 하기로 했어. 삼박 사일 일정인데, 네가 공부하는 데 방해가 될지도 모르겠다.

산속에서의 겨울 해는 짧았다. 해가 서쪽으로 기울면서 다시 추워지고 있었다. 갑작스럽게 찾아온 손님으로 보살 할머니의 손길이 바빠졌다. 대장을 위시한 남학생 세 사람은 소년의 방에서 함께 지내기로 하고 소녀와 다른 두 명의 여학생은 그 옆방으로 거처를 정했다.

보살 할머니가 저녁 공양을 준비하는 동안, 소년은 방 두 군데에 군불을 지폈다. 시래기 된장국과 동치미, 말린 고구마 줄기와 무말랭이, 고사리를 삶아 무친 나물로 공양을 마치고 나니 날은 이미 어두워져 있었다.

대장 일행은 회의를 한다면서 여학생들이 묵을 방으로 들어갔다. 대장이 함께 들어가자고 했으나, 소년은 고개를 흔들었다. 회원도 아닌 자신이 끼어들 자리가 아니라고 생각했다.

소년은 대장 일행이 방으로 들어간 뒤에도 한참 동안이나 암자의 뜰에 서서 눈 덮인 산을 바라보고 있었다. 하얀 눈빛을 받은 산은 어둠 속에서도 여전히 빛나고 있었다. 소년은 빛나는 어둠 속에 서 있었다. 소년은 문득 외로움을 느꼈다. 책에 파묻혀 있는 동안 잊고 있었던 상실감이 되살아났다. 가까이 있으면서도 더 이상 가까워질 수 없는 안타까움. 가슴이 쓰리도록 허전했다.

어두워지자 골짜기 바람이 더욱 차가워졌다. 소년은 방으로 들어와 촛불을 밝히고 책을 폈다. 그러나 옆방에서 들리는 대장 일행들의 두런거리는 소리 때문에 집중을 할 수 없었다. 책을 들고 군불을 지펴 놓은 아궁이로 갔다. 아궁이에는 소년이 넣어 둔 참나무 장작불이 타오르고 있었다. 소년은 아궁이 앞에 놓인 반듯한 돌 위에 앉아 쌓아 놓은 장작더미에 등을 기댄 채 번져나는 열기에 몸을 맡기고 눈을 감았다. 옛날 앳된 소녀의 모습을 떠올리고 있었다. 소년의 뇌리에 소녀와 함께 보냈던 많은 시간들의 영상이 파노라마처럼 떠올랐다가 지워지곤 했다. 장작개비가 타면서 내는 열기가 소년의 온몸을 따뜻하게 감싸고 있었다. 나른했다. 소년은 장작더미에 기댄 채 꾸벅꾸벅 졸기 시작했다.

– 오빠, 여기 있었네.

꿈속에서 들리는 소리 같았다. 일렁거리는 붉은 장작불의 너울 속에 소녀의 얼굴이 타오르고 있었다.

– 언제 왔니?

소년이 장작더미에 기댄 등을 바로 세우면서 말했다.

– 오빠, 많이 피곤해 보인다. 공부가 힘든가 봐.

소녀가 소년의 옆에 쪼그려 앉아 손을 아궁이 가까이로 내밀어 불을 쬐며 말했다. 소녀는 이제 밝은 연두색의 털스웨터를 입고 있었다. 가슴이 봉긋했다. 장작불에 비친 소녀의 귓불이 빨갛게 익어가고 있었다. 소년은 문득 소녀를 어스러지도록 껴안고 싶었다.

– 회의는 마쳤니?

소년은 충동을 감추려 얼굴을 손바닥으로 문지르며 말했다.

– 응, 회의는 모두 마치고, 그냥 얘기들 하고 있어. 문득 오빠 생각이 나서 방에 가보니 없어서…. 찾아다녔어.

– 홍익회 활동은 어때? 재미있니?

– 재미있다기보다는 참 느낄 점이 많아. 배울 점도 많고. 매주 토요일 단전호흡 수련을 하는데, 수련을 하고 나면 내 영혼이 한층 맑아진다는 느낌이 들어. 이제까지는 성당에 다니면서도 그저 막연하게만 느껴오던 하느님의 실체를 더욱더 뚜렷하게 느낄 수 있어.

– 단전호흡 같은 것을 성당에서는 미신으로 터부시하는 것이 아니니?

– 나도 처음에는 그렇게 생각했는데, 그렇지 않아. 인도의 요가나 불교의 참선이 인간정신을 일깨워 궁극적으로는 깨달음에 이르기 위한 하나의 방법이라면, 단전호흡 또한 우리의 정신을 둘러싸고 있는 헛된 욕망에서 벗어나 참된 자아를 발견하여 깨달음에 이르기 위한 우리 선인들의 정신수련법이야. 단전호흡을 통한 명상에 들어가면 나의

본성이 어디에서 연유하는지, 스스로의 내가 누군지 더욱 명확하게 바라볼 수 있게 돼. 참된 나를 발견하는 순간, 과거부터 나의 내면에 존재하고 있었지만, 내가 알지 못했던 신성神性을 발견하게 돼. 이때 나는 하나님과 더욱 가까이 있다는 것을 알게 돼. 하나님의 사랑에 대하여 감사하는 마음을 갖게 돼. 단전호흡은 종교와 배타적인 것이 아니야. 나는 단전호흡 수련을 통하여 하느님의 존재를 더욱더 확신하게 되었어. 단전호흡은 나의 신앙심을 더욱 굳게 해주고, 더욱 맑은 영혼으로 하느님께 다가갈 수 있게 해. 하나님께서 항상 나의 영혼을 보살피고 계시다는 사실을 선험적으로 느끼게 해줘. 그래서 나는 이 세상의 모든 것들에 대하여 감사하는 마음을 갖게 돼. 그것이 나에게 평화를 주고, 안식을 주고, 인간의 영혼을 위하여 스스로 십자가에 매달린 예수님과 같이 나 또한 다른 사람의 영혼을 위하여 나를 희생할 수 있다는 용기와 신념을 줘. 그런 의미에서 단전호흡은 내 몸을 통하여 하느님에게 더욱 가까이 다가갈 수 있는 지름길이야. 그것은 우리의 내면에 있는 신성을 일깨움으로써 하느님의 세계로 들어가는 올바른 문을 발견할 수 있는, 체험을 통한 방법론이라고 할 수 있어. 그런데 오빠? 오빠가 많이 수척해 보이고, 힘들게 보여. 어디 아픈 것 아니야?

– 그렇게 보이니? 걱정하지 마. 아프지 않아. 그것보다도 무엇 때문인지는 몰라도 두렵고 불안해.

– 무엇이? 뭐가 두렵다는 거야? 시험에 자신이 없어서?

– 아니, 시험이야 열심히 하면 되겠지. 그것보다는 어느 날 문득 네가 내 곁에서 사라져버릴지도 모른다는 생각이 들어서….

이제까지 소년은 단 한 번도 소녀를 향한 자신의 마음을 직접적으로 표현한 적이 없었다.

– 오빠, 많이 지쳤나보다. 걱정하지 마. 나는 언제나 오빠 곁에 있을 거야.

소녀가 소년의 손을 잡았다. 따뜻했다. 소년의 마음속에 항상 응어리로 맺혀 있던 불안이 그 말 한 마디에 녹아내리고 있었다. 눈시울이 뜨거워지고 있었다.

– 고마워.

소년의 말은 떨리고 있었다.

– 나는 언제나 오빠 곁에 있을 거야. 오빠도 내가 힘들 때 도와줘.

장작불이 발갛게 타오르고 있었다. 소녀의 얼굴도 발갛게 타오르고 있었다. 소년의 가슴도 뜨겁게 타오르고 있었다. 순간, 소녀를 와락 껴안았다. 소녀는 반사적으로 소년의 가슴을 떠밀었다. 그러나 소년은 더욱 세차게 소녀를 껴안았다. 벅찬 가슴이 소용돌이치고 있었다. 소녀의 봉긋한 가슴이 뭉클했다. 머리카락에서 아카시아 향기가 났다. 그 향기가 소년의 머리를 현혹시켰다. 향기로웠다. 입술을 더듬었다. 소녀가 고개를 돌려 피했다. 두 손으로 소녀의 얼굴을 감쌌다. 입술이 입안으로 들어왔다. 따뜻하고 매끄러웠다. 벅찬 감동이었다. 이 순간, 시간이 영원히 멈추어 버렸으면….

아궁이에서 장작개비가 탁탁 타고 있었다. 골짜기 바람이 휘몰아쳤다. 뒤뜰 대숲이 울었다. 그 바람 속으로 소년을 부르는 소리가 크게 울리고 있었다. 대장이었다. 대장의 목소리가 소년의 귀를 울리고 있었다. 소년은 영원했던 꿈에서 깨어났다. 포옹을 풀었다.

소녀는 고개를 숙여 절레절레 흔들고 있었다. 눈물이 방울방울 부엌 바닥에 떨어지고 있었다. 그 눈물은 소년의 영원했던 순간과는 거리가 멀다는 느낌이 들었다. 슬펐다. 소녀가 조용히 일어섰다. 소년은 소녀를 잡지 못했다.

목탁소리가 들렸다. 새벽 네시, 보살 할머니가 암자의 경내를 돌며 어둠에 잠긴 영혼들을 깨우고 있었다. 보살 할머니의 목탁소리는 새벽 예불과 함께 하루도 빠지지 않는 규칙적인 도량이었다. 비가 오나 눈이 오나 도량 도는 일을 거르는 날은 거의 없었다. 이 목탁소리는 시간을 맞추어 놓은 자명종이었다. 무간암에서 생활하게 된 이후, 소년은 언제나 이 목탁소리에 잠을 깨 책상 앞에 앉곤 했다.

소년은 선뜻 일어날 수가 없었다. 함께 자고 있는 대장과 일행들을 깨우고 싶지 않았다. 그때 대장도 잠을 깼는지 몸을 뒤척였다. 소년은 그대로 잠든 체했다. 대장이 조용히 일어나 방문을 열고 나갔다. 방문을 열자 한기가 훅 끼쳤다. 밖은 추울 텐데, 이 추운 새벽에 대장은 뭐 하러 나가는 걸까?

소년은 궁금했다. 조용히 일어나 벽에 걸어놓은 외투를 벗겨 입고 뒤따라 밖으로 나갔다. 눈 덮인 산위로 별이 쏟아지고 있었다. 온몸으로 오싹하니 한기가 스며들었다. 외투 깃을 여몄다.

대장은 하얗게 눈이 덮인 마당을 가로질러 계곡으로 내려가고 있었다. 물가에 다다른 대장이 옷을 벗고, 물속으로 천천히 들어가 앉았다.

살을 에는 추위도 대장은 전혀 느끼지 못하는 것 같았다.

소년은 절의 마당가에서 이만치 떨어져 서서 대장을 지켜보고 있었다. 하얀 눈밭이어서 별빛 아래서도 주위가 훤했다.

얼마나 시간이 지났을까. 대장이 물속에서 나왔다. 가져간 수건으로 몸을 닦고 바지를 입었다. 상체를 그대로 드러낸 대장이 계곡가 눈이 쌓여 있는 넓은 바위 위에 올라섰다. 그리고는 커다랗게 원을 그리면서 두 팔을 머리위로 들어 올려 손바닥을 마주치고는 다시 손을 내려 합장을 하고 허리를 숙였다. 다시 허리를 세운 대장이 팔을 천천히 벌렸다가 가슴 앞에까지 오므리고, 다시 벌려 두 손을 수평으로 펴서 아래위로 너울거렸다. 그 동작은 흡사 학이 천천히 날개 짓을 하는 것 같았다. 그러한 순간이 지나자, 이제는 동작이 점차 커져 허리가 휠 듯이 뒤로 젖혀지는가 싶더니 다시 몸을 일으켜 세워 두 다리를 수평으로 벌려 가랑이가 바닥에 닿기도 했다.

하얀 눈이 쌓인 바위 위에서, 마치 무아의 지경에 빠진 듯 너울대는 동작은 아주 경건하고 우아했다. 별빛이 내리는 하얀 눈밭에서 대장의 춤 같은 그러한 동작은 소년을 신비로운 세계로 이끌고 있었다. 그 동작에 따라 최면에 걸린 듯, 소년도 몸으로 따뜻한 기운이 퍼져 어느 새 추위를 잊고 있었다.

– 오빠, 일찍 일어났네.

소년은 언뜻 정신을 차렸다. 소녀였다. 두툼한 등산복에다 목도리로 목을 칭칭 감은 소녀가 마당을 가로질러 걸어오고 있었다. 소년이 소리를 내지 말라는 표시로 손가락을 입술에 댔다. 그리고는 계곡의 바위 위에서 춤을 추고 있는 대장의 모습을 손으로 가리켰다. 소녀가 대장의 모습을 보고 깜짝 놀라 그 자리에 멈추어 섰다.

눈 덮인 하얀 산 위로 무수한 별들이 쏟아지고 있었다. 대장의 춤은 계속되고 있었다. 그 춤과 함께 별빛이 일렁거리고 있었다. 그 춤이 어둠을 걷어내고 있었다.

소녀는 마치 숨이 멎은 듯 꼼짝없이 대장의 동작을 바라보고 있었다.

별빛이 희미하게 쓰러지고 있었다.

대장의 춤 속에서 날이 밝아 오고 있었다.

새로운 또 하나의 우주가 열리고 있었다.

사월의 노래

곽판사: 변호인의 신문에 대하여 검사는 다시 신문할 사항이 있는가요?

– 예.

용훈이 다시 꽹과리를 든다.

김용훈 검사(피고인 김준하에게)

문: 피고인은 위와 같은 동아리회의 회장으로 있을 때, 피고인이 작곡한 '사월의 노래'라는 제목의 악보와 불법폭력 시위를 선동하는 내용의 대자보를 당시 학교 게시판에 부착한 사실이 있지요?

답: 노래를 작곡한 사실은 있습니다. 그러나 불법시위를 선동하는

대자보와 악보를 게시판에 부착한 사실은 없습니다.

문: 그렇다면 당시 대자보 또한 수사기관에서 조작한 것이란 말인가요?

답: 그렇습니다.

문: 당시 피고인은 불법 폭력 시위를 주동한 사실이 없었다는 것인가요?

답: 당시의 시위는 시민들의 자발적인 시위였습니다. 당시 나는 폭력으로 치닫는 시위를 배격하고 평화적인 시위를 하고자 호소했습니다.

문: 피고인의 주장대로라면 당시 수사기관은 피고인에게 불법시위를 주동한 혐의를 씌웠다는 것인가요?

답: 그렇습니다.

문: 그렇다면 피고인에게 그러한 누명을 씌운 당시의 공안검사인 김인환에게 보복할 생각이 들었던 것은 당연하겠네요?

답: 그렇습니다.

준하는 무슨 생각을 하고 있는 것일까? 왜 살인의 동기가 될 수 있는 사실에 대하여 순순히 시인하는 것일까? 살인의 동기를 배제시켜야 한다는 것을 모르고 있는 것일까? 그렇지는 않을 것이다. 준하는 성격상 거짓말을 하지 못한다. 거짓말을 하기보다는 오히려 처벌을 달게 받을 것이다. 준하의 진술은 모두가 사실이다. 그것은 기영 자신이 너무도 잘 알고 있다.

그런데 유독 김인환을 살해한 부분에 대하여는 대답을 회피하고 있다. 그렇다면 준하는 정말 김인환을 살해한 것일까? 김인환을 살해하지 않았다면 준하는 당당하게 공소 사실을 부인할 것이다. 그런데도 대답을 회피하고 있다. 거짓말을 하지 못하는 그의 양심이 공소 사실에 대하여 대답을 회피하게 하고 있는 것은 아닐까? 그렇다. 준하가 김인환을 살해한 것이다. 다만, 그가 공소 사실을 인정해 버리면 그가 말하는 굿판이 깨어져버리기 때문에 그는 공소 사실을 부인하는 거짓말을 하는 대신 묵비권을 행사하고 있는 것이다.

용훈은 이와 같은 준하의 내면을 이미 이렇게 꿰뚫고 있다. 용훈의 판단이 과연 옳은 것일까?

*　*　*

사월!

그 격렬했던 혼란의 시기.

사월의 노래, 우리 모두가 아픈 가슴으로 불렀던 그 노래.

너무 아파 눈물을 흘리며 불러야 했던 그 노래. 그 아픔의 노래.

앙상한 가지 위에 새 움이 돋아나고 꽃이 피고 있었다. 그러나 꽃잎 속에는 칼날이 숨어 있었다. 그 칼날이 상식을 난도질하고 하고 있었다. 그 칼날은 외견상 법의 이름을 빌려 정의로 포장되어 있었지만, 정작 그 법의 집행에는 정의도 상식도 없었다. 상식이 배제된 법을 따를 필요가 있는가. 이 같은 법에 대한 공부가 무슨 의미가 있는가.

소년이 공부하고 있는 법의 이념과 현실은 너무도 달랐다. 그것이 소년을 우울하게 했다. 소년의 미래도 불투명했다. 아니, 이러한 현실에 소년은 질식할 것만 같았다.

사월이 되었지만 학내 분위기는 무거웠다. 민주화를 위한 독재타도, 유신철폐라는 소리가 조용히 퍼질수록 보이지 않는 힘이 교정을 압도하고 있었다. 그 힘은 어두웠고, 질기고, 두려웠다. 모두가 억눌린채 어두운 힘의 지배에 숨을 죽이고 있었지만 또 다른 힘이 서서히 꿈틀거리고 있었다.

소년은 도서관에 웅크려 있었다. 마치 쥐구멍의 생쥐처럼 소년은 도서관의 칸막이 책상위에 웅크려 있었다. 문을 닫을 시간이 다 된 도서관에는 소년과 몇몇 학생이 드문드문 책상에 앉아 있을 뿐이었다. 소년은 가방을 챙겼다. 오늘도 습기 머금은 자취방으로 돌아가야 했다.

비가 내리고 있었다. 아직 장마철은 아니지만 사흘 동안이나 계속하여 비가 내리고 있었다. 축축하고 질척거렸다. 소년은 도서관을 나와 질척거리는 교정을 걸어 내려왔다. 바람이 세차게 불고 있었다. 바람 때문에 우산은 거의 소용이 없었다. 게시판이 보였다. 게시판을 밝히기 위하여 서 있는 가로등 주위로 비가 바람에 흩날리고 있었다. 평소 같으면 소년은 게시판을 그냥 지나갔을 것이었다. 그러나 그날따라 소년은 무엇에 이끌리듯 게시판 앞으로 다가갔다. 게시판에 부착된 대자보 하나가 소년의 눈에 들어 왔다. 압핀이 꽂힌 왼편 아래쪽의 끝 종이가 바람에 나부끼는 깃발처럼 팔랑이고 있었다.

대자보에는 악보와 구호가 적혀 있었다. 악보의 제목이 '사월의 노래' 라고 되어 있었다.

사월의 노래

* 청년 학도여! 언제까지 엎드려 있을 것인가. 이제 일어나자.

일어나, 새로운 민주의 노래를 힘차게 부르자.

독재타도, 유신철폐의 그 날까지.

위험한 대자보였다. 언제, 누가 붙여 놓았는지는 알 수 없었지만 대자보가 붙여진 지는 얼마 되지 않은 것 같았다. 학교 당국에서 이 대자보를 보았다면 이미 수거했을 것이다. 아직 게시판에 붙어 있는 것으로 보아 아직은 학교 당국이나, 보이지 않는 감시의 눈이 대자보를 보지 못한 것 같았다.

'사월의 노래' 라는 제목이 붙은 악보와 가사의 내용은 분명 이승만 정권을 무너뜨린 4 · 19 의거를 되새겨 다시 한 번 독재타도, 민주화를 위하여 학생들이 궐기하자는 내용이었다.

드디어 누군가가 깃발을 든 것이다. 대자보를 붙인 주인공은 누구인가? 소년은 대자보에 적힌 악보를 따라 천천히 노래를 불러 보았다. 대자보에 적힌 악보의 가락이 어쩐지 낯설지가 않았다. 어디선가 들어본 선율이라는 생각이 들었다. 순간 소년은 전율을 느꼈다. 악보의 선율은 대장이 소년에게 불러준 노래가 분명했다.

그것이 언제였던가. 그렇지. 대장과 소녀가 대학에 합격을 했던 겨울이었다. 그때 소녀와 대장이 고향집에서 공부를 하고 있는 소년을 찾아왔었다. 그날 세 사람은 무간암으로 가서 무간 스님을 만났고, 다음날 무간암에서 내려오는 길이었다. 무간 스님 앞에서 홍익의 길을 가겠다고 했던 대장이 암자를 내려오는 산길에서 노래를 불렀었다. 그때 대장은 그 노래가 아버지가 추구했던 홍익의 길을 가겠다는 자신의 의지를 나타낸 것이라고 했었다. 대자보에 적힌 악보의 선율은 그때 대장이 부른 노래의 선율이 틀림없었다. 그러고 보니 악보의 가사 또한 그때 대장이 부른 노래의 가사와 유사했다. 다만, 가사에 나타난 민중이라던가, 민주라는 정치색을 띤 단어는 없었던 것 같은 생각이 들었다.

그렇다면 대장이 그때의 가사를 다르게 손질하여 대자보로 붙인 것일까? 충분히 가능한 일이었다. 어쨌든 대자보는 대장과 대장이 회장으로 있는 홍익연구회와 관련이 있을 것이다.

소년은 불안해지기 시작했다. 이제까지는 막연하게만 느끼고 있던, 보이지 않는 두려운 눈이 뚜렷한 실체로서 부각되기 시작했다. 그 눈이 불온 대자보를 그대로 묵과하지는 않을 것이다. 섬뜩했다. 홍익연구회와 관련이 있다면 대장뿐만 아니라 소녀도 연관된다. 그렇다면 소녀가 위험하다. 그 위험으로부터 소녀를 구해야 한다.

소년은 도망치듯 게시판 앞을 벗어나 공중전화 부스로 달려갔다. 이미 밤이 깊었지만 전화를 해야 할 것 같았다. 그러나 세 번이나 전화를 걸었지만 아무도 전화를 받지 않았다. 초조했다. 입안이 바싹 바싹 타들어가고 있었다.

바람은 더욱 거세지고, 비는 더욱 줄기차게 내리고 있었다. 비바람 때문에 평소 번잡하던 학교 앞 거리는 텅 비어 있었다. 소년은 전화걸기를 포기하고 비가 쏟아지는 거리로 나왔다.

그때 소년의 눈에 유난히 밝은 네온사인의 레스토랑 앞에 서 있는 세 사람과 그 앞에 서 있는 고급 승용차 한 대가 눈에 띄었다.

순간 소년은 걸음을 멈추어 도로 옆 주점 처마 밑으로 몸을 숨겼다. 레스토랑 앞에 서있는 사람 중 두 사람은 분명 악동 녀석과 따까리 녀석이었다. 그런데 함께 있는 한 사람의 얼굴도 눈에 익었다. 분명히 어디에선가 본 적이 있는 사람이었다. 어디서 보았던가?

아! 그 친구다. 소년의 뇌리에 세모꼴의 얼굴이 떠올랐다. 언젠가 학사주점에서 대장과 함께 만난 적이 있는 친구였다. 연구회의 기획부장 겸 총무라고 했었지. 그런데 저 친구가 왜 악동 녀석과 함께 있을까? 따까리 녀석이 악동과 함께 있는 것은 전혀 이상할 것이 없었다. 혹시 기획부장이라는 저 친구도 악동 녀석과 같은 패거리가 아닐까? 저 친구가 악동 녀석과 함께 무슨 음모를 꾸미고 있는 것은 아닐까? 소년의 머릿속에 불현듯 불길한 생각이 스쳤다.

습기 찬 눅눅한 자취방으로 돌아와 누웠으나 소년은 쉽게 잠들지 못했다. 대장이 작곡한 노래가 실린 대자보가 있었고, 악동 녀석과 기획부장이라는 친구가 함께 있었다는 것이 단순히 우연일 것 같지는 않았다. 악동 녀석과 기획부장이라는 친구가 대자보와 관련이 있는 것은 아닐까? 비바람은 여전히 세차게 불고 있었다. 문틀에 잘 맞지 않은 창문이 밤새 털컹거렸다. 그 소리는 소녀와 대장을 염려하는 소년의 마음을 더욱 불안에 떨게 했다.

소년은 새벽이 되어서야 잠이 들었다.

대자보에 실린 노래가 빠르게 학생들의 입으로 퍼져나갔다. 도서관 앞 잔디밭에서도, 어두컴컴한 강의실 복도에서도, 구내식당에서도, 담배연기가 자욱한 학교 앞 주점에서도 대자보에 실렸던 노래가 흘러나오고 있었다.

그 노래는 신음소리와 같았다. 학생들은 그 노래를 부르면서 울음을 삼키고 있었다. 울음을 삼키면서 억압과 고통의 시대가 끝나기를 갈망하고 있었다. 대자보에 적힌 그 노래는 그러한 그들의 갈망을 노래하고 있었다.

소년은 그 대자보의 주인공이 과연 대장인지를 확인하고 싶었다. 그러나 대장을 만날 수가 없었다. 학교에도, 도서관에도, 집에도, 그 어디에도 대장은 보이지 않았다. 어디로 사라져버린 것일까?

소녀도 대장의 행방을 모르기는 마찬가지였다. 홍익연구회의 부회장인 남학생과 학술부장이라고 했던 여학생이 경찰의 조사를 받고 나왔다고 했다. 대장의 행방을 추궁했다고 했다. 부회장과 학술부장을 조사했다면 대장과 가까운 소녀도 조사를 할 것이다. 그러나 소녀를 조사하지는 않았다. 소년과 소녀, 대장 세 사람이 가장 가까운 사이라는 것을 보이지 않는 눈은 모르고 있는 것일까?

아니었다. 보이지 않는 눈은 바로 가까이 있었다. 소년의 자취방이 있는 골목에 낯선 남자의 모습이 자주 눈에 띄었다. 보이지 않는 눈은 소년을 감시하면서 대장이 접근할 날을 기다리고 있는 것이 틀림없었다. 그렇다면 소녀도 감시를 당하고 있을 것이었다. 소년은 대장이 소년의 자취방에도 소녀의 집에도 나타나지 않기만을 간절히 바라고 있었다.

그런데 도대체 대장은 정말 어디로 숨어버린 것일까? 그것보다 우선 대자보는 정말 대장이 붙인 것일까? 비록 대자보의 노래가 대장이 만든 노래라 할지라도 대장이 과연 자기의 노래를 직접 게시판에 붙였을까? 다른 사람이 한 짓은 아닐까?

소년의 이러한 의심은 대자보가 붙여진 날, 악동 녀석과 홍익문화연구회 기획부장이라고 하던 친구를 보았기 때문이었다. 어쩌면 대자보 사건은 악동과 기획부장인 그 친구의 음모일지도 모른다. 소년은 악동의 해악을 떠올리며 다시 두려워지기 시작했다.

여름방학이 되자마자 소년은 짐을 꾸렸다. 우선 감시의 눈에서 벗어나고 싶었다. 소녀가 궁금했지만 그만 두었다. 거기에도 감시의 눈이 있을 것이었다. 괜히 소녀를 만났다가 그녀에게 어떤 해를 끼칠 것 같았다.

무간암을 찾기로 했다. 대장이 무간암으로 연락을 할지도 모른다는 생각도 들었다.

무간암은 짙은 녹음 속에 잠겨 있었다. 스님은 없었다. 한동안 소년은 모든 걸 잊고 숲과 계곡에 머물며 공부에 몰두할 수 있었다. 그러나 감시의 눈은 짙은 녹음 속에도 숨어 있었다.

늦은 오후였다. 더위를 식히고자 계곡물에 몸을 담그고 돌아오니, 요사채 마루턱에 남자가 앉아 있었다. 눈초리가 매서웠다. 남자의 허름한 반소매 셔츠가 땀에 흠뻑 젖어 있었다. 소년은 그 남자가 자취방 골목을 기웃거리던 남자임을 한 눈에 알 수 있었다.

남자는 자기가 누구라는 말도 없이 대뜸 소년에게 물었다.

– 대장(대장의 이름을 불렀다)을 아는가?

– 알지만, 가까운 사이는 아닙니다.

– 그와는 어떤 사이인가?

– 고등학교 동창이지만 친하게 지내지는 않았습니다.

– 지금 그는 어디에 있는가?

– 모릅니다.

– 학교에 붙은 대자보를 본 일이 있는가?

– 없습니다.

– 대자보에 적혀 있었던 노래는 아는가?

– 모릅니다.

– 대자보의 노래는 그가 만들었는가?

– 모릅니다.

– 대자보를 대장이 붙였는가?

– 모릅니다.

– 너도 홍익연구회 회원인가?

– 아닙니다.

– 왜 암자에 와 있는가?

– 사법시험 준비를 하고 있습니다.

– 그의 소식을 들었는가?

– 못 들었습니다.

남자의 질문은 건방지고 불쾌했다. 더 이상 캐묻지 않고 떠난 것이 그나마 다행이었다. 대장과 친하게 지내지 않는다는 대답은 대장에게 좀 미안했다.

무간 스님이 돌아왔다. 절을 떠난 지 달포가 넘었을 것이었다. 저녁 공양을 마치고 나오는 소년을 스님이 불렀다. 스님은 마당에 서서 뒷짐을 진 채로 먼 산을 바라보고 있었다.

– 헛된 곳에 마음을 어지럽히고 있구나.

스님이 말했다. 소년은 스님이 하는 말의 뜻을 알 수 없어 잠자코 있었다.

– 그 아이의 소식이 궁금하냐?

여전히 먼 산을 응시한 채 스님이 말했다.

– 그 아이는 내가 마음공부를 좀 시키려고 어떤 곳에 맡겨 두었다. 그러니 너도 헛된 곳에 마음을 쓰지 말고 그냥 공부에 전념해라. 네가 마음을 쓴다고 그 아이의 신상에 변화가 올 것도 아니니다. 네 마음만 어지러워질 뿐이다.

대장이 먼저 무간암을 다녀간 모양이었다. 스님은 대장이 있는 곳을 알고 있는 것이 분명했다. 대장의 소식이 궁금했다.

– 저, 스님?

그러나 스님은 아무 말 없이 거처로 걸음을 옮기고 있었다.

서늘한 바람이 불어왔다. 계곡의 물소리가 어둠 속으로 잦아들고 있었다.

그 해 팔월, 야당 당사에서 농성을 벌리던 YH무역 여성근로자들이 폭염 속에서 울부짖고 있었다. 권력은 자신의 비대해진 힘을 쓸 곳을 몰라 비틀거리고 있었다. 백칠십이 명의 연약한 여성근로자들이 그 열 배나 넘는 정, 사복 경찰관들에 의해 야당의 당사에서 끌려나오고 있었다. 이 와중에서 한 명의 연약한 여성 근로자가 건물 창문에서 뛰어내려 꽃다운 생명을 잃었다.

비가 내렸다. 태풍 주디가 몰고 온 비바람이 전국을 휩쓸고 지나갔다. 그 비바람은 부패한 권력을 닮아 있었다. 부패한 권력은 태풍이 몰고 온 탁류와도 같이 거침없이 흐르고 있었다. 어느 누구도 그러한 탁류에 맞설 수가 없었다. 모두가 숨을 죽이고 있었다. 소년도 그러한 탁류를 먼발치에서 바라만 보고 있을 뿐이었다.

무간 스님의 말이 있었지만, 여전히 대장이 걱정되었다. 대장은 어디에서 무엇을 하고 있는 것일까?

그 해 여름은 폭염과 비바람에 깊은 신음소리를 내고 있었다.

도서관이 갑자기 소란스러워졌다. 함성이 크게 울렸다. 도서관에 있던 학생들이 우루루 창문 쪽으로 몰려갔다. 대자보에 있던 '사월의 노래' 소리가 들렸다. '선구자' 의 노래 소리도 들렸다. 누군가가 외치고 있었다.

– 청년학도여! 지금 우리들은 무엇을 하고 있는가? 우리의 조국이, 우리의 주권이 독재자에 의해 유린당하고 있다. 이대로 마냥 독재자의 횡포를 방관하고 있을 것인가?

와, 함성이 다시 울렸다. 도서관 앞에서 집결한 데모대의 행렬이 교문으로 나가고 있었다. 도서관에서 누군가가 외쳤다.

– 여러분! 역사의 방관자가 될 것입니까? 우리 모두 함께 나아갑시다.

와, 함성소리가 도서관에도 울렸다. 학생들 대부분이 가방을 챙겨들고 있었다. 도서관에 있던 학생들이 물밀 듯이 빠져나가 데모대에 합류했다.

드디어 시작되는가. 소년은 중얼거렸다.

여름방학을 끝나 돌아온 학교는 혼란스러웠다. YH무역 여성근로자의 농성을 진압하기 위한 군경의 야당 당사 진입이 학생들의 울분을 촉발시켰다.

소년이 공부한 헌법에는 분명 주권은 국민에게 있었다. 그러나 현실은 그렇지 않았다. 엄연히 국민에게 있어야 할 주권은 독재자의 수중에 있었다. 그러나 어느 누구도 빼앗긴 주권을 돌려달라는 말을 할 수 없었다. 보이지 않는 눈은 매섭고 차가웠다. 그 누구도 그 차가운 눈의 감시를 벗어나지 못하는 것 같았다.

그 해 시월 초, 야당 총재가 국회에서 제명을 당했다. 야당 총재가 말했다.

– 선거에서 1.1% 이긴 야당 총재를 의회에서 추방한다는 것은 민주주의 자체를 추방하는 것이며, 의회정치의 조종弔鐘을 의미하는 것이다.

그때까지도 학내는 조용했다. 그러나 그것은 폭풍전야의 고요함이었다. 드디어 폭풍이 휘몰아쳤다. 누군가가 억눌려 있던 분노의 용광로에 불길을 당겼던 것이었다.

소년도 가방을 챙겼다. 소년은 텅 비어버린 도서관 앞의 광장을 천천히 걸어 내려갔다. 광장에 운집해 있던 학생들은 이미 교문 쪽으로 모두 빠져 나간 뒤였다. 교문 앞에서 외치는 시위대의 구호소리가 들렸다.

– 유신철폐

– 독재타도

교문 밖에는 이미 시위대를 진압하기 위한 경찰이 대오도 정연하게 도열해 있었다. 시위대와 진압 경찰이 교문을 사이에 두고 대치했다. 학생들이 교문 밖으로 진출을 시도했다. 검은 지프 한 대가 페퍼포그를 뿌리며 학생들을 깔아 뭉길 듯 달려들고 있었다. 그 지프를 따라 진압 경찰이 학생들에게 달려들기 시작했다. 학생들의 대오가 순식간에 무너졌다. 그러나 흩어진 학생들은 이내 다시 교문 쪽으로 집결했다. 진압 경찰이 다시 달려들었다. 학생들이 흩어졌다. 교문을 사이에 두고서 진압 경찰과 학생들의 교전은 치열하게 전개되고 있었다.

오전부터 시작된 공방은 오후에도 계속되었다. 시위대의 교문 밖 진출은 봉쇄되었다. 시위대가 흩어지기 시작했다. 시위대의 숫자는 현저히 줄어들어 있었다. 시위대가 가득 메우고 있던 정문에서 교정으로 올라가는 아스팔트 길 위에 흰색 페인트의 커다란 글씨가 보였다.

〈B역 광장으로〉

교문을 봉쇄당하자 B역 광장에서 모이자는 뜻으로 적어 놓은 것으로 보였다. 시위대는 이제 거의 남아 있지 않았다. 진압 경찰도 철수를 하고 있었다. 아니 철수하기보다는 시위대의 새로운 집결장소인 B역 광장으로 이동할 것이다.

소년은 천천히 정문을 향해 걸어 내려왔다. 아직도 남아 있는 최루가스가 따가웠다. 소년은 망설였다. B역 광장으로 가야 하나….

– 오빠!

정문 쪽에서 마스크를 한 소녀가 뛰어오고 있었다. 숨이 가빴다. 마스크를 벗었다. 붉게 충혈된 눈에 눈물을 줄줄 흘리고 있었다. 소녀의 몸에서 강한 최루가스 냄새가 풍겼다. 의외였다. 전혀 생각지도 못한 일이었다. 소녀가 시위에 참가하고 있을 줄은 꿈에도 생각하지 못한 일이었다.

– 어떻게 된 일이니? 다친 데는 없어?

소년이 놀라서 말했다.

– 응, 그것보다 오빠를 보았어. 시위대의 맨 앞에 있었어. 아마 역으로 갔을 거야. 빨리 오빠를 찾으러 가.

대장이 사라진 이후로 그 누구보다도 초조해 했던 사람은 소녀였다. 무간 스님을 만나러 가야겠다고 떼를 쓰는 소녀를 겨우 설득하고 있었다.

소녀가 막무가내로 소년의 손을 잡아끌며 교문을 향하여 뛰기 시작했다. 진압 경찰은 이미 철수를 한 뒤였지만, 시위대와 경찰이 공방을 벌이고 있던 교문 근처는 여전히 강한 최루가스가 가시지 않고 있었다.

소년과 소녀는 자욱한 최루가스를 뚫고 달렸다. 코가 따가웠다. 기침이 났다. 눈물이 흘렀다. 역으로 가는 시내버스의 출입문에 매달린 학생들의 모습이 보였다. 소년과 소녀도 버스를 향해 달려갔다. 버스에 먼저 타고 있던 학생들이 창문 밖으로 손을 내밀어 빨리 오라고 손짓하고 있었다. 시위대는 어느 누구의 지휘조차 없는데도 한 세력으로 결집되어 있었다. 그것은 거센 노도와 같이 흐르고 있었다.

소년과 소녀가 B역 광장에 도착하였을 때, 광장 외곽은 이미 경찰에 의해 에워싸여 있었다. 진압 경찰은 광장의 외곽을 에워싸고 광장을 점령한 시위대의 확산을 철저히 차단하고 있었다. 시위대는 광장에 줄을 지어 앉아서 구호를 외치고 있었다.

– 유신철폐

– 독재타도

줄을 지어 앉은 시위대 앞에 서서 선창으로 시위를 주도하고 사람들이 있었다. 그들은 모두 붉은 머리띠를 두르고 있었다.

– 저기 오빠가 있어.

진압 경찰의 방패너머로 시위대를 살피고 있던 소녀가 선창을 하고 있는 사람들 중의 하나를 가리키며 말했다. 소년은 소녀가 가리키고 있는 사람을 보았다.

대장이었다. 붉은 머리띠를 두르고 팔을 걷어붙인 대장이 광장에 앉은 시위대의 앞에 서서 구호를 선창하고 있었다.

– 저기로 가야 해.

소녀가 발을 구르며 말했다. 그러나 겹겹이 둘러싼 진압경찰의 벽을 뚫을 수는 없었다. 그때 광장에 있던 시위대가 모두 일어서며 외치고 있었다.

– 시청으로, 시청으로.

시위대가 움직이기 시작했다. 진압 경찰이 시위대의 전면으로 포진했다. 횡렬로 늘어서 서로 어깨동무를 한 시위대가 스크럼을 짜고서 경찰 쪽으로 밀려오기 시작했다.

– 펑, 펑, 펑.

최루탄이 발사되었다. 시위대의 전면에서 하얀 최루가스 연기가 피어올랐다. 시위대가 순식간에 흩어지며 뒤로 물러났다. 그러나 다시 대오를 정비하고 진출을 시도했다. 하얀 연기가 또 피어올랐다. 시위대가 흩어졌다. 최루가스가 바람을 타고 날아오자, 시위대를 구경하고 있는 군중들이 재채기를 하며 뿔뿔이 흩어지기 시작했다.

소년도 최루가스를 피하는 와중에 군중 속으로 휩쓸리고 말았다. 소녀가 없었다. 군중 속을 헤치며 소녀를 찾기 시작했다.

– 와!

그때 갑자기 시위대를 구경하고 있는 군중들이 소리를 질렀다. 소녀를 찾고 있던 소년이 다시 시위대가 있는 광장을 바라보았다.

아! 저게 누구인가. 소년은 자신의 눈을 의심하지 않을 수 없었다. 소녀였다. 어떻게 진압 경찰의 벽을 헤치고 나갔는지, 소녀가 시위대와 진압 경찰이 대치한 사이의 텅 빈 공간을 가로질러 달려가고 있었다. 군중들의 함성은 시위대를 향하여 달려가는 소녀를 보고 지른 환호성이었다.

– 와!

또 다른 함성이 시위대에서 울려 퍼졌다. 함성과 함께 시위대 쪽에서도 누군가가 달려 나오고 있었다. 소년은 똑똑히 보았다. 대장이었다. 대장이 소녀를 향하여 달려 나오고 있었다.

– 와, 와, 와!

시위대와 군중들의 함성이 하나가 되어 광장을 메아리쳤다.

서로 마주보며 달려 나간 두 남녀가 시위대와 진압 경찰이 대치한 사이의 텅 빈 공간에서 격렬하게 포옹하고 있었다.

소년은 눈을 감고 말았다. 군중들의 함성과는 달리 소년은 서러움이 울컥 치솟았다. 소년은 군중 속을 벗어나 천천히 걸었다.

눈물이 흘렀다. 소년의 눈물은 최루가스 때문이 아니었다.

그날 자정을 기하여 B시 전역에 계엄령이 선포되었다. 라디오 방송에선 주요 간선도로를 시위대가 점령하고 있다는 소식을 계속 전하고 있었다. B시 전역에 군이 투입되었다는 방송이 뒤이어 나왔다.

대장은 여전히 시위를 주도하고 있을까? 소녀도 같이 있는 것일까? 서럽고 외로웠지만, 한편으론 대장과 소녀가 걱정되었다. 밤새 지친 소녀가 혹시 소년의 자취방으로 찾아올지도 모른다는 생각이 들었다. 그러나 소녀는 오지 않았다.

소년은 자신이 부끄럽고 한심했다. 대장과 소녀의 행동에 비하여 자신은 얼마나 나약한 모습인가. 평소 기도로 하느님의 사랑을 찾으며, 대장을 해쳤던 자들을 용서해야 한다던, 연약해 보였던 소녀조차 새로운 역사의 현장에 온몸으로 부딪히고 있지 않은가.

그런데 행여 소녀가 찾아올지도 모른다는 감상적인 생각으로 어두컴컴한 자취방의 벽에 기대어 앉아 있는 자신이 부끄러웠다. 이기적이고 방관자인 자신의 모습이 한심했다.

대장의 용기가 부러웠다. 역 광장을 달려 나가던 소녀의 용기도 부러웠다. 더 이상 방관자로 머물러 있을 수는 없다는 생각이 들었다. 대장만큼, 소녀만큼은 아니더라도 민주화라는 새로운 역사의 현장을 두

눈으로 똑똑히 지켜봐야 한다는 생각이 들었다.

소년은 거리로 나섰다.

지붕에 확성기를 설치한 국방색 군용 지프를 선두로 탱크 다섯 대가 늘어서서 시내로 진입하고 있었다. 탱크의 무거운 철제바퀴가 아스팔트위에 생채기를 내며 굴러가고 있었다. 탱크 포신이 금방이라도 불을 뿜을 듯이 입을 벌리고 있었다. 탱크 뒤로는 일단의 군인들을 태운 군용 트럭이 꼬리를 물고 있었다. 삼열종대로 총에 착검을 한 군인들이 탱크와 트럭의 좌우에서 줄지어 행군하고 있었다. 군인들 얼굴에는 표정이 없었다. 눌러선 철모 아래 눈만이 반짝였다. 감정이 없는 로봇처럼 보였다. 그럼에도 그들에게 적의가 느껴졌다. 살기가 풍기고 있었다.

탱크의 진입을 막기 위해 십 여대의 택시들이 도로를 점거한 채 방어벽을 구축하고 있었다. 그 방어벽 뒤로 시위대가 운집해 있었다. 학생들로 보이는 시위대의 전면에 나선 사람들 손에는 화염병과 쇠파이프가 들려 있었다. 일전을 불사할 태도였다.

선두의 지프가 방어벽을 구축한 택시의 전방 오십 미터 지점쯤에서 멈추어 섰다. 지프 지붕의 확성기에서 소리가 울렸다.

– 경고한다. 해산하라. 해산하지 않으면 무력 진압할 것이다. 해산하라.

확성기의 해산명령을 비웃듯 방어벽으로 구축한 택시에서 일제히 경적소리가 울려 퍼졌다. 경적소리를 신호로 시위대에서 '우' 하는 야유소리가 터져 나왔다. 확성기가 다시 울렸다.

– 다시 한 번 경고한다. 해산하라. 해산하지 않으면 즉시 무력진압에 나설 것이다. 해산하라.

– 빵빵, 우우.

택시에서 울리는 경적소리와 시위대의 야유소리가 다시 울려 퍼졌다. 이어 누군가의 선창에 따라 구호소리가 도로를 가득 메우기 시작했다.

– 독재타도.

– 유신철폐.

탱크가 앞으로 나오기 시작했다. 육중한 소리로 씩씩대며 택시를 덮쳤다. 택시에 타고 경적을 울려대던 기사들이 혼비백산 차를 버리고 달아났다. 탱크의 육중한 철제바퀴에 깔린 택시가 가랑잎처럼 부서지고 있었다. 탱크를 향해 화염병이 어지럽게 날아갔다. 그러나 탱크는 화염병 불길에도 끄떡없이 그대로 진격하고 있었다. 탱크에 의해 부서진 택시에서 불길이 타오르기 시작했다. 시위대가 후퇴하기 시작했다. 후퇴한 시위대는 탱크와 약 100미터 정도의 간격을 두고 다시 대오를 정비하여 대치했다. 탱크가 진입하면서 뒤로 물러났던 지프가 다시 전면으로 나왔다. 지프의 확성기에서 다시 한 번 경고방송이 울렸다.

– 다시 한 번 경고한다. 해산하라. 해산하라.

쇠파이프와 화염병으로 무장한 시위대 선봉대가 다시 전면에 도열하고 섰다. 소년은 선봉대 중에 혹시 대장이 있나 하고 살펴보았다. 그러나 그들은 모두 모자와 마스크로 얼굴을 가리고 있었다.

그때 시위대의 선봉대 앞으로 누군가가 걸어 나오고 있었다. 그는 모자도 마스크도 쓰고 있지 않았다.

대장이었다. 시위대의 앞에 선 대장이 시위대를 향하여 소리 높여 외쳤다.

– 민주를 열망하는 학생, 시민 여러분. 오늘 우리들은 이 나라의 민주화를 위하여 모였습니다. 민주 시민은 독재를 배격합니다. 민주 시민은 무력을 배격합니다. 민주 시민은 폭력을 배격합니다. 민주 시민은 평화를 사랑합니다. 민주 시민은 자유를 사랑합니다. 그런데 지금 여러분의 손에는 무엇이 들려 있습니까? 쇠파이프와 화염병이 들려 있습니다. 우리가 폭력을 행사하면 독재자와 무엇이 다릅니까? 무력과 폭력을 사용하는 독재자에게 대항하고자 똑같은 폭력을 사용할 수는 없습니다. 비폭력, 불복종으로 나아갑시다. 무기를 버리고 맨몸으로 저항합시다. 평화적인 시위로써 우리가 독재자보다 더 높은 의식을 가진, 진정한 민주 시민임을 보여줍시다. 그리하여 우리의 후손들에게 자랑스럽게 말합시다. 우리는 맨몸으로 저항하였노라고! 우리는 맨주먹으로 민주화를 쟁취하였노라고!

시위대와 군의 대치상황을 지켜보던 연도에 늘어선 시민들이 박수를 쳤다. 시위대의 선봉 중에 서있던 누군가가 대장이 서 있는 앞으로 걸어 나와 쇠파이프와 화염병을 대장의 발아래 놓았다. 그것을 시작으로 쇠파이프와 화염병 등 무기를 들고 있던 사람들이 하나 둘 앞으로 나오기 시작했다. 대장 앞에는 이내 시위대가 들고 있던 갖가지 무기들이 수북이 쌓여 갔다.

– 평화시위.

– 자유수호.

– 민주쟁취.

대장의 선창에 따른 시위대의 함성이 거대한 물결이 되어 흘렀다. 구호를 선창한 대장이 이번에는 대치하고 있는 진압 병력 쪽으로 걸어갔다.

– 우리는 이미 무기를 버렸습니다. 우리는 평화적인 시위를 할 것입니다. 진입하지 마십시오. 여러분들의 의무는 외부의 적으로부터 시민을 보호하는 것입니다. 여러분들이 보호해야 할 시민에게 무력을 행사하지 마십시오. 진입하지 마십시오. 우리들은 단지 민주화를 요구할 뿐입니다.

– 다시 한 번 경고한다. 해산하라. 해산하지 않으면 발포하겠다.

대장이 돌아섰다. 대장이 다시 시위대의 앞으로 돌아왔다. 그리고는 다시 구호를 외쳤다.

– 평화시위.

– 자유수호.

– 민주쟁취.

탱크의 좌우에서 진군하던 군인들이 탱크의 앞으로 나와 횡렬로 늘어서 발포 자세를 취했다. 단호하고도 절박한 소리가 확성기에서 다시 울렸다.

– 다시 한 번 경고한다. 해산하라. 해산하지 않으면 발포하겠다.

그러나 대장을 위시한 시위대의 선봉대는 서로 어깨동무를 하고서 오히려 군인들에게로 전진하기 시작했다. 확성기를 매단 지프의 창문으로 하얀 깃발을 든 손 하나가 나타났다. 선봉대가 더욱더 가까이 전진했다. 깃발이 아래로 내려졌다.

– 팡팡팡팡.

– 탕탕탕탕.

총소리와 함께 최루탄이 쏟아졌다. 하얀 최루가스 연기가 시위대를 덮쳤다. 총소리에 놀란 시위대가 순식간에 흩어졌다. 시위대를 지켜보던 시민들의 입에서 외마디 비명소리가 들렸다.

일순간 정적이 감돌았다. 도로를 뒤덮은 자욱한 최루가스의 연기가 서서히 걷혀가고 있었다.

그때 소년은 보았다. 서서히 걷히는 하얀 최루가스 연기 속에 대장이 홀로 도로 위에 우뚝 서있는 모습을. 자욱한 최루가스 연기 속에서도 대장은 말뚝이 되어 버린 듯 꼼짝 않고 서 있었다. 그러한 대장의 모습은 당당했다. 마치 하나의 석상 같았다.

시위대가 흩어지자, 탱크가 다시 육중한 철제바퀴를 굴리며 전진하기 시작했다. 탱크가 자신을 향하여 다가오는 데도 대장은 꼼짝하지 않았다. 오히려 두 팔을 활짝 벌려 탱크의 진입을 저지하고 있었다. 대장의 앞에까지 전진한 탱크가 멈추었다. 그때 탱크를 따르던 군인들이 무리지어 대장에게 달려들었다. 그러나 대장은 피하지도 반항하지도 않았다. 군인들이 휘두르는 총 개머리판이 대장의 몸 위로 무수하게 내리꽂히고 있었다. 잠시 뒤, 축 늘어진 대장을 군인들이 양쪽 팔을 잡고 질질 끌고 가고 있었다. 끌려가는 도중에 대장의 운동화 한쪽이 벗겨졌다. 탱크가 대장의 운동화를 깔아뭉개며 다시 전진하기 시작했다.

소년은 온몸이 부들부들 떨리고 있었다. 안 돼! 이것은 아니야! 이것은 결코 아니야! 소년은 달려가고 싶었다. 그러나 그것은 소년의 마음일 뿐, 달려갈 수가 없었다. 소년은 단 한 발자국도 움직일 수 없었다. 소년이 대장을 위하여 할 수 있는 일은 아무것도 없었다.

탱크와 군인들이 지나간 시위 현장의 도로는 텅 비었다. 소년은 그 도로 위에 섰다. 탱크가 깔아뭉개고 지나간 대장의 신발 한쪽이 마치 말린 오징어처럼 형체도 알아볼 수 없이 납작하게 도로 바닥에 붙어 있었다. 소년은 그 신발을 떼어 집어 들었다.

– 오빠!

울음 배인 소리가 들렸다. 소년이 고개를 들었다. 소녀가 서 있었다. 달려와 쓰러질 듯 소년의 품에 안겨 흐느꼈다. 품에 안긴 소녀의 어깨가 격렬하게 요동치고 있었다. 소년의 눈에서도 눈물이 흘렀다.

그 해 시월 말, 독재자가 쓰러졌다.

대장이 바라던 민주화의 시대가 올 것 같았다.

그러나 대장은 돌아오지 않았다.

어머니, 그 한의 영혼

문: 당시 피고인이 작곡한 '사월의 노래' 로 시발된 불법시위로 말미암아 피고인은 체포되어 재판을 받게 되었지요?

답: 당시 시위가 '사월의 노래' 로 시발된 것인지는 모르겠습니다. 그러나 그것은 불법시위가 아니었습니다. 당시의 시위는 시민들의 자발적 행위에 의한 평화적인 시위였습니다.

문: 그런데 피고인은 조사를 받는 과정에 국가보안법위반 혐의가 추가되었지요?

답: 그렇습니다. 그들은 내가 전혀 모르는 사실에 대하여 자백을 강요했습니다.

문: 그 강요는 피고인이 도저히 견딜 수 고문을 동반한 것이었지요?

답: 그렇습니다.

문: 그러한 증거조작과 고문을 통한 조작된 사건의 재판에서 피고인은 실형 삼년의 형을 선고받았지요?

답: 예.

문: 그 재판이 있었던 날, 피고인의 실형 선고에 충격을 받은 피고인의 어머니가 법정 앞 도로를 건너다가 교통사고로 사망하였지요?

답: 그렇습니다.

문: 피고인의 어머니가 당했던 사고는, 만약 사건의 조작이 없었더라면, 그리하여 피고인의 재판이 없었더라면, 재판이 있었더라도 피고인에게 실형이 선고되지 않았더라면 일어나지 않았을 사고였던 것 같은데, 그렇지 않은가요?

답: 재판이 없었다면, 어머니가 법정에 나오지 않았을 것이고, 그렇다면 그 장소에서의 사고는 일어나지 않았겠지요.

문: 피고인의 어머니는 아버지가 없는 피고인을 홀몸으로 키우셨지요?

답: 그렇습니다.

문: 그 어머니를 사랑하였나요?

답: 이 세상의 어느 누구보다도 더 아끼고 사랑하였습니다.

문: 그러한 어머니를 죽게 만든 원인을 제공한 사람이 당시 공안검사인 김인환이었지요?

답: 그렇다고 할 수 있겠지요.

문: 피고인, 다시 한 번 정리하겠습니다. 피고인은 당시 김인환이 조작한 사건 때문에 학교를 그만 두고 소년원에 가게 되었지요? 맞습

니까?

답: 그렇습니다.

문: 피고인은 김인환이 조작한 사건 때문에 국가보안법위반의 누명을 쓰고 삼년 동안을 교도소에서 보내게 되었지요? 맞습니까?

답: 그렇습니다.

문: 피고인의 어머니는 그 사건 때문에 교통사고로 사망하게 되었지요? 맞습니까?

답: 그렇다고 할 수 있습니다.

문: 그렇다면 피고인은 이와 같이 사건을 조작하고, 피고인이 가장 사랑했던 어머니까지 죽게 만든 김인환에게 보복할 마음이 생기지 않았습니까?

문: 보복할 마음이 생기지 않았다고 하면, 그것은 거짓말이겠지요. 당연히 보복하고픈 생각이 들었습니다.

답: 피고인, 이제 자백하는 것이 어떻습니까? 상피고인 박형기가 피고인과 함께 범행을 하였다고 자백했습니다. 범행에 사용된 도구가 피고인이 재직하는 연구소의 연못에서 발견되었습니다. 어떻습니까? 이래도 공소 사실을 부인하겠습니까?

기영이 준하를 보았다.

당당하던 준하의 눈에 눈물이 맺히고 있었다.

어머니! 가엾은 어머니, 평생을 인고 속에서 사셨던 어머니, 그 삶

자체가 한이 되어 버렸던 어머니, 그 영혼조차 한이 되어 버린 어머니. 지금 당신의 아들이 생명을 건 재판을 받고 있습니다. 어머니는 이 사실을 알고 계십니까. 어머니의 무덤가에는 지금 잡초만이 무성하게 자라 있을 것입니다. 무심한 산새소리만이 무덤가의 잡초를 어루만지고 있을 것입니다.

준하의 통곡 소리가 기영의 가슴을 울리고 있었다.

*　*　*

어느 누구도 독재의 시대가 그렇게 끝날 것이라고는 예상치 못했다. 예상하지 못했기에 혼란의 시대가 왔다. 그러한 혼란의 와중에서도 사람들은 민주 시대가 올 것으로 낙관했다. 진정한 국민주권의 시대가 올 것이라고 믿었다. 그러나 그것은 민주화를 열망하는 사람들의 희망일 뿐이었다. 혼란의 와중에서 새로운 독재권력이 잉태되고 있었다. 이른바 신군부의 등장이었다. 그 권력은 이제까지 모든 사람들 위에 군림하고 있었던 독재권력보다 더욱 무자비하고 냉혹했다. 민주화를 열망하는 사람들의 꿈은 좌절되었다. 희망이 컸기에 좌절도 더욱 컸다.

대장은 돌아오지 않았다. 독재시대의 종말과 더불어 돌아올 것이라고 예상했던 소년과 소녀의 기대도 좌절되었다. 더 짙고 어두운 암흑의 시대가 왔다. 소년은 그 짙고 어두운 암흑 속에서 길을 잃고 헤매고 있었다. 불빛은 어디에도 보이지 않았다.

그 해 겨울, 대장의 공판이 있었다. 안경도 서울에서 내려왔다. 공판이 열리는 법정은 어두웠다. 소년의 마음보다 더 어두웠다. 검은 법복을 입은 법관과 검사가 어둠 속의 유령처럼 대장을 지켜보고 있었다.

대장의 모습은 초췌했다. 초췌했지만, 그러나 대장은 그들 유령 앞에서도 전혀 위축되지 않는 모습이었다. 대장의 눈빛은 밝게 빛나고 있었다. 대장은 어두운 법정에서 유일하게 빛을 내고 있는 사람이었다.

유령이 물었다.

– 1979년 시월, 피고인은 B역 광장 및 도심에서의 불법 소요 사태 당시 시위를 주동한 사실이 있지요?

– 주동의 의미가 어떠한 것인지는 모르지만, 시위에 참가한 적은 있습니다.

– 그 시위에서 피고인은 화염병과 쇠파이프 등 무기를 사용한 적이 있지요?

– 없습니다. 저는 평화적 시위를 원했습니다. 오히려 화염병과 무기를 가진 사람들에게 무기를 버리고 평화적 시위를 하자고 호소했습니다.

– 피고인의 아버지는 소위 빨치산이었지요?

– 그렇다고 들었습니다.

– '새로운 통일을 위한 서시' 라는 이 글은 피고인의 글인가요, 아니면 아버지의 글인가요?

– '새로운 통일을 위한 서시' 가 아니라, '새로운 생명을 위한 서시'

입니다. 그것은 아버지의 글입니다.

– 피고인은 어릴적부터 아버지의 정신적 영향을 많이 받고 자랐지요?

– 저의 성장과정에 누구보다도 더 커다란 영향을 끼친 사람은 아버지입니다. 지금도 아버지는 저의 가슴속에 그대로 있습니다.

– 이 글 중 '백두산의 정상에 오르다' 는 의미는 통일을 염두에 두고 쓴 글이 아닌가요?

– 아버지의 이상은 통일을 이룬 후에 나아가 홍익세상을 펼치는 것이었습니다.

– 그 통일이라는 것이 북한에 의한 적화통일을 의미하는 것이 아닌가요?

– 아닙니다. 그 글을 쓰실 때의 아버지의 생각은 이념과 체제를 초월하셨습니다.

– 이념과 체제를 초월하였다는 것은 한편으로는 통일의 방법으로서 적화통일도 수긍할 수 있다는 것이 아닌가요?

– 적화통일이란 것은 무력에 의한 통일을 말하는 것이 아닌가요? 아버지는 폭력을 싫어하셨습니다. 저 또한 폭력을 싫어합니다.

– '사월의 노래' 라는 이 노래는 피고인이 작사, 작곡한 것인가요?

– 그렇습니다.

– 이 노래의 가사 중 '민중의 넋' 이라는 구절에서의 '민중' 이란 북한 공산주의 체제에서의 '인민대중' 을 말하는 것이 아닌가요?

– 아닙니다. 굳이 말한다면 국민주권에서의 '국민' 의 의미로 쓴 것

입니다.

– 그렇다면 왜 '국민' 이라고 하지 않고, '민중' 이라고 표현하였는가요?

– 그것은 역사성을 강조하기 위해서입니다. 국민주권이란 서구 실정법이 도입된 이후부터의 개념이지만, 민중이란 그러한 국민주권보다 광의의 개념으로서 역사 속에서의 백성, 민초란 말을 현대적인 의미로 사용했던 것입니다.

– 피고인은 지금 본 검사에게 법률과 역사 강의를 하고 있는가? 본 검사가 묻는 말에 대해서만 대답해.

유령이 목에 핏대를 세우고서 소리를 질렀다. 그러나 대장은 위축되지 않았다.

– 묻지 않았다면, 대답하지 않았을 것입니다.

– 피고인은 이 노래를 학교 게시판에 붙였던 것이지요?

– 붙이지 않았습니다.

– 그렇다면 누가 붙였다는 말인가요?

– 그것은 나보다도 검사님께서 오히려 더 잘 알고 있지 않습니까?

– 뭐라고? 피고인은 지금 본 검사를 조롱하고 있는가?

– 피고인, 검사가 묻는 말에만 대답하세요.

검은 법복을 입고 대장의 맞은편 의자에 앉은 또 다른 유령이 대장을 제지했다.

– 이 노래와 함께 적힌 '청년 학도여, 독재타도, 유신철폐의 그날까지' 란 선동문구는 피고인이 적은 것이지요?

– 아닙니다.

– 그렇다면 누가 적은 것인가요?

– 그것 또한 나보다도 검사님께서 잘 아시고 계시지 않습니까?

– 피고인! 대답만 하라니까.

유령이 핏대를 다시 올렸다. 유령의 핏발선 눈이 대장을 집어삼킬 듯 노려보고 있었다. 유령이 얼굴을 붉히고 목을 꼿꼿하게 세운 채 다시 물었다.

– 1979년 사월 초순경, 피고인은 B역 광장 옆에 있는 프라자 호텔 커피숍에서 공소외 김형태라는 사람을 만난 사실이 있지요?

– 만난 사실도 없을 뿐만 아니라, 제가 아는 사람 중에 김형태란 사람은 없습니다.

– 그때 피고인은 위 김형태로부터 김일성의 주체사상 학습지침서인 '남조선 혁명을 위한 행동강령'이라는 인쇄물을 받은 사실이 있지요?

– 없습니다.

– '남조선 혁명을 위한 행동강령'이란 인쇄물이 피고인의 집에서 발견되었는데도, 계속 부인하는 것인가?

– 그것이 조작이란 사실은 누구보다 검사님이 더 잘 알고 있지 않은가요?

대장이 유령에게 대들듯이 말했다. 윽박을 지르는 유령의 신문에도 대장은 조금도 위축되지 않았다. 그러한 대장의 태도가 유령의 화를 더욱 재촉하였다.

재판은 이상하게 진행되고 있었다. 시위를 주동하였다는 단순한 혐의가 아니었다. 유령은, 무간 스님의 말과 같이 아버지처럼 대장 또한 빨갱이로 몰아가고 있었다. 소년도 본 적이 있는 시가 대장을 빨갱이로 몰아가는 증거로 변질되고 있었다. 놀라웠다. 대자보의 노래 가사 중의 한 단어를 적화통일의 이념적 수단으로 변질시키는 유령의 상상력에 참으로 탄복할 따름이었다.

그런데 김형태라는 사람은 도대체 어디서 나왔는가. '남조선 혁명을 위한 행동강령' 이라는 것은 또 무엇을 말하는가. 유령이 추궁하는 것처럼 정말 대장이 빨갱이가 되었다는 말인가.

아니었다. 소년이 아는 한 결코 아니었다. 재판은 분명 잘못 진행되고 있었다. 대장을 위한 변호사가 있었지만 그는 실체적 진실 발견을 위한 어떤 노력도 기울이지 않았다. 단순히 재판을 위한 형식상의 요건만을 갖추고자 법정에 세워 놓은 허수아비일 뿐이었다.

그날의 재판은 그렇게 끝났다. 대장이 유령들에게 끌려 나가면서 법정에 있는 소년과 소녀를 보고 무언의 말을 보냈다.

'나는 걱정 하지 마. 내가 없는 동안 어머니를 부탁해….'

이주일이 지나 대장의 공판이 다시 열렸다. 유령이 신청한 증인이 나왔다. 법정에 들어선 증인의 얼굴을 본 소년은 깜짝 놀라고 말았다. 유령이 신청한 증인은 의외로 따까리 녀석이었다.

대장의 재판과 따까리 녀석이 무슨 관계가 있다는 말인가? 순간 소년의 뇌리에 대자보가 붙었던 비 오는 날의 광경이 떠올랐다. 악동 녀석과 함께 있던 따까리 녀석과 손이 차가운 친구의 모습이 떠올랐다.

유령이 따까리 녀석에게 묻고 있었다.

– 증인은 B대학의 학내 서클인 홍익연구회의 회원이었지요?

– 예.

– 홍익연구회의 회장은 피고인이었지요?

– 예.

– 증인은 '사월의 노래' 라는 노래를 아는가요?

– 예.

– 1979년 사월 초, 증인은 피고인과 함께 '사월의 노래' 의 악보와 독재타도, 유신철폐를 선동하는 문구가 기재된 대자보를 B대학의 게시판에 부착한 사실이 있지요?

– 예.

– 위 대자보를 부착한 당일, 증인은 위 대자보의 부착 사실을 경찰에 제보하였나요?

– 예.

– 이상입니다.

방청석에서 소년의 옆에 앉아 있던 소녀가 작은 소리로 말했다.

– 거짓말이야. 말도 안 돼. 저 사람은 홍익연구회의 회원도 아니야. 그런데 어째서 저 사람이 증인이 될 수 있는 거야?

소년도 알고 있었다. 안경도 알고 있었다. 오히려 소녀보다 더욱 잘 알고 있었다. 우스운 일이었다. 정말 기가 찰 노릇이었다. 따까리 녀석이 홍익연구회의 회원이라니…. 이처럼 사실을 조작하는 것이 법정인가. 이러한 위증이 통하는 곳이 법정인가. 도대체 대장이 어디 사람이 없어 하필이면 따까리 녀석과 함께 대자보를 붙였단 말인가.

또 한 사람의 증인이 나왔다. 소년은 다시 놀랐다. 아! 저 친구는! 손이 차가운 친구였다. 홍익연구회의 기획부장이라고 했던 친구였다. 놀라기는 소녀가 더했다.

유령이 손이 차가운 친구에게 물었다.

– 증인은 B대학의 학내 서클인 홍익연구회의 기획부장 겸 총무였지요?

– 예.

– 증인은 1979년 사월 초순경, 피고인과 함께 B역 광장 곁에 있는 프라자 호텔 커피숍에서 공소외 김형태라는 사람을 만난 사실이 있지요?

– 예.

– 그때 위 김형태라는 사람이 피고인에게 '남조선 혁명을 위한 행동강령'이라는 인쇄물을 주면서 시위를 주도하라는 지령을 내리는 것을 들은 사실이 있지요?

– 예.

– 그래서 증인은 피고인의 행위를 경찰에 제보했던 것이지요?

– 예.

– 이상입니다.

유령이 신문을 끝냈다. 소녀가 울먹이는 소리로 다시 말했다.

– 거짓말이야. 모든 것이 거짓말이야.

소년의 예감이 적중했다. 대자보가 붙었던 비 오는 날, 그 불길한 징조가 현실화되고 있었다. 모든 것이 악동 녀석과 관계된 일이었다. 그런데 이와 같이 법정까지 조작한다는 것이 악동 녀석의 생각만으로 될 수 있을 것인가. 아닐 것이다. 여기에는 분명 악동 녀석을 조종하거나, 아니면 악동 녀석의 공모를 도운 또 다른 힘이 작용하고 있을 것이다.

대장은 그들이 치밀하게 파놓은 함정에 빠진 것이다. 그들은 대장을 강제로 구덩이에 집어던진 것이다. 그 구덩이는 대장이 빠져나오기에는 너무도 깊었다.

이주일 후, 대장에 대한 선고 공판이 있었다.

– 피고인을 징역 삼년에 처한다.

놀랍게도 대장에게 적용된 법은 국가보안법이었다. 유령의 선고를 듣는 순간에도 대장은 놀라지 않았다. 억울하다는 표정도 짓지 않았다. 대장은 오히려 이러한 결과를 예상하고 있었다는 표정이었다. 아주 침착한 표정으로 유령을 바라보고 있었다. 소녀가 울음을 터트리며 말했다.

– 말도 안 돼. 이런 재판이 어디 있어? 이렇게 조작된 재판이 어디 있어….

법정에는 진실을 밝혀내는 거울이 없었다. 양심의 저울도 없었다. 정의의 칼도 없었다. 음모만 있었다. 오직 조작된 음모만이 활개를 치고 있었다.

소년은 그냥 멍하니 앉아 있었다. 아무런 생각도 떠오르지 않았다. 소녀가 울고 있었다. 대장의 어머니가 넋을 잃고 앉아 있었다. 초점을 잃은 눈에서 하염없이 눈물이 흐르고 있었다.

그나마 빛을 내고 있던 대장이 끌려 나가자, 법정은 온통 칠흑 같은 어둠 속으로 잠겨든 것 같았다. 소년은 그 어둠에 질식할 것 같아 서둘러 법정을 빠져 나왔다. 하늘을 보았다. 하늘조차 어두웠다. 어두운 하늘 위로 성긴 눈발이 날리고 있었다. 진눈깨비였다. 하늘도 울고 있는 것인가. 소년의 눈에도 눈물이 흘렀다.

대장의 어머니가 휘청거리며 걸어가고 있는 모습이 보였다. 법원 정문 앞의 왕복 사차선 도로였다. 횡단보도에는 적색 신호등이 눈을 부릅뜨고 있었다.

– 안 돼.

– 끼익, 탕.

소년의 외침과 자동차의 급제동 소리가 들린 것은 거의 동시였다. 대장의 어머니가 하늘로 솟구쳤다. 어릴적 고향 뒷산에서 총 맞은 노루의 모습이 떠올랐다. 대장의 어머니가 춤을 추고 있었다. 허공으로 치솟은 몸이 너울거리며 춤을 추고 있었다. 그 춤 속에 시간은 정지되어 있었다. 정지된 시간 속에서 모든 사물도 움직임을 멈추고 있었다. 심장이 멎어버릴 것 같았다.

– 어머니!

절박하게 외치는 소녀와 안경의 목소리가 들렸다. 소녀와 안경이 달려갔다. 소녀와 안경이 당신의 몸을 끌어안았다. 진눈깨비로 젖은 도로 위로 당신이 흘린 핏물이 흐르고 있었다.

– 아아, 어머니!

그 핏물 속으로 소녀의 절규가 함께 흐르고 있었다. 진눈깨비가 바람에 흩날리고 있었다.

소년은 아무 것도 할 수 없었다. 넋이 나간 듯, 그대로 서 있을 뿐이었다.

눈이 내리고 있었다. 저만치 산 위로 하얗게 눈을 덮어쓰고 웅크려 앉은 무간암이 보였다. 무간암이 보이는 산 아래 대장 아버지의 묘소가 있었다. 대장 어머니의 가벼운 시신은 그 아버지의 묘소 곁에 묻혔다. 상여를 메고 올라왔던 동네 사람들도 모두 산을 내려가고 새로 생겨난 봉분 위로 굵은 눈발이 어지럽게 흩어지고 있었다. 이제 소년과 대장, 안경, 소녀 그리고 대장을 지키려 따라온 두 사람의 경찰만이 남아 있었다.

대장이 새 봉분 앞에 무릎을 꿇고 앉아 있었다. 대장의 어깨 위에 눈이 쌓이고 있었다. 미동도 않은 채 꿇어앉아 있었다. 재판에서 실형을 언도 받았지만, 어머니의 갑작스런 죽음에 상주로서 장례를 치를 수 있게 삼일 동안 구속집행정지 결정이 있었다. 대장은 다시 교도소로 돌아가야 할 몸이었다.

대장은 여전히 무덤 앞에 앉아 있었다. 엄청난 슬픔과 회한이 사무치고 있을 것이다. 대장은 눈물을 흘리지 않았다. 너무도 갑작스러운 슬픔에 오히려 저렇게 냉정해지는 것일까. 대장의 표정은 오히려 담담하기까지 했다.

그러나 소년은 느낄 수 있었다. 비록 표정 없는 담담한 모습으로 앉아 있지만 대장의 가슴 속에 맹렬히 타오르는 복수의 불길을….

경찰 중 한 사람이 조용히 대장의 어깨를 두드렸다.

– 오빠, 그만 일어나.

소녀가 울며 대장의 어깨에 쌓인 눈을 털어내며 말했다. 눈발이 날리는 하늘은 이미 어두워지고 있었다. 대장이 천천히 일어섰다. 오래도록 무릎을 꿇고 앉아 있었던 탓인지, 대장은 곧바로 일어서지 못하고 잠시 휘청거렸다. 대장은 입고 있던 삼베 상복을 벗었다. 그리고는 상복과 함께 어머니가 생전에 입었던 옷과 몇 가지 유품을 태웠다.

– 오빠. 미안해. 용서해. 다 내 잘못이야. 내가 어머니를 지키지 못했어.

소녀가 울음 섞인 소리로 말했다.

– 미안하다. 어머니께 용서를 구하고 싶어.

소년이 말했다.

– 너희들의 잘못이 아니야. 누구의 잘못도 아니야. 어머니의 운명인 걸. 아버지도 어머니도 죽지 않았어. 내 가슴에 살아 있어.

– 오빠.

대장의 말이 끝난 순간, 소녀가 갑자기 대장의 품에 안겼다. 소녀의 어깨가 격렬하게 요동치고 있었다. 안경도 두터운 안경테 아래로 눈물을 흘리고 있었다.

소녀의 어깨를 감싸 안은 대장이 눈 내리는 하늘을 올려다봤다. 그때 소년은 보았다. 대장의 눈에서 흐르는 눈물을.

산을 내려오자, 마을 입구에 경찰차 한 대가 서 있었다. 장례를 치를 기간 동안 대장을 호송하여 장지까지 따라온 경찰차였다.

해가 기울고 있었다. 그렇지 않아도 눈이 내려 어두운 하늘이 한층 더 어두워지고 있었다. 대장이 경찰차에 탔다.

그 해 겨울, 대장은 그렇게 소년의 곁을 떠났다.

저울과 빛

눈물을 감추려는 것인가. 준하가 고개를 들어 법정 천장을 바라보았다. 공소 사실을 인정하는 것일까. 용훈의 추궁에 더 이상 버틸 수 없는 것일까.

기영은 바짝 긴장했다. 준하가 천천히 정면을 응시했다. 준하의 눈에 고인 눈물이 굴러 떨어졌다.

– 그 부분에 대해서는 말하지 않겠다고 분명하게 말했습니다.

준하는 아직도 굿판을 거둬들이지 않았다.

곽판사: 변호인은 신문할 사항이 있는가요?

징을 울릴 차례.

징소리로 사랑을 우려내자. 징소리에 연민을 담아내자.

박기영(피고인 김준하에게)

문: 피고인은 삼년 동안의 수형생활 동안 복수할 생각을 하였나요?

답: 아닙니다.

문: 피고인에게 고문을 가하고, 어머니까지 죽게 만든 그 사람들이 밉지 않았습니까?

답: 처음에는 미웠습니다. 저주했습니다.

문: 그러나 그 다음에는 그 미움을 극복하였지요?

답: 그렇습니다. 원수를 사랑하라고 한 어느 성인의 말을 되새겼습니다. 하늘의 소리에 귀를 기울이고자 했습니다. 하늘의 소리가 들렸습니다. 그래도 사랑하라고, 이 세상의 모든 것들에 연민을 가지라고….

문: 그래서 연민을 가지게 되었나요?

답: 그렇습니다. 이 세상의 모든 것들에 대하여 연민을 갖게 되자, 그 사람들을 용서할 수 있었습니다.

문: 그 사람들 중에 김인환이란 사람도 포함되어 있었나요?

답: 물론입니다. 적어도 그때까지의 일들에 대해서는 모두 용서할 수 있었습니다.

– 이상입니다.

곽판사: 피고인 박형기의 변호인은 신문할 사항이 있는가요?

강성모 변호사(피고인 김준하에게)

문: 피고인은 상피고인 박형기가 하는 진술을 들었지요?

답: 예.

문: 사건 당일 상피고인 박형기에게 피고인의 범행 계획을 말했나요?

– 잠깐, 이의 있습니다. 지금 변호인은 '피고인의 범행계획' 이라고 하여 피고인 김준하가 마치 이 사건 범행을 실행한 것으로 단정하는 신문을 하고 있습니다.

기영이 신문을 차단했다.

곽판사: 인정합니다. 변호인은 박형기의 진술이 사실이라는 예단을 가지고 하는 신문은 자제하여 주시기 바랍니다.

문: 사건이 있었던 날, 피고인과 상피고인 박형기는 어떻게 만나게 되었나요?

답: 다시 한 번 말씀드리지만, 이 부분에 대하여는 말하지 않겠습니다.

곽판사: 피고인의 지금 진술은 사건 당일의 상피고인 박형기가 진술한 부분에 대하여 진술을 거부하겠다고 하는 것인가요?

– 그렇습니다.

곽판사: 피고인이 변호인의 신문에 응하지 않겠다고 하는데, 신문을 계속하시겠습니까?

– 신문하지 않겠습니다.

곽판사: 그렇다면 피고인에 대한 신문을….

– 잠깐만, 재판장님, 피고인 김준하에게 몇 가지만 더 묻겠습니다.

기영이 급하게 징소리를 울렸다.

곽판사: 아직도 신문할 것이 남았나요?

– 피고인에게 몇 가지만 더 묻겠습니다.

이제 본격적으로 준하의 춤에 장단을 맞추어야 한다.

박기영(피고인 김준하에게)

문: 피고인이 소년원에 가게 된 상해 사건에서, 자해를 한 것임에도 불구하고 상해를 당한 것처럼 위증을 한 사람은 현재 국회의원 정해현의 보좌관으로 있는 최경호였지요? 그리고 그와 같이 자해를 하도록 교사한 사람이 이번에 국회의원에 당선된 국회의원 정해현이었지요?

답: 그렇습니다.

문: 피고인의 국가보안법위반 사건에서 당시 공소 사실을 검찰에 제보한 사람도 국회의원 정해현의 보좌관인 최경호였고, 당시 피고인의 공판에 증인으로 나온 사람은 최경호와 상피고인 박형기였지요?

답: 그렇습니다.

문: 그렇다면 이 두 사건이 모두 정해현과 최경호, 박형기 및 당시의

수사검사였던 김인환이 공모하여 조작한 사건이었다는 말인가요?

답: 그렇습니다.

– 이상입니다.

끼어드는 꽹과리 소리.

문: 피고인은 조금 전 변호인의 신문에 답하면서 '지금 적어도 그때까지의 일들에 대해서는 용서할 수 있었다' 고 했습니다. 그렇다면 피고인과 김인환과의 사이에 또 다른 일이 있었다는 말인가요?

답: 대답하지 않겠습니다.

– 이상입니다.

곽판사: 그렇다면 피고인에 대한 신문을 마치고 증거조사를 하겠습니다.

박기영: 피고인 김준하에 대한 증거는 전부 부동의합니다.

강성모 변호사: 피고인 박형기의 피의자신문조서 외 나머지 증거는 전부 부동의합니다.

김용훈 검사: 상피고인 박형기와 사건외 최경호를 증인으로 신청합니다.

박기영: 공소외 신경민과 사건외 박상훈을 증인으로 신청합니다.

강성모 변호사: 상피고인 김준하를 증인으로 신청합니다.

곽판사: 그렇다면 공판을 마치고, ×. ××. 오후 2시에 속행하도록

하겠습니다.

기영은 눈을 감았다. 이제부터 본격적인 굿판을 벌여야 한다.

준하는 어떤 춤을 출 것인가.

기영은 천천히 눈을 떠서 법정을 둘러보았다. 보이지 않았다. 기영이 찾는 그 소녀는 보이지 않았다. 준하를 구해 줄 그 소녀는 오늘도 나타나지 않았다. 그 소녀는 지금 어디에 있는 것일까.

*　　*　　*

조작된 국가보안법위반이라는 재판에서 대장은 항소를 포기했다. 대장의 면회를 같이 간 소녀가 끝까지 싸우자고, 끝까지 진실을 밝혀야 한다고 울면서 말했다. 대장의 성격상 결코 그 재판에 수긍하거나, 굴복할 리가 만무했다. 그런데도 대장은 항소를 하지 않았다.

소년도 안타까웠다. 이젠 대장도 굴복하고 마는 것인가. 항소를 해봐야 자신의 무죄가 입증되지 않을 것이라는 것을 알기에 승산 없는 싸움으로 더 이상 괴로움을 당하기 싫다는 것인가. 공부에도 전혀 흥미를 느끼지 못했다. 이제까지 지녀온 소년의 가치관은 뿌리째 흔들리고 있었다. 대장의 재판에서 법은 사실을 조작하는 도구에 불과했다. 정의의 실현이 아닌, 사실의 조작 수단에 불과한 법이 무슨 의미가 있다는 말인가. 사법시험을 준비하고 있다는 사실 자체가 부끄러운 일이었다. 깊은 회의감에 빠진 소년은 책을 덮어버리고 말았다.

휴학계를 냈다. 군대를 택하기로 했다. 이 땅의 건강한 남자라면 피할 수 없는 운명 같은 병역의무를 택했던 것이다. 휴학계를 내면서 소년은 마음으로 다짐했다.

'빌어먹을, 피할 수 없는 이 운명부터 받아들이자. 그래, 잠시 떠나 있자. 이 부조리한 현실을 잊을 수 있는 곳으로 떠나보자. 군대라는 세계 속에 침잠하여 나를 철저하게, 아니 이 더러운 현실을 철저하게 잊어버리자. 그래, 역사는 변하는 것이다. 왜 이 사실을 잊고 있었던가. 아직 나는 젊다. 역사는 변한다. 그래, 대장도 이 사실을 진작 알고 있었을 것이다. 항소를 포기하면서도 그렇게 담담한 얼굴이라니…. 대장은 삼년을 그리 긴 세월로 여기지 않고 있는 것이다. 그 여유로움, 그렇다. 나도 여유를 가지자. 그래서 군대라는 세계를 넉넉한 마음으로 받아들이자. 이 땅의 많은 젊은이들이 그렇게 군대를 겪어 내지 않았는가. 그래, 여유를 가지자.'

입대일이 사흘 앞으로 다가와 있었다. 대장에게만은 입대 사실을 알려야 할 것 같았다. 소녀와 함께 대장의 면회를 갔다. 교도소의 면회 대기실은 추웠다. 대기실 중간에 놓인 낡은 석유곤로 하나가 빨간 불빛으로 겨우 냉기만 가시게 하고 있었다.

잠깐 기다리자, 창살너머로 대장의 얼굴이 나타났다. 턱수염이 자라 약간 까칠하게 보이긴 했지만 대장의 얼굴은 건강하게 보였다. 입가에는 평화로운 미소까지 감돌고 있었다.

– 당분간은 면회를 오지 못할 거야.

소년이 말했다.

– 오빠가 군대를 간대.

소녀가 말했다.

– 왜 갑자기 그런 생각을 하게 됐어? 그럼 학교는? 시험은 어쩌고?

– 휴학계를 냈어. 기왕 한번은 갔다 와야 할 군대, 네가 없는 동안에 갔다 오는 것이 좋을 것 같아 지원했어. 공부에 회의감도 들고, 어쨌든 지금의 상황으로는 어딘가 탈출구를 찾아야 될 것 같아서….

– 나 때문에 그런 것 같아 미안하구나. 내가 힘이 되어 주어야 하는데, 오히려 짐이 되어 버렸구나.

– 무슨 소릴…. 삼년 후에 만나자.

소년이 웃으면서 대장의 눈을 쳐다봤다.

대장이 머리를 숙여 뭔가를 잠시 생각하는 듯했다.

– 약속 하나 해줄래?

대장이 고개를 들고 조용히 웃으며 말했다.

– 무슨 약속?

– 군대에 있는 삼년 동안, 너의 지난 과거에 있었던 모든 사람들을 용서하겠다고 약속해. 너는 군대에서 용서하는 길을 찾고, 나는 이곳 교도소 안에서 용서하는 길을 찾을게.

– 너를 이렇게 만든 사람들을 정말 용서할 수 있겠니? 나는 도저히 용서하지 못할 것 같아.

– 그러니까 용서하는 길을 찾도록 약속하자는 것이 아니냐? 그래야 너도 군대를 무사히 마칠 수 있을 거고, 나도 이곳에서 삼년이란 세월

을 무사히 보낼 수 있을 것이고…. 적개심이란 어쩌면 자신을 스스로 크게 해칠 수가 있어. 마음속에 분노가 끓고 있으면 이성을 흐리게 해. 이성을 잃으면 먼 미래를 생각 못해. 그렇지 않냐. 더 크고 넓게 생각해 봐. 우리의 기나긴 인생의 행로에서, 우리와 관계할 사람들이, 어찌 나를, 아니 우리를 해친 그 사람들뿐이겠냐? 나는 그렇게 생각하고 있어. 너도 더 넓은 세계를 생각해. 이미 네가 생각하고 있었던 그 높고 고상한 세계를 포기해서는 안 돼. 그래야 너의 군 생활도 힘들지 않을 거야. 넌 분명 다른 사람들과 다른 더 높은 세계에 도달할 수 있을 거야. 나는 진작 너에 대한 확신을 가지고 있었어. 연약해 보이지만 대단한 의지력을 가지고 있는 사내라고. 적당히 인생을 허비하는 그런 맥 빠진 놈이 아니라고 지금도 확신하고 있어. 나를 위해서라도, 이곳에서 이렇게 초라하게 세월을 보내고 있는 나를 위해서라도 너의 희망을 포기하지 마. 네 희망이 곧 내 희망이야. 그래서 먼 훗날 나를 좀 도와줘. 나도 영원히 이곳에 있지는 않아. 그때 우리가 새 세계를 만나는 먼 훗날 나에게 힘이 될 수 있는 사람이 돼 줘…. 넌 틀림없이 그렇게 될 거야.

창살 너머 대장의 목소리는 조용했지만, 힘이 있었다. 그 말 속에는 대장은 벌써 자신을 그렇게 만든 사람들을 용서하고 있는 것 같았다. 대장은 다시 말을 이었다.

– 용서하는 마음을 가져. 내가 간절히 빌께. 나 또한 용서하기 위해 많은 노력을 하고 있어.

– 그렇게 말하는 너는 이미 다 용서를 한 것 같은데?

– 그래. 다른 사람은 다 용서가 되는데, 한 사람만은 용서가 되지 않

아. 그것이 나를 힘들게 해.

– 어느 놈을 말하는 거니? 악동 자식? 아니면 따까리 녀석?

– 그런 녀석들이야 뭐 용서하고 말고 할 것이 어디 있니.

'그 놈이 누군데' 하고 묻는데, 면회 시간이 다 됐다고 했다.

나를 격려하는 말이었을까. 군대를 간다고 하니까, 나를 염려해서 하는 말이었을까. 혹시 군 생활 중에 무슨 사고라도 칠까봐 나를 격려하는 말이었을까. 아니면 대장 자신에게 다짐하는, 적개심에서 비롯되는 고통을 회피하고자 하는 체념의 말이었을까. 그것도 아니면 용서라는 핑계로 현실과 타협할 수밖에 없는 평범한 삶의 이치를 말하는 것일까.

소년이 느끼고 있는 분노보다 더 큰 적개심에 사로잡혀 있어야 할 대장이 오히려 용서해야 한다고, 용서하는 길을 찾아야 한다고 하고 있었다.

면회실에서 교도소 정문으로 나오는 길의 양 옆에는 수령이 족히 수십 년은 넘었을 것 같은 아름드리 히말라야시다가 줄지어 서 있었다. 얼마나 많은 억울한 사람들이 이 나무 아래로 지나갔을까. 그 억울한 사람들의 고통과 슬픔을 이 나무들은 묵묵히 지켜보았을 것이다.

– 훗날 지금 우리들의 아픔과 눈물을 이 나무들은 기억하겠지.

소년이 고개를 들어 하늘높이 치솟은 나무 꼭대기를 바라보며 말했다.

– 아마도 이 나무들은 오빠가 아무런 죄도 없이 갇혀 있다는 사실을 알 거야.

소녀가 말했다.

– 죄도 없이 갇혀 있으면서 용서하라고? 그렇게 쉽게 용서할 것 같으면 애초부터 투쟁을 하지 말지. 왜 그렇게 집착을 가지고 투쟁했을까? 나는 이해할 수 없어. 나는 결코 용서할 수 없어.

대장의 민주화 열망에 국가보안법이라는 덫으로 누명을 씌운 이 현실을 소년은 도저히 받아들일 수 없어 하는 말이었다.

– 나는 언젠가 오빠에게 물은 적이 있었어. 왜 투쟁하느냐고? 그때 오빠가 말했어. 훗날 우리는 우리가 투쟁한 독재 권력을 용서해야 할 시기가 반드시 올 것이라고 했어. 그런데 지금 투쟁하지 않으면 용서조차 못한다고 했어. 그들이 굴복할 때 우리는 너그럽게 그들을 용서해야 한다고 했어. 그래서 오빠는 훗날 용서를 하기 위해서 투쟁한다고 했어. 지금의 투쟁은 용서를 위한 투쟁이라고 말했어. 당시에는 나는 잘 이해하지 못했지만, 지금은 오빠가 그때 왜 그런 말을 했는지 이해할 수 있을 것 같아. 그 투쟁은 오빠의 진실에서 비롯되었고, 용서 또한 오빠의 진실에서 비롯되고 있는 거야. 오빠의 말대로 용서하는 방법을 찾아봐. 먼저 나를 용서하고, 나를 이렇게 만든 사람을 용서하고, 그런 사람들이 사는 세상을 용서하도록 해봐. 그런 사람들이 사는 세상을 연민의 눈으로 바라봐. 그러면 오빠의 영혼에서 샘솟듯 흘러넘치는 하느님의 사랑을 느끼게 될 테니까.

소녀가 말했다. 소녀의 목소리는 간절한 기도처럼 들렸다.

내일 새벽이면 떠나야 했다. 내일 새벽 여섯시가 되면 B역에서 열차를 타고 훈련소로 떠나야 했다. 앞으로 소년 앞에 닥칠 생활은 철저하게 자아가 없는 시간일 것이다. 개인의 자율과 독자적인 판단이 배제된 복종만이 강요되는 시간일 것이다. 그 시간 속에서 소년은 다만 움츠리고 있을 것이다. 그 시간 속에서 소년은 죽은 듯 엎드려 철저하게 자신을 잊을 것이다.

술을 마셨다. 떠나는 소년을 위해 친하게 지냈던 도서관 친구 몇몇이 마련한 술자리였다. 안경과 소녀도 함께 있었다. 너도 나도 권하는 술을 마다 않고 마셨다. 소년은 점점 취해 갔다. 술좌석이 끝나자 바다가 보고 싶었다. 어쩌면 앞으로 삼년 동안은 바다를 보지 못할 것이다.

소년은 소녀와 함께 바다가 보이는 S공원을 찾았다. B시의 해안 고지대에 위치한 S공원은 시내에서 바다를 볼 수 있는 유일한 곳이었다. 이미 밤이 늦었고 날씨도 싸늘해 공원에는 몇몇 남녀를 제외하곤 아무도 보이지 않았다. 소년은 바다를 바라보며 숨을 깊게 들이마셨다. 어두운 바다 위에 떠있는 배의 불빛이 신기루처럼 가물가물했다.

취한 탓인가. 소년은 몸을 가누지 못하고 휘청거렸다. 소녀가 휘청거리는 소년의 몸을 겨우 부축하여 공원의 벤치에 앉혔다. 차가운 바람에 얼어붙은 철제의자의 냉기가 싸늘했다. 소년은 가슴이 답답해왔다. 문득 서러워지며 눈물이 맺혔다.

내일의 입영으로 오늘 이 자리가 어쩌면 소녀와의 마지막 만남이 될지도 모른다.

– 너무 추워. 그만 집에 가.

소녀가 어깨를 움츠리며 말했다. 휴학계를 내면서 자취방을 나와 버렸기 때문에 소년이 돌아갈 곳은 없었다. 어차피 소년이 내일 새벽까지 머물러야 할 곳은 소녀의 집이었다.

소녀의 그 말이 아니었으면 소년은 욕망을 억제하고 소녀와 함께 집으로 갔을 것이다. 집으로 가자는 소녀의 말에 소년은 순간 어떤 반발심 같은 충동을 느꼈다. 술에 취한 몽롱한 의식 속에서 소녀를 안고 싶다는 욕망이 꿈틀거렸다. 얼마나 오랫동안이나 그리워하고 있었던가. 얼마나 오랫동안 바라보고만 있었던가. 소녀의 집에 가고 싶다는 떨리는 목소리가 소년의 끓어오르고 있던 욕망에 불을 붙였다. 지금 이 순간 소녀를 안지 않으면 영원히 소녀를 안을 수 없게 될지도 모른다. 소녀의 따뜻한 가슴에 머리를 묻고 약속하고 싶었다. 하얀 살결에 입술을 부비며 소녀의 사랑을 확인해 보고 싶었다. 격하게 달아오르는 욕망으로 소년은 자제력을 잃고 있었다.

저만치 공원 아래, 비탈진 골목 계단 길에 여관의 간판이 눈에 들어왔다. 소년이 소녀의 손을 굳게 잡고 계단 길을 뛰듯이 내려갔다.

– 너를 보낼 수는 없어. 오늘은 너와 단둘이 있고 싶어.

소년이 소녀의 손을 끌고 여관 앞에 섰다.

– 싫어. 집으로 가. 이러면 안 돼.

소녀가 애원했다. 그러나 소년은 완강했다. 꽁무니를 빼는 소녀의 손목을 더욱 세게 잡았다. 여관의 네모난 창구로부터 방 열쇠를 건네받았다.

이층 여관 방문 앞에 섰을 때 소녀가 다시 한 번 손을 뿌리치려고 했다. 그럴수록 소년은 손에 더욱 힘을 주었다.

방안으로 들어서자마자 소녀를 벽 쪽으로 격렬하게 밀어붙이며 가쁜 호흡으로 입술을 더듬었다.

– 이러지 마, 오빠. 제발, 부탁이야.

소녀가 소년의 입술을 피하면서 다급하게 말했다. 그러나 이미 자제력을 잃은 소년은 더욱 거칠어지고 있었다. 코트도 벗기지 않고 몸을 더듬었다. 스웨터를 가슴 위로 치켜 올려 하얗게 드러난 가슴 위로 얼굴을 파묻었다. 소녀는 완강하게 소년을 뿌리치고 있었다.

– 안 돼. 제발. 오빠. 싫어. 이러면 싫어.

소년은 그러나 소녀를 놓아주지 않았다. 술에 취해 이미 이성을 잃은 소년의 귀에 소녀의 말은 귀에 들어오지 않았다. 브래지어 안으로 손을 넣어 소녀의 젖가슴을 더듬었다. 브래지어를 위로 올렸다. 하얗게 드러난 동그란 젖가슴이 소년의 욕정을 더욱 부채질했다. 젖가슴을 두 손에 쥐고 입술로 더듬으며 거친 숨을 몰아쉬었다.

– 널 사랑해. 널 사랑해. 미치도록 널 사랑해….

소녀의 어깨에 힘이 빠졌다. 몸이 느슨해졌다.

– 좋아, 오빠. 내가 벗을게.

소녀가 호흡을 가다듬으며 소년의 머리를 밀어냈다. 그 말이 차분했다.

그때서야 소년은 소녀의 몸에서 떨어졌다.

소녀가 가슴 위로 치켜 올라간 브래지어와 스웨터를 내렸다. 그리고는 코트를 벗어 벽걸이에 걸었다. 옷을 걸고 천천히 돌아선 소녀가 벽에 기대서서 한참이나 소년을 빤히 쳐다보고 있었다. 표정이 싸늘했다. 그렇게 싸늘한 얼굴로 소년을 바라보며 전등 스위치가 있는 방 입구 벽 쪽으로 천천히 걸어갔다. 그리고 뭔가를 결심한 듯 입술을 꼭 다물어 보이고 불을 껐다.

일순 방안이 어둠 속에 잠겼다. 창문 너머로 바다가 있었다. 어둠 속에 잠긴 바다의 검은 수면위로 불빛이 빤짝이고 있었다. 그 불빛이 방안으로 엷게 비쳐들고 있었다.

벽 쪽으로 돌아선 소녀가 스웨터를 목 위로 천천히 끌어 올리고 있었다. 그 행동이 아주 차분했다. 소녀의 하얀 등이 실루엣처럼 어른거렸다. 잠시 머뭇거리다가 스커트도 천천히 벗어 내렸다.

소년은 벽에 기대앉아 소녀가 옷을 벗는 모습을 바라보고 있었다. 그토록 갈망하던 소녀의 몸이었다. 소년의 크게 뛰는 심장 소리가 제 귀에까지 울리고 있었다. 소녀가 허리를 굽혀 팬티스타킹을 발목 아래로 끌어 내렸다. 잘록한 허리 곡선 아래로 둔부가 안개처럼 아련했다. 희고 매끈한 다리가 가볍게 떨리고 있었다. 유방을 감싸고 있는 하얀색 브래지어의 끈이 투명하리만치 하얗게 빛나는 어깨와 등에 걸려 있었다.

소녀가 몸을 돌려 조용히 방바닥에 깔려있는 이불 속으로 들어가 베개를 베고 몸을 반듯이 뉘었다. 그 행동이 너무 거리낌이 없어, 오히려 소년을 잠시 당황하게 했다.

소년은 다가가 이불 속에 누운 소녀의 얼굴을 내려다보았다.

소녀는 눈을 꼭 감고 있었다. 어둠 속에 비친 소녀의 둥글고 하얀 얼굴은 조각처럼 맑고 아름다웠다.

소년은 다시 가슴이 뛰었다. 심장 박동이 머리까지 울리고 있었다. 그토록 그리워했던 소녀가 눈앞에 누워 있었다. 그토록 갈망하던 소녀가 그를 맞이할 준비를 하고 있었다. 소년도 옷을 벗고 소녀의 곁에 누웠다. 이불 속 소녀의 유방 위에 가볍게 손을 얹었다. 얇은 브래지어 속에 감추어진 유방이 봉긋했다. 심장의 고동이 소년의 손을 타고 전해져 오고 있었다. 그러나 그 소리는 소년의 심장 소리와는 달리 아주 정상적이었다.

브래지어 안으로 손을 넣어 유방을 부드럽게 감싸 쥐었다. 그래도 소녀는 아무 반응이 없었다. 소년은 손을 옮겨 소녀의 허리를 안으며 입술 위에 입술을 포갰다. 그러나 소녀의 입술은 아무런 감각이 없었다. 입술은 열고 있었지만 소년을 받아들이는 것도 아니고, 그렇다고 이를 거부하는 것도 아니었다. 거세게 빨아도 소녀의 입술은 냉랭하기만 했다. 허리를 안고 있던 손을 움직여 소녀의 은밀한 부위를 감싸고 있는 얇고 부드러운 천 조각을 다리 아래로 끌어내렸다. 소녀가 잠시 움찔했다. 그것도 잠시, 소녀는 여전히 반응이 없었다. 마치 정물이 되어 버린 듯 꼼짝도 하지 않았다. 그것은 소년의 손길을 거부하지도, 받아들이지도 않는 철저하게 자신을 방임한 태도였다. 자신의 몸을 어떻게 다루든 상관하지 않겠다는 냉정한 의지를 보이고 있었다. 갑자기 모든 감각이 마비되어 버린 듯했다. 숨조차 멎어버린 듯했다.

순간 소년은 맥이 탁 풀렸다. 스스로 옷을 벗는다고 했을 때, 소녀가 자신을 받아들이고자 각오를 한 것으로 알았다. 그러나 아니었다. 그때서야 소년은 무엇인가 잘못되어 가고 있다는 것을 느꼈다. 충격이었다. 소녀는 분명 소년을 거부하고 있었다. 저항의 몸부림이 술에 취한 소년의 욕망을 더욱 부추기고 있다는 사실을 깨닫고, 저항보다는 자신을 놓아버린, 방임의 태도로써 강한 거부의사를 나타내고 있었다. 이성을 잃은 소년의 완력에 대항할 수 없다는 사실을 깨닫고, 전혀 반응이 없는, 생명을 정지 시켜버린 무생물의 상태로써 소년의 이성을 일깨우고 있었다.

소년은 몸을 일으켜 소녀의 얼굴을 들여다봤다. 희게 빛나는 동그란 얼굴이었다. 그 귓가로 눈물이 주르르 흐르고 있었다.

순간 소년도 울고 싶었다. 가슴이 시꺼멓게 타들어 가는 느낌이 들었다. 그러나 감각이 마비되어 버린 듯 울음도, 눈물도 나오지 않았다. 한동안의 침묵이 흘렀다. 소년도 몸이 굳어졌다. 술이 깨는 듯했다. 머리가 맑아 오고 있었다.

가만히 누워 있던 소녀가 눈을 감은 채로 울먹이며 말했다.

– 오빠, 미안해. 오빠가 나를 좋아하고 사랑하고 있는 줄을 알아. 나도 오빠를 좋아하고 사랑해. 하지만….

소년은 아무 말을 하지 않았다. 목이 잠겨 말이 나오지 않았다. 이제는 전신이 허물어지고 있었다.

소녀가 몸을 엎드려 흐느꼈다. 그 흐느낌이 한동안 적막을 깨뜨리고 있었다.

흐느끼던 소녀가 조용히 일어나 벽에 걸어 놓았던 스웨터를 걷어 껴입었다. 그리고는 다시 앉아, 허물어지고 있는 소년의 어깨에 머리를 기댔다. 소녀가 조용한 목소리로 말을 이었다.

– 미안해, 오빠. 그 사람을 지켜줘야 해. 그 사람을….

소년은 아까부터 대장의 얼굴을 떠올리고 있었다. 교도소 면회실 창살 속의 담담한 눈빛이 소년을 내려다보고 있었다. 모두를 용서해도 단 한 사람을 용서할 수 없다는 대장의 목소리가 새삼 소년의 귓가에 맴돌았다. 자신을 지칭하는 말이 아닌 줄을 알면서도 대장의 담담했던 그 음성이 소년의 이성을 서서히 찾아주고 있었다.

– 오빠는 내가 없어도 되잖아? 오빠는 내가 없어도 오빠가 의지할 아버지와 어머니, 식구들이 있잖아? 그러나 그 사람은 아무도 없잖아? 나라도 없으면 그 사람이 너무 불쌍하잖아? 내가 없으면 그 사람이 어떻게 살 수 있겠어? 그 사람이 어떻게 숨을 쉴 수 있겠어? 나는 그 사람을 지키겠다고 하느님께 약속했어. 나는 그 사람과 함께 하겠다고 하느님께 약속했어. 그 사람의 신념과 그 사람이 가진 진실을 함께 하겠다고 하느님께 약속했어. 오빠가 진정으로 나를 좋아하고 사랑한다면 나를 지켜줘. 하느님께 약속한 내 마음이 흔들리지 않도록 오빠가 나를 지켜 줘. 부탁이야, 오빠.

잠겨 있던 소년의 목에서 갑자기 다그치듯, 안타까운 목소리가 터져 나왔다.

– 바보야. 그건 사랑이 아니야. 그건 동정이야. 그건 단순한 희생에 불과해. 사랑과 희생을 혼동하지 마. 그건 단순한 연민에 불과해.

다그치는 소년의 말에도 불구하고, 소녀는 여전히 울먹이며, 그러나 차분하게 말했다.

– 아니야. 오빠가 틀렸어. 연민 없는 사랑이 어디 있어? 희생 없는

사랑이 어디 있어? 연민 없는 사랑은 단순한 욕망에 불과해. 희생 없는 사랑은 단순한 이기심일 뿐이야. 더 큰 사랑은, 진정한 사랑은, 그 사람을 위하여, 그 대상을 위하여 자기를 희생하는 것이야. 나는 그 사람을 위하여, 그 사람의 신념과 진실을 위하여 기꺼이 내 자신을 희생하겠다고 하느님께 약속했어.

소년의 귀에는 그러한 소녀의 말이 허황했다. 아니 결코 받아들일 수 없다는 말로 소년을 한사코 떠밀고 있었다. 그러나 다시 목이 메어 아무런 말이 나오지 않았다.

한동안의 시간이 흘렀다. 소년은 이제 마음이 가라앉아 있었다. 울고 싶은 마음도 사라졌다. 옷을 챙겨 입었다. 여전히 목이 잠겨 있어 아무 말도 할 수가 없었다.

왜, 진작 몰랐을까. 왜, 진작 확인해 보지 않았던가. 나를 사랑하고 있는가, 왜 물어보지 않았던가. 무간암 암자에서 물어보았더라면, 그랬다면 이렇게까지 비참하지는 않을 것을…. 그때 소녀는 왜 나를 뿌리치지 않았을까. 그랬다면 이런 꼴은 보이지 않을 것을….

소녀도 천천히 옷을 입었다. 그리고는 무릎을 꿇고 두 손을 모아 엎드리고는 무슨 말을 중얼거리기 시작했다.

– 하느님, 저를 용서해 주세요. 저의 영혼을 구원해….

그렇게 말하는 소녀의 목소리가 종내에는 울음에 잠겨들고 있었다.

소년은 벽에 기대 앉아 물끄러미 소녀를 바라보고 있었다. 꿇어앉아 방바닥에 엎드려 기도하는 소녀의 모습이 아득하게 멀어지고 있었다. 자신과는 아무 상관이 없는, 전혀 처음 보는 낯선 여인처럼 여겨졌다.

그렇게 넋 없이 소녀를 바라보고 있었다.

그 위로 아득히 단발머리의 하얀 어린 소녀가 버들피리를 불며 손을 흔들고 있었다. 아지랑이가 피어오르는 강가에서 소녀가 그렇게 하얀 웃음으로 손을 흔들고 있었다. 버들피리 소리가 아련하게 들려오고 있었다.

노을이 붉게 물들고 있었다. 새하얀 교복 상의를 입은 소녀가 코스모스를 꺾어 들고 너울너울 춤을 추고 있었다. 억새가 황금빛으로 물든 산등성이를 오르며 너울너울 춤을 추고 있었다. 너풀너풀 소녀의 까만 스커트 자락이 황금빛으로 빛나는 억새풀 사이를 누비고 있었다.

비가 내리고 있었다. 배낭을 짊어진 소녀가 비에 젖어 오들오들 떨며 산길을 오르고 있었다. 비가 내리는 안개 속으로 하염없이 걸어가고 있었다. 하얀 꽃 한 송이, 비를 맞으며 외롭게 걸어가는 소녀를 바라보고 있었다.

햇살이 내렸다. 땀을 뻘뻘 흘리는 소녀가 뒤돌아보며 밝은 웃음으로 멀어져 가고 있었다. 한없이 펼쳐진 운해 저 끝으로 멀어져가고 있었다. 하얀 얼굴이 아득히 하얀 구름바다로 사라지고 있었다.

대장이 포효하고 있었다. 수많은 사람들 앞에서 주먹을 흔들며 소리를 지르고 있었다. 소녀가 달려가고 있었다. 달려가 대장의 품에 안겨 몸부림치고 있었다.

그래, 그때 알았어야 했다. 그때 조용히 물러났어야 했다. 아, 나는 이렇게까지 머저리인가. 왜, 이렇게까지 미련했는가….

소년의 눈에 눈물이 어리고 있었다.

얼마나 시간이 지났을까.

소녀는 여전히 그렇게 엎드려 일어날 줄 몰랐다. 여전히 울먹이는 목소리로 뭔가를 중얼거리며 간절히 기도하고 있었다.

멀리서 뱃고동 소리가 길게 울려왔다. 소년은 깊은 한숨을 몰아쉬며 창밖을 바라보았다. 엷은 빛이 비쳐들고 있는 창문이 바람에 덜컹거리고 있었다.

소년의 마음은 이제 소녀를 떠나 멀리 뱃고동에 실려 가고 있었다. 먼 수평선 위로 아스라이 멀어지고 있었다. 소년의 눈에서 눈물이 떨어졌다.

그래. 털어버리자. 모든 것을 털어버리자. 아름다웠던 꿈도, 애틋했던 내 사랑도 이제는 털어버리자. 내 아름다웠던 사랑을 아쉬움으로 남겨두자. 그래, 내 젊음의 그 뜨거웠던 열정을 한 폭의 수채화로 그려놓고 이제는 떠나자. 하얗게 빛나던 한 소녀를 노을이 지는 강 언덕, 다시는 부를 수 없는 아름다운 노래로 남겨놓고 떠나자. 그래, 털어버리자. 모든 것을 털어버리고 새 날개를 달자. 훨훨 새 날개로 멀리멀리 날아가자. 나의 세계를 찾아가자. 더 높은 세계를 향하여 돛을 올리자….

제2부 끝, 3부에서 계속